Patrick Tschan
Polarrot

PIPER

Zu diesem Buch

Jack Breiter hat hohe Ziele. Trotz seiner ärmlichen Herkunft will er es ganz nach oben schaffen. Er versucht sich als Heiratsschwindler im noblen Palace Hotel in St. Moritz. Breiter fliegt auf und muss Hals über Kopf alles hinter sich lassen. Dann scheint endlich alles gut zu gehen: Er wird Handelsvertreter einer Senffabrik und schon bald von einem Chemiekonzern abgeworben. Dank des Reichsbeflaggungsgesetzes von 1935 verkauft Breiter Hektoliter um Hektoliter der Farbe »Polarrot« für die Hakenkreuzfahne und wird zum Starverkäufer der Firma. Doch auch diesmal ist sein Glück nicht von langer Dauer, denn er verliebt sich in die Frau seines Chefs. Charlotte vertraut ihm an, dass sie Halbjüdin ist. Ihr zuliebe lässt Breiter sich auf einen riskanten Goldschmuggel ein, und schon bald muss er ein weiteres Mal ganz von vorne anfangen …

Patrick Tschan wurde 1962 in der Schweiz geboren und lebt heute in der Nähe von Basel. Nach einem Studium der Germanistik, Geschichte und Philosophie führte er in zahlreichen Theaterstücken Regie und war viele Jahre in der Werbung tätig. Derzeit ist er für die Kommunikation der GGG Basel (Gesellschaft für das Gute und Gemeinnützige) zuständig. Außerdem ist er Trainer wie Innenverteidiger der Schweizerischen Literaten-Fußball-Nationalmannschaft. »Polarrot« ist sein zweiter Roman. 2012 erhielt er den Auszeichnungspreis für Literatur des Kantons Solothurn.

Patrick Tschan

POLARROT

Roman

Piper München Zürich

Mehr über unsere Autoren und Bücher:
www.piper.de

FSC
www.fsc.org
MIX
Papier aus verantwortungsvollen Quellen
FSC® C083411

Ungekürzte Taschenbuchausgabe
Piper Verlag GmbH, München
April 2014

Gesetzt aus der Adobe Garamond Pro
Umschlaggestaltung: Cornelia Niere, München
Umschlagabbildung: David Palme (Auto) und
hammondovi/Getty Images (Arm)
Papier: Munken Print von Arctic Paper Munkedals AB, Schweden
Druck und Bindung: CPI books GmbH, Leck
Printed in Germany ISBN 978-3-492-30375-0

Als Kinder waren wir immer sehr gerne
bei Onkel Jacques im Jura.

Jack drosch unablässig auf die dampfenden Pferderücken ein und verfluchte dabei Himmel, Sterne, Gott und die dünne Luft.

In manchen Kurven der leicht abfallenden, von hohen, kohlrabenschwarzen Tannen gesäumten Straße gruben sich die Kufen so stark in den Schnee, dass die Funken stoben. Im Fond der Schlittenkutsche saß ein Engländer mit dünnem Oberlippen-Schnurrbart, in der rechten Hand eine Flasche Champagner, die er in den Fahrtwind hielt und unablässig „schneller, schneller, Jack, hit the horses, ick will mit gefrorenem Champagne ankommen“ schrie, während seine junge Begleiterin mit Bubikopf ständig aufzustehen versuchte, ihren lose umgeschlungenen Pelzmantel weit ausbreitend, so dass ihre Brustwarzen unter dem seidenen Plisseekleidchen hoch und fest abstanden. Dabei rief sie „go harder, Jack, go harder, my nipples have to be like Eiszapfen“, bis sie in der nächsten Kurve wieder in die Sitzbank gedrückt wurde.

Jack bekam auf seinem Kutscherbock von dem ganzen Theater nicht viel mit. Er hatte heute Nacht hoch verloren: Geld, Stelle, Kost, Logis, Gesicht, Ansehen. Morgen, fieberte er, würden sie ihn teeren und federn, auf eine gewachste Eisenbahnschwelle der rhätischen Bahn binden und unter dem Gejohle der Einheimischen und zum Gaudium der gutbetuchten Feriengäste die Bobbahn hinunterlassen. Und falls er nicht aus der Bahn geworfen, sein Kopf nicht zwischen dem Stamm einer Tanne und der Eisenbahnschwelle vermanscht werden würde, er den Teufelsritt nach Celerina überleben sollte, gäbe ihm der Direktor des Hotels Grand Palace wohl mit seiner großkalibrigen Smith & Wesson am Ende des Bob-Runs, Auge in Auge, den Gnadenschuss.

So waren sie, die Bündner, harte Burschen mit harten Grinden. Jack, der große Schlaks mit dem zarten Gesicht und dem süffisanten Dauerlächeln hatte zum ersten Mal in seinem Leben richtig Schiss.

Und wenn es ums Geschäft mit den Fremden ging, kannten die Bündner erst recht kein Pardon. Die Bestrafung des toggenburgischen Bauernsohns – dem man die Chance gegeben hatte, hier oben den Aufstieg des Schweizerischen Tourismus zur staatstragenden Industrie nicht nur hautnah mitzuerleben, sondern als einfacher Geldbote, aber mit Aussicht auf eine Banklehre, prägend mitzugestalten – diese Bestrafung also zu einem öffentlichen Exerzitium mit garantierter Belustigung der Gästeschar auszubauen, kam ihnen dabei gerade gelegen. Schließlich musste die üppig zahlende Klientel bei Laune gehalten werden. Denn gute Laune war das beste Schmiermittel zur Erhaltung ihrer Verschwendungssucht.

Angesichts dieser Aussichten suchte Jack in Gedanken nach einer geeigneten Stelle, an der er sich samt Schlitten, Gäulen und einem sturzbetrunkenen

Paar der englischen Upperclass über eine Felswand stürzen könnte. Wenn schon verlieren, dann ganz. Und ohne tiefgreifende Spuren auf dieser Welt zu hinterlassen.

„Hit the horses, hit the horses, Jack, like we did during the battle at Beerscheba. The letzte Schlacht mit Kavallerie. Ninteenseventeen … neunschzehnhundertschiebschzehn, only 10 Jahre ago. Wusstest du das not, Jack. We win, weil wir hit the horses, Jack, hit the horses, ick will Champagne wie Eiszapfen", brüllte ihm der Engländer, der sich zu ihm nach vorn gekämpft hatte, ins Ohr. „Ick zahl, ick zahl für the Eiszapfen-Champagne."

„Eiszapfen wie Champagne, Eiszapfen wie Champagne", kreischte der Bubikopf und sie war kurz davor, ihren Pelzmantel aus dem Schlitten zu werfen.

Jack hatte nur „zahl, zahl" verstanden. Ja, gezahlt hatte er. Alles, bis auf den letzten Rappen. Verzahlt und verjubelt, sein ganzes Geld. Für die größte Schmach seines bisherigen, kurzen Lebens.

„Hit the horses, zahl more, zahl more, Eiszapfenchampagne." Der Engländer war drauf und dran, den Kutscherbock zu besteigen. Der Weg stieg leicht an, Jack ließ die Peitsche in einem noch schnelleren Rhythmus knallen, die Pferde zogen kurz an, der Engländer wurde in die Sitzbank neben den Bubikopf gedrückt. Jack verlangsamte wieder und schrie nach hinten: „Wie viel? How much?"

„Hundred."

„Franken?“

„Pounds. Sterling, if the Champagne is Eiszapfen.“

„Okay.“

Jack zog die Rechenbremse, das Pärchen schleuderte es auf die vordere Sitzbank, er wendete das Gefährt, hieb mit der Peitsche auf die Pferde ein, sie zogen an und galoppierten die schneebedeckte Straße hinunter – direkt auf den vereisten See zu. Der Engländer stand mittlerweile wieder, hielt die Flasche in den Wind. Beim Übergang von der Straße auf den See hob das Gefährt leicht ab und den Engländer drückte es in die Sitzbank.

„Great Jack, like Beerscheba, like Beerscheba, Darling, like Beerscheba, Beeeerscheeebaaaa!“

So donnerte der edelste Schlitten des vornehmen Palace Hotel einsam durch die klirrend kalte Nacht über den gefrorenen St. Moritzersee, vorbei an Fähnchen, welche die Pferderennstrecke markierten, vorbei an unzähligen Tannen, die nahtlose schwarze Flächen bildeten, über denen die mondbeschienenen, weißen Gipfel von Piz Rosatsch, Mezdi und Corvatsch thronten, und vorbei an Gott, Gesetz und Teufel.

Jack war es Jacke wie Hose, verlöre er eben auch noch seine Fuhrmannslizenz. Sein Gastspiel hier im Oberengadin würde sowieso morgen früh, spätestens morgen Nachmittag beendet sein. Da kam es auf diese Tollheit auch nicht mehr an.

„Stopp, stopp, we did it, Jack, we did.“

Jack zog an den Leinen, die Pferde wieherten, er drehte an der Spindelbremse, der Schnee stob, die Kutsche kam zum Stehen, der Engländer stieg aus, erklomm den Kutscherbock, küsste Jack links, rechts auf die Wange, ließ von ihm ab, wandte sich nochmals um, küsste ihn mitten auf den Mund, sprang vom Bock, stieg in die Kutsche, saugte sich fest an den Eiszapfennippeln seiner Begleiterin, ließ von ihr ab, stand auf, hielt triumphierend die Champagnerflasche in die Höhe, drehte sie um, kein Tropfen entwich, und schrie in die Nacht: „Mary, he brought me Beeeerscheeebaaaa back. Jack, you're the greatest, du bringst mir Beeeerscheeebaaaa back."

Dann sank er auf die Sitzbank, seufzte kurz, gab Jack den Befehl nach „home" zu fahren, zog die am Boden verstreuten Wolldecken über sich und bettete seinen Kopf auf Marys Schoß.

Als sie im Grand Palace ankamen, schlief Walter John Montagu-Douglas-Scott, 8. Duke of Buccleuch, 10. Duke von Queensberry friedvoll mit dem Kopf auf Marys Schoß, die Champagnerflasche in der linken Hand fest umschlossen.

Jack holte den Concierge, während Mary den Kopf von Walter John Montagu-Douglas-Scott von ihrem Schoß hob und anschließend versuchte, den ganzen 8. und 10. Duke mit beiden Armen und einem ansehnlichen Stoß ihres rechten Fußes in eine standesgemäße Sitzhaltung zu bugsieren. Doch der schlafende Duke drohte zu kippen, so dass sie sich schließlich quer auf die Sitzbank legte, beide Füße gegen den Duke stemmte und ihn so in Stellung hielt.

Nun, es war kein ungewohnter Anblick, der sich Jack und dem Nachtconcierge bot. „Je blauer das Blut, desto blauer die Menschen", pflegte der Concierge in solchen Situationen zu bemerken, tat es, trat zur Kutsche und versuchte den Duke zu wecken. Dessen Schlaf trotzte jedoch hartnäckig jeglichem Rütteln und Schütteln. Jack nahm eine Handvoll Schnee von der Treppe und rieb ihn dem Duke ins Gesicht, was Wirkung zeigte: Der Duke erwachte, vergegenwärtigte sich die Situation, stand auf, entstieg der Kutsche, schrie „Beerscheba", salutierte vor Jack und dem Concierge, rutschte dabei aus und fiel der Länge nach hin.

Sie hoben ihn auf, klopften ihm den Schnee von den Kleidern, der Concierge legte den rechten Arm des Dukes um seine Schulter, schleppte ihn durch die Hotelhalle zum Lift, nannte dem Liftboy die Etage, brachte den Duke sicher zu dessen Suite, öffnete die Tür und legte ihn sanft auf sein Bett, derweil Jack Mary aus der Kutsche half, diese sich bei ihm unterhakte, ihn auf die Wange küsste und ihm zuflüsterte: „You did etwas very, very Wichtig für him." Jack geleitete sie noch zur Suite, worauf sie ihn und den Concierge warten hieß, den Zimmersafe öffnete, Jack 150 und dem Concierge 20 Pfund Sterling in die Hand drückte, Jack nochmals auf die Wange küsste, „many, many thanks and: take it easy“ zuhauchte und die beiden zur Tür begleitete. Aus dem Schlafzimmer war noch ein letztes „Beerscheba“ zu vernehmen, gefolgt von einem lauten Klopfen und befehlenden „Silence, s'il vous plaît!“. Dann fiel die Zimmertür ins Schloss und noble Stille erfüllte die Gänge des Grand Palace.

Auf dem Weg zum Lift unterdrückten die beiden jedes Wort. Als sich die Lifttüre hinter ihnen geschlossen hatte, schaute der Concierge Jack mit großen Augen an und fragte: „Hey, was hast du denn mit dem gemacht?“

Jack faltete die drei 50-Pfund-Noten sorgfältig, steckte sie genüsslich in seine Hosentasche und lachte: „Einmal Jerusalem und wieder zurück.“

Nachdem Jack die Kutsche eingestellt, die Pferde abgeschirrt, -getrocknet, zugedeckt hatte und den Fuhrmantel an den Nagel gehängt hatte, begab er sich schnurstracks in die Küche.

In den großen Töpfen köchelte die mit Sellerie, Rüben und Siedfleisch angereicherte Bouillon vor sich hin und erfüllte die Küche mit ihrem Duft. Jack schnappte sich einen Löffel und kostete, befand sie für zu fade, salzte nach, kostete nochmals, war zufrieden und wünschte „Guten Appetit“.

Er ging durch den großen Speisesaal, nahm sich im vorgelagerten Wintergarten zwei der mit Kaschmirwolle durchwirkten Decken und setzte sich auf die große Aussichtsterrasse.

Zwei winzige Lichter funkelten noch am anderen Seeufer, das leise, rhythmische Bimmeln einer Kutsche war zu hören und den Tannenwipfeln fehlte der Wind, um über das Leid im Tal zu klagen. Es war zapfenkalt.

Zu kalt, um über den heutigen Abend, seine Folgen und was zu tun sei, nachzudenken. Widerwillig und mit klammen Fingern stand Jack auf, war unschlüssig, ob er in seine ebenso kalte Kammer gehen und sich die Decke über den Kopf ziehen sollte, um sich vor dem Schnarchen, dem fuseligen Branntweinatem seines Mitbewohners sowie vor der beißenden Kälte zu schützen, oder ob er sich noch eine Weile in der Küche neben den Ofen setzen, auf die Bäcker warten und ihnen das erste warme Brötchen abschwatzen sollte. Unschlüssig stand er im Speisesaal des Grand Palace, der bereits für das Frühstück hergerichtet war, so versunken, dass er das leise „Jacopo", „Jacopo" zuerst gar nicht hörte. Erst beim dritten Mal sah er in der kleinen Türe für das Servicepersonal am Nordende des Saales Vittorio. Vittorio winkte ihn zu sich und flüsterte leise, „komm, komm, Bub, nehmen wir noch ein Glas Wein, gut für Schlaf."

Vittorio, ja, doch, Vittorio, dachte Jack und ging auf ihn zu.

„Komm, Bub, wie war der Abend? Gewonnen? Bist du jetzt Graf?"

Er hat auf mich gewartet, dachte Jack und schwieg.

„Komm, gehen wir zu mir, ist wärmer."

Vittorio war Kellner der ersten Stunde im Grand Palace. Er gehörte mit seinem graumelierten Haar, seinem gleichfarbigen Schnauzer und seinen dunklen Augen zum festen Ensemble des Speisesaals, das Jahr für Jahr die adeligen, wichtigen und wichtigtuerischen Hauptdarsteller bei der Inszenierung der immergleichen Tragikomödie über Geld, Macht und Liebe nach Kräften unterstützte.

Er hatte Kaiser, Könige, Minister und Generäle kommen und gehen gesehen. Er kannte von all den Mächtigen, Schönen und Reichen, von denen einige bis auf ein paar schmale Restposten inzwischen alles verloren haben, stets die bevorzugten Tische, die Vorlieben beim Aperitif, die favorisierte Bräune des Toasts, die exakte Kochzeit des Frühstückseis oder die jeweiligen Präferenzen der Garstufen beim Fleisch. Vittorio war im Speisesaal des Grand Palace der Waisenvater für all die verstoßenen Kinder der Revolutionen und Kriege der letzten Jahrzehnte. Mit ausdauernder Geduld und unbeugsamer Höflichkeit umsorgte er auch die am tiefsten gefallenen Gäste, als stünden sie noch immer in Amt und Würden oder auf der höchsten von ihnen erreichten Position im gesellschaftlichen Leben.

Vittorio schloss die Türe zu seinem Zimmer auf. Die Restwärme des Ofens verbreitete eine einladende Behaglichkeit. Er zündete eine Gaslaterne an. „Zwar haben wir hier schon 1879 ‚il spettacolo der elektrischen Licht' für unsere Gäst zelebrieret, aber alles für Gäst, nix für Vittorio und sein collega, gopferdeckeli."

„Warst du da schon hier?", fragte Jack und fletzte sich in einen abgewetzten, hellbraunen Ohrensessel mit Nieten, die vereinzelt Grünspan trugen.

„Uffschtoh, Bürschteli, ist mein Sessel. Da", winkte Vittorio Jack hoch und wies ihm einen Polstersessel zu.

„Und, warst du dabei, damals, beim spettacolo des großen Lichts?"

„Bürschteli, ich bin zwar alt, aber so vecchio auch nicht. Und in contrario zu dir, weiß ich, wie man in Bett von russischer Signora kommt. Also raccontare die storia, warum du jetzt bist bei mir und nicht in Bett, Kopf in mezzo zwei großer Brüste."

„Hast du was zu trinken?"

„Wenn du noch Holz in Ofen schiebst, hol ich Wein und Teller und bicchieri."

„Wo ist das Holz?"

Vittorio wies auf einen aus Weiden geflochtenen Korb. Er war leer. „Geh holen!"

Vittorio ging in seine winzige Küche, bückte sich und grapschte hinter einem Vorhang, der aus zwei alten, zusammengenähten, grün-weiß karierten Küchentüchern bestand, nach Flaschen.

Eine nach der anderen zog er hervor, betrachtete die kleinen handgeschriebenen Etiketten; Dolcetto 25, Dolcetto 24, Dolcetto 25, Dolcetto 25, Dolcetto 23, Dolcetto 24, Dolcetto 22, Dolcetto 23.

Er entschied sich für die beiden Flaschen Dolcetto 24 und die Dolcetto 22. Die restlichen stellte er eine nach der anderen wieder sorgfältig zurück.

Er entkorkte die drei Flaschen, schnupperte an den Korken, legte jeden neben die dazugehörende Flasche, entnahm einer Blechschachtel zwei Stück Käse und eine Salami. Er wickelte einen weichen Tomme de Savoie und einen gut gereiften Grana Padano aus dem Papier. Mit einem herzförmigen Käsekeil brach er mundgerechte Brocken aus dem Grana Padano, formte damit ein Häufchen in der Mitte eines Porzellantellers mit dem Signet des Grand Palace, schnitt den Tomme de Savoie in Stäbchen und verteilte diese um das Häufchen herum.

Die Grana Padano-Brocken beträufelte er vorsichtig mit einem Aceto balsamico di Modena von Giusti, pfefferte die Tomme-Stäbchen leicht und gab auf jedes ein paar Tropfen Olivenöl.

Für die Salami nahm er einen zweiten Teller und legte ein Messer dazu.

Vittorio zog ein sauberes grün-weiß kariertes Küchentuch aus einer Schublade, trug es ins kleine Wohnzimmer und breitete es so über das kleine

Clubtischchen zwischen den Ohrensesseln, dass auf beiden Seiten genau der gleiche Abstand zum Tischrand entstand.

Er ging zurück, holte die Teller mit den Speisen, Besteck, Kristallgläser und deckte den Tisch so, wie es sich für ein Hotel der Klasse des Grand Palace gehörte.

Jack stapelte derweil so viel Holz in den flachen Korb, wie er nur konnte. Die Nacht bei Vittorio durfte kein Ende finden. Die verbleibende Zeit war sein letzter, bereits arg in Mitleidenschaft gezogener Schutzschild bis zur unweigerlichen Bestrafung, zur Vertreibung unter Schimpf und Schande, zum Verlust seines Namens, seiner Ehre, seiner Persönlichkeit. Er würde ausgelöscht, würde nie mehr hier, so nahe bei den Sternen der Welt, arbeiten können, fände nie wieder eine Anstellung in einem Hotel dieser Klasse. Die Welt, nach der er zu greifen gehofft hatte, bliebe auf ewig in weiter Ferne. Seine Berechnung des Glücks erwies sich als äußerst fehlerhaft.

Doch er würde Haltung bewahren. Wenn er enthauptet werden sollte, dann sicher nicht kniend, mit dem Kopf auf dem Richtblock, auf das Beil wartend, sondern stehend würde er dies erwarten, gerade Haltung, die Hände hinter dem Rücken, in Frack und Seide, gewaschen, rasiert und parfümiert mit Penhaligon's Blenheim, das ein Gast in Zimmer 152 vergessen hatte.

Den Marsch durch die Gänge und Korridore des Grand Palace, verfolgt von den schadenfrohen Blicken der Liftboys und Kellner, dem zischenden Tuscheln der Zimmermädchen und Gouvernanten und den skeptischen Blicken der Köche und Küchenburschen, zum Büro des Direktors würde er mit perfektem Mittelscheitel, hohem Kinn und einem unergründlichen Lächeln absolvieren.

Bis zu diesem Auftritt blieb jedoch noch Zeit. Zeit für die Beichte. So wie es sich für einen ehrbaren Schafottgänger gehört. Beichte nach all den Lügen eines sündhaft teuren Abends. Nach all den meineidigen Treueschwüren, den heuchlerischen Schmeicheleien und hinterhältigen Täuschungen. Beichte bei Vittorio. Alles würde er sagen, wenn nicht um Absolution, so doch um Verständnis betteln. Vittorio war auch einmal jung gewesen. Vittorio hatte in jungen Jahren sicher auch schwerwiegenden Unfug und leichtsinnigen Mumpitz angestellt, dafür bezahlt, seine Lektion gelernt und sie auf seinem Gang durchs Leben beherzigt. So festigte sich sein Schritt nach und nach, wurde geschmeidiger, bis er Vittorio schließlich diese unnachahmliche Weltgewandtheit verliehen hatte, die ihn zum Star des Speisesaals machte, zur Schulter, an der sich diamantenbehangene Gattinnen ausweinten, ordendekorierte Weltkriegshelden im Suff anlehnten und mit der er zum unverzichtbaren Seismografen des Direktors für Gemütslage, Disponiertheit und Ausgabefreudigkeit der Gäste wurde.

Ein Glück, dass ich im Speisesaal auf ihn traf, dachte Jack, nahm den berstend vollen Korb Holz und schleppte ihn die Treppe hoch. Vor Vittorios Zimmertüre musste er erst einmal eine Weile verschnaufen, hatte er sich doch, wie so oft, zu viel zugemutet.

Mit neuen Kräften öffnete er die Tür, schob einen Fuß dazwischen, um zu verhindern, dass sie wieder ins Schloss fiele, und stellte unter Mühen den Korb neben den Ofen.

„Was ist, willst ganzen Winter hier bleiben?", fragte Vittorio erstaunt.

Jack keuchte. „Am liebsten – ja." Er schob zwei Scheite in den Ofen.

„So schlimm?"

Jack ließ sich in einen der Ohrensessel fallen. Erst jetzt bemerkte er das geradezu festlich gedeckte Clubtischchen, die Salami, die Käsebröckchen und vor allem die Flasche Wein.

„Danke, Vittorio." Er griff nach der Weinflasche und fragte: „Darf ich?"

„Wart. Musst du mit Verstand trinken. Und den hast du noch nicht."

Jack las die Etikette: Dolcetto 24. „Bauernwein aus der Heimat. Den kann man auch mit geringem Verstand trinken."

„Bub, dir heute costruzione geplatzt, nehm ich an. Auf diese Tragisch werd ich dir wohl keinen Essig servieren. Obwohl, verdient hättest du es wahrscheinlich. Aber mit saurem Wein lässt sich schlecht denken. Und denken musst du jetzt. Also los, erzähl!"

Vittorio nahm ihm die Flasche aus der Hand, schenkte vorsichtig ein, stellte sie zurück und hob sein Glas: „Salute!"

„Salute!"

Der Wein war ein Wunder. So etwas hatte Jack noch nie getrunken. So sanft, so rund im Geschmack, so fest im Mund, dass er das Gefühl hatte, er könne ihn zerbeißen.

„Herrgottmaria, Vittorio, das ist ja eine Wucht. Was ist das für ein Wein?"

„Musst drehen im Mund, so trinkt man diesen Wein."

Jack nahm einen weiteren Schluck, schob ihn mit der Zunge die eine Backenwand hoch, ließ das kostbare Nass wieder zurückschwappen, schob es die andere Wand hoch, ließ es wieder zurückschwappen, biss sanft auf ihm herum, ließ den Gaumen die millionenfachen Geschmacksnuancen aufnehmen und erlaubte der roten Flüssigkeit letztlich sachte die Kehle hinunterzurinnen. Seine Mundhöhle war ausgefüllt mit Düften aller möglichen Aromen, die diese Welt hergibt.

Jack lehnte sich zurück, schenkte dem leeren Glas einen wehmütigen Blick, setzte es auf das Tischchen, schaute Vittorio eindringlich an und fragte: „Was ist das für ein Wein?"

Vittorio strich mit dem Handrücken über seinen Schnauzer, holte tief Luft und lächelte genüsslich: „Margaux 99."

Jack lachte: „Willst du mich veräppeln? Margaux 99?"

„Château Margaux Premier Grand Cru Classé 1899, Bub, so und jetzt erzähl!"

„Ha, Château Margaux Premier Grand Cru Classé 1899. Wenn das wirklich wahr ist, Vittorio, dann zuerst du, sonst sag ich gar nichts!"

Vittorio langte über den Tisch und nahm Jack das Glas weg.

„Heeeh!"

„Bub, Geschichte gegen Château Margaux Premier Grand Cru Classé 1899. Gutes Geschäft – für dich."

„Gutes Geschäft, gutes Geschäft. Wenn ich dir das alles erzähle, bin ich ja morgen um elf noch nicht betrunken."

Vittorio brach sich ein Stück Brot ab, schnitt eine Scheibe Salami ab, entfernte die mehlbestaubte Haut, legte die Wurst aufs Brot, klappte es zusammen und schob es in den Mund. Dabei ließ er Jack nicht aus den Augen. Als er fertig gekaut und hinuntergeschluckt hatte, sagte er mit scharfem Unterton: „Unsereiner besäuft sich nicht mit Château Margaux. Und schon gar nicht mit 1899. Also, erzähl!" Vittorio winkte mit Jacks leerem Glas.

„Geschichte gegen Geschichte."

„Geschichte gegen Wein. Guter Wein, Bub."

„Wenn es denn Château Margaux Premier Grand Cru Classé achtzehnhundertneunundneunzig ist …“

„Es ist, credi, porca miseria.“

„Einfach so?“

„Madonna, ich bin Chef de Service von Grand Palace, bestes Hotel der Welt, wer sonst will es denn wissen, Bub?“

Jack zuckte mit den Schultern.

Vittorio warf Jack einen wütenden Blick zu, nahm dessen leeres Glas, schenkte ein und schob es zu ihm hinüber.

„Hab immer Resten abgefüllt. Immer gleicher Wein, gleicher Jahrgang in gleiche Flasche. Mit Sieb, wegen Satz. Falls du weißt, was Satz ist.“

„Das soll ich dir glauben?“

„Ist wahr, Bub!“

„Komm, Vittorio, das ist sicher nicht reiner 99er. So viel 99er wird in diesem Haus auch wieder nicht getrunken.“

„Hast du Ahnung, kleines Geld-Bub. Du vielleicht wissen, wer mit welche Bank verbunden ist, wer wie viel Geld hat und braucht und was Pfund inglese oder Franchi francese in Franchi svizzeri sind, aber wer welchen Aperitif wann braucht, wer die Bloody Mary so und den Dry Martini so trinkt, wer Randen oder Ananas nicht liebt und welcher Gentleman nach dem dritten Glas ausfällig wird und welche Dame beim Anblick von weißem Spargel und Sauce Béarnaise mit ausgezogenem Schuh dem Gegenüber das

Hosenbein hochfährt, obwohl der Marito neben ihr sitzt, von dem hast du keine Ahnung. Vom Leben. Alles buio, Nebel, Bub. Also glaub oder geh!“

Jack nahm sein Glas, tauchte seine Nase in das Bouquet des Weins und hob es gegen Vittorio: „Salute.“

„Salute, Bub … Bub, habe auch noch zweite Flasche und noch eine Petrus 1900. Also, erzähl!“

Jack pfiff leise durch die Zähne. „Also, die flüssigen Almosen der Spitzen der Gesellschaft landen fein säuberlich sortiert in den Dolcetto-Flaschen von Vittorio Capetta.“

„Ist mir wurscht.“

„Château Margaux und Château Petrus rinnen durch die Gesellschaftsschichten, von König zu Adel, von Adel zu Industriebaronen, von Industriebaronen zu reichen Bürgern, von reichen Bürgern zu Direktoren, von Direktoren zu Prokuristen, von Prokuristen zu Bürolisten, von Bürolisten zu Arbeitern und Bauern, bis sie ganz unten in den Flaschen des Sohnes eines besitzlosen Pachtbauern landen. Interessant, findest du nicht?“

„Waren nicht besitzlos, Bub.“

„Irgendwie gerecht.“

„Irgendwie. Erzähl jetzt. Geschichte gegen Geschichte.“

Jack nahm einen Schluck Wein, nahm Brot, nahm Grana Padano, nahm Wein, schnitt eine

Scheibe Salami ab, nahm Wein, Grana Padano, Wein, Salami, Wein, Brot, Wein …

„Porca miseria, jetzt erzähl, Bub!"

Jack nahm einen großen Schluck, ließ den Wein jede Geschmackspore seines Mundes reizen, setzte das Glas ab und hob an: „Wie du siehst, sitze ich hier an deinem Ofen, nippe an einem der größten Weine der Welt statt an steifen Brustwarzen. Obwohl, es hat nicht viel gefehlt, ich war ganz nah dran."

Er nahm das Glas und beugte sich nach vorn. „Eigentlich hat gar nichts gefehlt. Ich hatte sie."

„War's Russin, die Baronin?"

„Nix Baronin, aber steinreich, Vittorio, so reich, wir hätten gleich das ganze Grand Palace gekauft."

Jack schlug die Hände vors Gesicht, fuhr langsam, die Finger mehr und mehr spreizend, dem Nasenrücken, der Nase, der Oberlippe entlang nach unten, bis er am Kinn ankam und seinen Kopf schließlich müde in die Handballen stützte.

„Alles weg?"

Jack nickte traurig.

„Keine Chance, niente occasione mehr?"

„Sie hat mich geohrfeigt."

„Geohrfeigt?"

Jack nickte und streckte zwei Finger seiner rechten Hand hoch.

„Pitsch, patsch?"

„Pitsch, patsch!"

„Ja, Bub, was hast du denn gemacht, porca miseria?“

„Nichts, es ging alles gut, sie hat mir alles geglaubt.“

„Auch kein miracolo, der Frack steht dir bellissimo, als ob für dich gekauft. Bist bel uomo, Bub, mit deinen blauen Augen, Kinngrube von echtem Mann und Nase wie kleiner Adler!“

„Zimmer 257.“

„Was, der Conte hat dir den Frack gegeben?“

„Von der Reinigung, er muss erst übermorgen zurück sein.“

„Bub, Bub, diese Charakter.“

„Sie hat alles geglaubt, diese Charakter, Vittorio, alles geglaubt. Dass ich ein reicher Basler Bankierssohn sei, dass ich hier sei, um die Beziehungen unseres Hauses auszuweiten, dass ich Skiunterricht zum persönlichen Spaß und Zeitvertreib gebe, ein so guter Eistänzer sei, weil ich für die olympischen Spiele nächstes Jahr hier unter dem Gautschy trainiere, dass meine Familie Häuser in Rapallo, Nizza, Brighton, zwei Wohnungen in Paris und einen Landsitz bei Basel besäße, dass mein Bugatti 30 in Chur stehe, der 35er bald in Molsheim abgeholt werden könne und dass ich die Bank in etwa sieben Jahren übernehmen werde und somit noch genug Zeit verbliebe, die Jugend zu genießen.“

„Sie hat geglaubt? Alles?“

„Ich hab den Bugatti-Schlüssel wie zufällig aus dem Mantelsack fallen lassen."

„Bugatti-Schlüssel …"

„Schlüssel: Suite 16, Mantel: Reinigung, Zimmer 312."

„Bub, diese Charakter, du gehst noch auf Galeere."

„Den Schlüssel habe ich dem Duke bereits in die Kitteltasche gesteckt, der Mantel muss sogar erst in drei Tagen von der Reinigung zurück sein. Vittorio, ich war perfekt!"

„Pitsch, patsch."

„Ich habe so hart gearbeitet für diesen Abend, all die Kutschenfahrten mit gefrorener Nase, das Skifahren mit all den Engländern und Franzosen, die kein Gespür für Ski und Schnee haben, und die unzähligen Stunden auf dem Eis, um aus einer ungelenken Göre eine Eisprinzessin zu machen. Gut, die Bezahlung und vor allem die Trinkgelder waren gut, zum Teil sehr gut. Alles in einem Abend aufgelöst in Austern, Roederer Champagne …"

„Gute Wahl, sind Russkis gewohnt. Oder waren es."

„… und Château Léoville Barton – übrigens auch erstklassig, Vittorio."

„Deuxième Grand Cru Classé, Bub, Deuxième Grand Cru Classé."

„Sie hat mir sogar abgenommen, dass ihr Vermögensverwalter oft in Basel sei und die Marotte habe, immer ein 5-Franken-Stück für die Bediensteten unter seinen Teller zu legen. Franco vom Suvretta, sie wohnt ja dort, hat mir den Tipp gegeben. Er habe sie und einen älteren Mann bedient. Aus den Gesprächsfetzen, die er aufgeschnappt hatte, nahm er an, dass der Mann ihr Vermögensverwalter sein müsse. Auf alle Fälle hat der ein 5-Franken-Stück unter den Teller gelegt. Gut, nicht?"

„Madonna, Bub, von wo hast du Uhr?"

„Uhr: Zimmer 412, Schuhe: 316, muss ich noch zurückstellen. Wann macht Ivan seine Runde? Viertel vor sechs? Richtig?"

„Bub, diese ..."

„... Charakter. Ich weiß. Viertel vor sechs?"

„Viertel vor vier."

„Und jetzt ist ... zwanzig vor zwei. Hat die Uhr einen Wecker?" Jack betrachtete die Uhr genau, zog das Krönchen heraus, hielt die Uhr ans Ohr, horchte in sie hinein, nahm sie wieder vom Ohr weg und stieß das Krönchen zurück.

„Hat sie nicht. Hast du einen Wecker, Vittorio?"

„Habe in bald dreiundvierzig Jahren hier noch nie verschlafen. Habe Wecker. Wie bringst du Uhr zurück?"

„Réception, habe sie vor Zimmer 412 gefunden. Stelle den Wecker bitte auf halb vier."

„Mein Siegelring?"

„Hier." Jack zog den schweren Ring vom Finger und gab ihn Vittorio zurück.

„Hat sie etwas gesagt wegen den Ring?"

Jack log: „Ja, sie hat ihn bemerkt, mir abgezogen, sich selbst über den Finger gestreift und über das Wappen gestaunt."

Vittorios Augen leuchteten: „Und, was hast du gesagt?"

„Er sei vom italienischen Zweig meiner Familie, dem Marchese Ambrogio Antonio Scurumpi Cravelli aus Canelli. Perfekte Arbeit, wahrscheinlich 14. Jahrhundert, da Cravelli im 15. Jahrhundert lebte."

„Marchese Ambrogio Antonio Scarampi Crivelli, Bub, lebte im 17., Ring wahrscheinlich 16. Jahrhundert!"

„14., 15., 16. Jahrhundert, ist doch wurst."

„Nein, gofferdammi, ist keine salsiccia. War wichtiger Krieg dort, gewonnen gegen Spanier, 1613. Wird jedes Jahr gefeiert, kann sie nachprüfen."

„Wird sie eh nicht mehr."

„Warum auch eine Russin, Bub?"

„Sie ist nicht adlig, aber hat Geld, Vittorio, Geld, Geld, und nochmals Geld."

„Kein Adel?"

„Kein Adel! Bastard von russischem Baron, deutscher Herkunft. Hatte riesiges Gut, irgendwo im Süden, Schwarzes Meer, mit Millionen von Pferden und Schafen und Rindern. Und sogar Antilopen, Gnus und Zebras. Die Zebras versuchte er mit Eseln und Pferden zu kreuzen. Ergab aber nichts. Die Familie hatte über sechzig Jahre lang die russische Armee mit Pferden, Hafer, Wolle und Fleisch bis zum letzten Tag des Zaren ausgerüstet. Stell dir mal vor, wie viel Rubel da reingerollt sind. Klar hat ihn Lenin zuoberst auf die Liste gesetzt. Er konnte im letzten Moment noch abhauen. Das Vermögen hatte er über einen Schweizer schon vorher außer Landes gebracht. Sagt sie."

„Und sie?"

„Entsprang seiner einzigen, wahren Liebe, sagt sie. Hat ihr in Genf ein Konto eingerichtet, von dem du und ich und unsere Kinder und Kindeskinder sorgenfrei leben könnten."

„Und ihre Mutter?"

„Bei der Geburt gestorben. Sie haben sie zur Mutter des Barons nach Petersburg gebracht. So war sie weg vom Land, weg von seiner Ehefrau und weg von seinen Söhnen. Natürlich beste Schulen, Französisch, Englisch und Deutsch, Reit-, Tanz- und sogar Fechtunterricht. Petersburg sei ein Paradies gewesen, bis die Bolschewiken kamen, sagt sie."

„Sie sagt viel."

„Vittorio, sie hat viel zu sagen: Zar, Krieg, Revolution, Bastard, da weg, dort weg, Vater weg, Mutter weg. Da können der Jack aus dem Toggenburg mit seinen Dorfoberen und der Vittorio aus der Alta Langhe mit seinem Kasperl-König nicht mithalten."

„Beleidige unseren König nicht, Bub. Er mag klein sein, aber kein Arlecchino. Ist Piemontese, verstehst du, Piemontese. Darum ich Vittorio."

„Tschuldigung."

„Gut, Bub, und wie pitsch, patsch?"

„So gegen Mitternacht, ich bei Whisky und Zigarre ..."

„Single Malt?"

„Single Malt."

„Gut, Bub, gut Bub."

„Also ich bei Single Malt und Havanna, sie bei Wodka und Zigarette, immer wieder an mich anlehnend, ab und zu ihren Arm um meine Schulter legend, kurz vor dem ersten Kuss, Vittorio, kurz vor dem ersten Kuss, schrie einer: ‚Köbi, Köbi, da bist du ja!' und kam auf mich zu."

Jack leerte das Glas und hielt es Vittorio hin, der füllte nach.

„Gian, Eisklumpen im Bart, auf seiner erloschenen Krummen herumkauend, den Schlapphut mit dem Schriftzug der Städtischen Fuhrwerke tief ins Gesicht gezogen, stand vor mir und sagte, nein schrie: ‚Köbi, kannst noch ein paar Centimes verdienen, der Reto ist krank, musst eine Fuhr machen, zwei Engländer, zu deinem Palace. Hab dir Schlitten und Fuhrmantel gleich mitgebracht.' Sie schaute mit ihren großen dunklen Augen zuerst ihn, dann mich an. ‚Heiliger Bimbam, Köbi, du bist aber aufgemacht, bist auf Aufriss?' Sagte es, warf mir den Mantel mit der Bemerkung ‚nimm, es ist zapfenkalt' zu, drehte sich um und ging."

„Pitsch, patsch?"

„Nein, noch nicht, ich hatte noch eine kleine Chance, Vittorio, fragte sie doch, ‚du fährst auch noch Kutsche, Jack?‘ Das mit dem Köbi hatte sie scheinbar gar nicht mitbekommen. Aber dann rief der Barkeeper, den ich bei den Skirennen immer geschlagen habe, ‚klar, die armen Toggenburger fahren immer Kutsche, müssen immer Kutsche fahren, noch weiter runter als Toggenburger geht's nicht mehr.‘ Ich habe mich blitzartig über den Tresen gelehnt und erwischte den Kerl noch an der Krawatte, aber der hieb mit dem Eishacker auf meine Hand, ich schrie auf und drehte mich wieder um, hielt die Hand, krümmte mich und schaute wie ein winselnder Hund zu ihr hinauf."

„Pitsch, patsch?"

„‚Toggggenburgerrrr', schrie sie entsetzt."

„Pitsch, patsch?"

„Pitsch, patsch."

Jack nahm einen Schluck und ließ sich gegen die Rückenlehne fallen. Vittorio leerte sein Glas, winkte Jack nach vorn, schenkte beiden nach, ging in die Küche und holte die nächste Flasche Dolcetto 24.

„Weißt du, Bub", sagte er noch im Gehen, „du, wir kommen nie zu den großen Fenstern."

Er setzte sich und stellte die Flasche auf den Tisch. Jack drehte sie so, dass er die Etikette lesen konnte und schmunzelte.

„Schau doch: Wo sind wir? Bei den kleinen Fenstern. Ob Dachstock, Zwischenstock, Keller, Bauernhütte; alles kleine Fenster. Oder gar keine. Sie sind immer noch in Schlössern und Palästen, Bub. Wir immer noch in den Zwischengängen, hinter den Wänden. Feuern die Öfen von hinten, schaffen Behaglichkeit di dietro. Kleine Fenster, viel Zug, im Dachstock geht der Wind von West nach Ost, im Keller teilen wir Stroh mit Ratten. Bub, wir kommen da nie raus. Leben immer in den Gängen hinter den Salons. Außer sie klingeln, damit wir Wünsche erfüllen können."

Vittorio schnitt sich ein Stück Salami ab.

„Aber, weißt du was, Bub?"

Jack schüttelte den Kopf.

„Wir haben amore, Liebe, Bub. Wir nicht müssen standesgemäß heiraten, weil wir sowieso unterster Stand, Toggenburger, Bub. So bleibt amore. Wir können lieben, wen wir wollen. Ohne Rücksicht auf Politik, Interessen, Gesellschaft und Geld."

Jack beugte sich nach vorn und wollte etwas dagegen halten, doch Vittorio kam ihm zuvor.

„Gut, manchmal Dorf schon Dorf, aber trotzdem, wir haben bessere amore. Darum beneiden sie uns. Das gelebte Leidenschaft, voglia, wie sagt man, Gier? Begier?"

„Begierde."

„Si, Begierde, aber auch Verzweiflung alle Teil unsere vita sind. Viel erfahrener, wir."

„Das stimmt doch nicht, Vittorio. Da werden in der Nacht oft die Zimmer gewechselt. Das weißt du auch."

„Alles Langeweile, alles ohne amore. Darum kommen sie auch manchmal in Zwischengänge, um zu erleben, was sie zu erleben hoffen. Aber Achtung Bub: Wenn sie nur einen Augenblick unserer Freiheit gestohlen und einverleibt haben, lassen sie uns fallen, weil sie sich wieder erinnern, was sie in den vorderen Räumen alles verlieren werden. Also, vergiss es, ihre Messer sind schärfer, ihre Kugeln treffsicherer und ihre Kassen voller. Das bekommst du Bub nie, und schon gar nicht in una notte. Wir haben nicht viel, um viel zu haben. Aber wir haben die Gänge hinter den Gängen, Bub. Basta."

„Ich schaffe das, wirst sehen", antwortete Jack, hielt Vittorio sein Glas hin. Vittorio schenkte nach.

„Köbi, Bub, was du brauchst, sind Kässeli."

„Kässeli?"

„Ja, fang mal mit … hmm … sagen wir fünf an: eines für Essen, eines für Miete, eines für Steuern, eines für Kleider, eines für Träume und eines für Überraschungen."

„Das sind sechs."

„Schadet auch nicht."

„Und?"

„Und? Mit Kässeli bekommt auch ein Charakter wie du das Leben in Griff."

„Ich habe eine, besser hatte eine Kasse und die ist seit zwei Stunden leer. Leerer geht's nicht mehr. Wie soll ich da sechs Kässeli füllen?"

„Eben, darum brauchst du sechs, sonst lernst du nie. Musst einteilen, dann machst auch nicht mehr so einen Mist. In einer Nacht ganzes Geld auf eine Russin setzen, porca miseria, wie dumm sind eigentlich Toggenburger?"

„Toggenburger waren immer arm. Darum wissen sie wahrscheinlich nicht, wie man reich wird. Aber dumm sind sie nicht, Vittorio!"

„Gut, Bub, dann beweis es. Machen wir Kässeli!"

„Was?"

„Wir machen dir jetzt Kässeli, damit du durchs Leben kommst, Toggenburgerli."

„Aber ich brauche die nicht!"

„Morgen, Direttore jagt dich zum Tempel hinaus. Dann steigst du zu Gian auf den Bock und fährst zum Bahnhof und dann gehst du ins Tal. Wir sehen uns vielleicht nie mehr. Mit Kässeli, du denkst an alten Vittorio. Und vielleicht hilft auch deinem Charakter, Bub."

Jack schwenkte das Glas. „Gib mir noch ein bisschen Petrus, bitte."

„Petrus gegen Kässeli."

Jack überlegte einen Moment. „Gut, Kässeli gegen Petrus."

Vittorio ging in die Küche und kam nach einer Weile mit sechs großen Einmachgläsern mit Metallbügeln und Gummiringen zurück. Dann öffnete er eine Schublade und entnahm ihr sechs kleine Klebeetiketten mit Pflaumen-, Erdbeeren- und Aprikosenmotiven sowie einen edlen Waterman-Füllfederhalter.

Er legte alles auf das Clubtischchen und ging in die Küche zurück, um den Château Petrus zu holen.

Als er zurückkam, hob Jack die Füllfeder in die Höhe.

„Woher?"

Vittorio stellte die Flasche auf den Tisch, lehnte sich zurück und sagte augenzwinkernd: „Zimmer 147."

Direktor Hans Camenisch stand am Fenster, die Hände hinter dem Rücken verschränkt, und schaute in die perfekte Winterlandschaft hinaus. Der See weißgefroren, die Berge weiß, die Tannen dunkelgrün-schwarz, der Himmel blau. So musste es sein. Das war die unbezahlbare Kulisse für seine Intendanz im mondänsten Hotel der Welt.

Als es klopfte, wippte er kurz, zählte ganz leise bis zehn, rief „Herein!"

Jack betrat das durch und durch aus erlesenem Holz getäfelte Büro und blieb knapp hinter den Sesseln vor dem schweren Eichenschreibtisch stehen.

Nachdem er Mantel, Frack, Schuhe und die anderen Requisiten seines missglückten Eroberungsfeldzugs zeitig abgegeben und sich die lange Nacht mit kurzem Schlaf in Vittorios Ohrensessel, viel kaltem Wasser und einer gründlichen Rasur aus dem Antlitz vertrieben hatte, sah er aus wie immer: das mittellange Haar über den feingeschnittenen Gesichtszügen zum perfekten Mittelscheitel gekämmt, schwarzer, zu oft getragener und dadurch an den heiklen Stellen bereits leicht ausgebeulter Anzug, schwarze Krawatte mit dezenten weißen Querstreifen, schwarze Schuhe, Budapester, die auch schon bessere Tage gesehen hatten.

Direktor Hans Camenisch schaute unverwandt aus dem Fenster. Jack betrachtete den riesigen Schreibtisch: alles fein säuberlich geordnet. Die teuren Füllfedern standen aufgereiht wie Zinnsoldaten in ihren Halterungen. Daneben befanden sich drei verschiedenfarbige, unterschiedlich angeschriebene Tintenfässchen; auf dem königsblauen stand „Korrespondenz", auf dem roten „Personal und Lieferanten" und auf dem schwarzen „Kondolenzen". In der Mitte lag auf einer ledernen Schreibunterlage ein handgeschöpftes Briefpapier mit einer Prägung des Schriftzugs des Grand Palace, einem Wasserzeichen und einem Vordruck in großer, geschwungener Schreibschrift: „Zeugnis".

„Der arme Mann aus dem Toggenburg. Köbi Breiter. Kommen Sie, stellen Sie sich neben mich. Ich will Ihnen etwas zeigen." Dazu winkte Camenisch mit einer der hinter dem Rücken verschränkten Hände. Jack schritt langsam über den klassischen, mit vielen Ornamenten verzierten Perserteppich und stellte sich so geräuschlos wie möglich neben Hans Camenisch.

„Was sehen Sie, Breiter, außer einer schneegeräumten Schwarz-Eis-Stelle auf dem See, die von einer wendenden Kutsche herrührt?“

„Tannen, Berge – Schnee.“

„Und dahinter?“

„Mehr Berge.“

„Welcher?“

„Piz Bernina?“

„Richtig, Breiter! Und vis-à-vis von dem Bernina?“

„Links, vorne oder rechts?“

„Links, Breiter, links.“

„Der Pass?“

„Jawohl, Köbi Breiter. Der Berninapass.“

Jack schwieg. Schweigen empfand er zum ersten Mal in seinem Leben als eine passende Antwort.

„Der Berninapass, Breiter. Dort oben saß ich. Vier Jahre lang, Breiter. Den Karabiner 11 auf den Knien. Wissen Sie, wie schwer ein Karabiner ist, Breiter? Wissen Sie, wie schwer ein Karabiner 11 ist, Breiter?“

Jack schwieg.

„Wie sollten Sie auch. Vier Kilo. Wissen Sie, wie schwer vier Kilo auf den Knien während vier Jahren auf dem Berninapass werden? Zweitausendzweihundert und ein paar Meter über dem Meer, Breiter? Sie sagen nichts mehr, wie sollten Sie auch. Der 11er drückt Ihnen die Füße in den Berg, dorthin, wo der Frost auch bei sonnigen dreißig Grad nichts zu befürchten hat. Füße im Dauerfrost, Breiter, vier Jahre lang.“

Camenisch ging zu seinem Pult, öffnete die oberste Schublade, entnahm ihr sein silbernes Zigarettenetui mit den eingravierten Initialen HC, ging wieder zum Fenster, stellte sich an der gleichen Stelle neben Jack hin, bot ihm eine an, Jack klaubte die Zigarette aus der Halterung, steckte sie sich in den Mund, Hans Camenisch gab ihm Feuer und füllte seine Lungen mit einem tiefen Zug einer „St. Moritz".

„Und wissen Sie wofür, Breiter? Für nichts. Vielleicht. Vielleicht für nichts. General Wille sagte, die Anderen wollen uns die Schweiz wegnehmen. Sie hätten sie uns nicht weggenommen. Sie waren gar nicht da. Ein paar versprengte Ersatzdienstler, vielleicht. Lug und Trug. In Wirklichkeit hätte Wille die Schweiz ganz gerne verschachert. Für sich. Da haben wir dagegen gehalten. Haben den 11er vier Jahre auf unseren Knien ertragen, damit sich die Unterländer nicht unseren Verdienst unter den Nagel reißen und ihn an die Preußen versilbern. Darum haben wir den 11er irgendwann während der vier Jahre gewendet, seine Mündung schaute eines Tages einfach nicht mehr gegen Italien, sondern genau gegen dieses Fenster, vor dem wir jetzt stehen. Damit sich keines dieser hohen Rösser zwischen dieses Fenster und den Berninapass wagte. Aber darüber hat niemand gesprochen, Breiter."

Jack zog an der Zigarette. Camenisch tat es ihm gleich, schaute besorgt auf die Kippen, öffnete das innere Fenster und holte den schweren Aschenbecher aus der Fensterecke. Gemeinsam ascherten sie.

„Und jetzt kommen Sie, Breiter, aus dem Unterland, aus dem Toggenburg, immerhin ein halber Bergler. Und Sie reiten die schlimmste Offensive, die hinterhältigste Attacke, die sich ein gemeiner Soldat ausdenken kann. Wissen Sie eigentlich, was Sie getan haben, Breiter?"

Hans Camenisch nahm, ohne Jacks Schweigen abzuwarten, den Aschenbecher von der Fensterbank, ging zum Schreibtisch, setzte sich hinter sein Pult, nahm noch einen Zug, drückte die Zigarette aus und befahl Jack, das zweite Fenster auch zu öffnen, die Zigarette zum Fenster hinauszuwerfen und sich in einen Sessel ihm gegenüber vor den Schreibtisch zu setzen.

Jack tat, wie ihm befohlen, und schwieg.

„Breiter, ich mag Sie, eigentlich, aber Sie haben das Schlimmste, das Dümmste, das Geschäftsschädigendste getan, was man in einem Hotel dieser Klasse tun kann. Haben Sie eigentlich einen blassen Schimmer, was Sie getan haben?"

Jack schlug ein Bein über das andere, rutschte auf dem Sessel hin und her und fasste sich: „Gut, ich habe eine Russin aus dem Silvretta erobern wollen, das stand mir als Arbeitersohn aus dem Toggenburg wohl nicht zu. Aber ich darf ja mein Glück auch …"

„Breiterrr!!!! Sie haben einer Dame der besten russischen – wenn auch untergegangenen – Gesellschaft faustdicke Lügen aufgetischt, nur um an Geld zu kommen. Sie haben getäuscht, gelogen, betrogen – mit gezinkten Karten gespielt. Breiterrr!!!! Es gibt kein schlimmeres Vergehen hier oben. Mord wäre ein Pappenstiel dagegen."

Jack versank schweigend in sich hinein.

Camenisch entnahm dem Etui eine weitere Zigarette, stand auf, trat ans offene Fenster, schaute auf den schwarzen Fleck im Weiß des gefrorenen Sees, zündete sie an und fragte leise, zum Fenster hinaus: „Und wissen Sie warum, Breiter?"

Jack zog kurz die Knie an, bemerkte es und nahm wieder eine gerade Sitzhaltung ein.

„Weil es die Vorratshaltung gefährdet. Die Vorratshaltung, Breiter." Camenisch drehte sich zu Jack um, fixierte ihn streng, als wolle er ihm zeigen, dass er ihn bei einer Unaufmerksamkeit erwischt hätte. „Was Sie hier oben sehen, Breiter, ist das große Sichgehenlassen, die unaufhörliche Feier der Davongekommenen: Die Männer ziehen ihre Jacketts aus und die Frauen werfen ihre Mäntel fort, die Kapelle spielt zum Tanz, der Champagner fließt in Strömen, die Zimmer werden getauscht und die überrissene Rechnung wird anstandslos bezahlt. Aber darunter grummelt der Neid, Breiter. Der Neid über den Anderen, der mehr haben könnte als man selbst. Und der Neid wird gesammelt. Und das Taufbecken dafür sind die ewig alten Ideen. Rom auferstehen lassen, die Schmach des auferzwungenen Friedens ablegen, die Schuldigen ans Kreuz nageln, den Kaiser heimholen. Die Hausmeister stehen bereits überall stramm, ihre Schlüsselbunde klappern, die Kellerverstecke werden freigehalten, die Bastelanleitungen für Brandsätze verteilt. Darum werden wir bald wieder den Karabiner am Berninapass auf unsere Knie legen. Und je nach Wetterlage werden wir den Lauf in die oder jene Richtung halten."

Camenisch nahm einen Zug von seiner Zigarette, betrachtete die aufflammende Glut und versuchte den Berninapass zu sehen.

Jack räusperte sich. „Hmm, Herr Direktor, aber …?"

„Sie haben das Vertrauen, das man Ihnen geschenkt hat, schamlos ausgenützt. Sie haben das Vertrauen der Russin erschlichen, um an ihr Geld zu kommen. Es gibt kein schlimmeres Vergehen bei reichen Menschen. Es ist schon schwer genug für sie, zwischen wahren und falschen Freunden, die es nur auf Geld abgesehen haben, zu unterscheiden. Darum schaffen wir ein Reservat für sie hier oben und tun alles für die Sicherheit, dass eben das nicht geschehen kann. Dass sie sicher sein können vor solchen Halsabschneidern, Hochstaplern und Heiratsschwindlern, wie Sie es sind. Wären Sie nicht Angestellter meines Palace, na gut, jedes Netz hat Maschen – aber Sie, Breiter, Sie sind das Spiegelbild des Palace, Sie sind das Abbild meiner Seele. Können Sie sich vorstellen, was das bedeutet? Können Sie sich vorstellen, was geschieht, wenn diese Seele schamlos betrügt? Können Sie sich das vorstellen, Toggenburgerli?"

Jack wusste weder wohin mit seinen Händen noch mit seinen Füßen.

„Entschuldigung."

Jack schwieg.

„Wir waren ja auch Reisläufer, Waffenknechte fremder Herren, aber jetzt haben wir uns etwas aufgebaut, zuerst mein Großvater, gut siebzig Jahre ist das her, dann die Idee meines Vaters, das Palace auch während des Winters zu öffnen, gut vierzig Jahre ist das her, und jetzt haben wir ein Schloss. Und das lassen wir uns nicht nehmen. Schon gar nicht von Toggenburger Industrieknechten und schon gar nicht in Zeiten, in denen Vorräte angelegt werden müssen. Sie haben Misstrauen gesät, einen Brandherd gelegt. Und damit daraus kein Flächenbrand entsteht, muss ich den Brandherd eliminieren. Und der Brandherd sind Sie, Breiter!"

Camenisch drehte sich zu Jack um, sah ihn eine Weile an und schüttelte den Kopf: „Breiter, was haben Sie sich eigentlich dabei gedacht? Haben Sie gedacht, Sie würden wirklich mit all den Lügen und Aufschneidereien bis vor den Traualtar kommen? Schwindel auf Schwindel türmen? Meinten Sie wirklich, diese Gesellschaft hätte Sie einfach so mit offenen Armen empfangen? Oder haben Sie darauf vertraut, die Liebe würde dann schon alles vergessen machen, Breiter? Betrug hält Liebe schwerlich aus.

Um so schlimmer, wenn er am Anfang steht und das in diesen Kreisen, bei diesen Vermögen. Sie haben die ganze Sache nicht mal über die Nasenspitze hinaus, geschweige denn zu Ende gedacht. Breiter, lernen Sie gottverdammich noch mal Ihre Grenzen kennen."

Camenisch ging zum Schreibtisch, setzte sich, drückte die Zigarette aus, nahm das bereitgelegte Blatt in die Finger und las den Titel: „Zeugnis, Breiter, Zeugnis. Was soll ich schreiben? Gute Kraft, vielfältig einsetzbar, auch als dilettantischer Schwindelhuber? Oder soll ich gar nichts schreiben? Soll ich jetzt doch den Dorfgendarmen rufen und Sie wegen versuchten Heiratsschwindels einkerkern lassen, so wie ich es in meiner ersten Wut heute Morgen machen wollte?"

Jack fiel das Herz in die Hose. „Bitte nicht, ich wollte sie ja nicht heiraten, Herr Direktor."

„So, was dann?"

Jack zuckte mit den Schultern.

„Breiter", schrie Camenisch, „jetzt lügen Sie mich nicht auch noch an. Sie können gopferdammi anlügen, wen Sie wollen, Sie, Breiter, aber nicht in meinem Palace und schon gar nicht mich. Haben Sie verstanden, Breiter?"

Jack krallte seine Fingernägel der rechten Hand in den Handballen seiner linken, biss sich auf die Lippen, so dass der Schmerz die aufkommenden Tränen verschluckte. Nicht weinen, nur nicht weinen vor diesem Ochsengrind, das sind keine Schläge, Jack, das sind nicht die Tritte deines Vaters. Und so stammelte er mit vor Schmerz überlauter Stimme: „Herr Direktor, bitte, ja, das war ein Riesenmist, entschuldigen Sie, bitte entschuldigen Sie das Palace, Herr Direktor Camenisch …“

Camenisch bedeutete ihm, still zu sein, nahm eine Feder, zog sie mit blauer Tinte auf und begann in gebührendem Abstand zum vorgedruckten „Zeugnis“ mit geschwungener Handschrift: „Jakob Breiter, geboren am 9. Februar 1907 in Wildhaus, Toggenburg, Kanton St. Gallen, arbeitete vom 1. Februar 1928 bis zum 28. Februar 1929 im Grand Palace St. Moritz im Kontor. Die ihm aufgetragenen Arbeiten erledigte er zur … Zufriedenheit.“

„Bester Zufriedenheit, bitte Herr Direktor.“

„Also, Toggenburgerli, das ist das Letzte, was ich für dich tue“, schrieb „zu bester Zufriedenheit“ und setzte mit einer eleganten Ausholbewegung seine Unterschrift unter das Schriftstück. Dann trocknete er mit der Löschwiege das Geschriebene, hielt es vor sich hin, las es nochmals auf Fehler hin durch, fand keinen, legte das Blatt wieder vor sich hin, schaute Jack tief in die Augen und sagte schließlich: „Ich habe den 28. Februar 1929 als Kündigungsdatum eingetragen, so waren Sie wenigstens ein Jahr bei uns.“

„Danke, Herr Direktor.“

Camenisch faltete das Papier, steckte es in einen gefütterten Umschlag und gab ihn Jack mit den Worten: „Breiter, Sie sind ein Hornochse. Ich habe

Sie gemocht, die Gäste haben Sie gemocht, Sie hätten es weit bringen können und dann bauen Sie solch einen Mist."

Er stand auf, ging zu einem Kassettenschrank, zog eine Kassette heraus, entnahm ihr 50 Franken, drehte sich zu Breiter um, hieß ihn aufstehen und zu sich kommen, streckte ihm die Note hin und sagte: „Hier, schauen Sie zu, dass Sie ins Unterland kommen."

Jack nahm die Note, bedankte sich und wollte Camenisch die Hand geben, doch der wandte sich ab und ging zu seinem Schreibtisch.

Jack wartete einen Moment lang unschlüssig, stieß einen tiefen Seufzer aus und ging zur Tür.

„Übrigens, Breiter", hörte er Camenisch hinter sich, „Penhaligon's Blenheim ist ein Sommerduft. Im Winter nimmt man English Fern, wenn schon."

Jack ging, schloss die Türe sachte hinter sich und atmete tief durch: Er hatte weder Teer auf seiner Haut, noch hatte ihm Camenisch ein Federkleid verpasst. Er wurde einfach entlassen. Auf Wiedersehen, bye, bye, adieu. Mit einem guten Zeugnis, wie es sich für ein Hotel dieser Klasse gehört. Ein schlechtes würde ja nur auf das Haus selbst zurückfallen.

Und dann waren da noch 150 Pfund Sterling und ganz neu 50 Schweizer Franken in seinem Hosensack. Damit konnte er ein halbes Jahr leben. Gut leben, ohne großen Verzicht, sich Chancen eröffnend, die, wäre er klamm, sich gar nicht bieten könnten.

Er trat vor den wuchtigen, goldgerahmten Spiegel auf der anderen Seite des Ganges und prüfte seinen Scheitel. Er senkte seinen Kopf, schlug seine Hände auf den Schädel, zerzauste seinen perfekten Mittelscheitel, fuhr wild in seinen Haaren herum, so lange, bis kein einziges Haar mehr an seiner ursprünglichen Stelle stand. Langsam hob er sein Haupt und betrachtete sein Werk: ein wirrer Wuschelkopf, Strähnen, die in die Stirn fielen, Strähnen, die gerade in die Luft ragten und Strähnen, die einfach herunterhingen, als hätten sie noch nie einen Kamm ge-sehen. Er wusste nicht, ob ihm gefiel, was er sah. Wollte er sich so dem Spießrutenlauf durch die Gänge stellen? Werden sie denken, Camenisch hätte ihn windelweich geschlagen? Ihn seiner Würde beraubt? Ach was, sollen sie denken, was sie wollen. Sie werden wohl eh zum letzten Mal über mich denken.

Jack bog sein Rückgrat durch, strich die Haare glatt, versuchte den Scheitel wieder herzurichten, streckte das Kinn in die Höhe und machte sich auf, den Weg bis zu seiner Kammer gebührenden Schrittes abzuschreiten.

Zu seiner Verwunderung verfolgte niemand seinen Abgang. Keine Tür ging auf und gab seinen Blick auf ein weiß gestärktes Gouvernantenhäubchen und neugierige Augen frei, kein Koch schwenkte zum

Abschied seine silberne Suppenkelle, und auch der Concierge schaute nur stur auf die vor ihm liegenden Papiere. So blieb auch Breiter stur und zog seine gerade Haltung mit dem hochgestreckten Kinn bis zu seiner Kammertüre durch, öffnete sie, trat ein, war froh, dass der stinkende Zimmernachbar nicht da war, setzte sich auf sein Bett und vergrub den Kopf in seinen Händen.

Was sollte er jetzt tun? Zurück in sein Heimatdorf? Sich bei einem der groben Bauern verdingen? Tagein, tagaus mit magerem Speck durchsetzte Gerstensuppe schlürfen? Wieder auf einem Strohsack schlafen, um vier Uhr morgens unsanft geweckt und zum Kühe Melken in den Stall geschickt werden? Sonntags zum Kirchgang genötigt werden, die Predigt des Pfarrers über Hochmut und Fall sowie die sich bei jeder Hebung der krächzenden Stimme nach ihm drehenden Köpfe und Blicke über sich ergehen lassen müssen, keinen Anschluss ans Dorf mehr finden, dem er sich nie verpflichtet gefühlt hatte und dauernd auf die nächstbeste Gelegenheit warten, wieder fortgehen zu können? Nein, sicher nicht. Also wohin dann, Jack? Nach Zürich? Nach Italien? Nach Deutschland oder Frankreich? Ans Meer oder in die Berge? An den Nord- oder den Südpol?

Vittorio trat mit einer großen Tasche auf leisen Sohlen ein. Jack schaute hoch und bedeutete ihm, sich neben ihn zu setzen.

„Was ischt, Bub? Weißt nicht wohin?“

Jack nickte.

„Geh nach Basel. Gute Stadt. Nicht so Schwiiz, weisch."

„Nicht so Schweiz?"

„Ja, hat einen Fluss ans Meer, Deutschland auf der einen Seite, Frankreich auf anderer und Schweiz erst an dritter Seite. Da schauen sie nicht so sehr, ob einer aus Italien oder dem Toggenburg kommt."

„Warst du schon mal dort?"

„Nein, aber weiß es?"

„Von wem?"

„Guter Freund, aus einem Dorf bei uns in der Nähe, arbeitet in sehr gutem Hotel, Drei Könige."

„Und was soll ich dort?"

„Was sollst du woanders?"

„Gute Frage."

„Siehst du. Jetzt pack zusammen, nimm die Tasche hier. Da sind die Kässeli drin. Der Zug nach Basel fährt in Dreiviertelstunde. Mach jetzt."

Jack erhob sich, nahm einen abgewetzten Seesack vom klapprigen Schrank, öffnete diesen und stopfte mechanisch seine wenigen Habseligkeiten hinein. Er tat jetzt einfach, wie ihm befohlen. Es schien ihm der einzige Ausweg zu sein.

Als er fertig war, reichte ihm Vittorio die Tasche mit den Einmachgläsern.

„Es hat noch kein Geld darin, aber du findest ein wenig Salami und Käse. Iss ihn bald, so hat es Platz für Geld."

Jack nahm die Tasche, stellte sie und den Seesack gleich wieder hin und umarmte Vittorio ganz fest.

„Danke, Vittorio, danke."

„Geh jetzt, Bub. Zum Weinen habe ich keine Zeit, muss vorbereiten."

„Sehen wir uns wieder?"

„Sicher, Bub, komm hierher, wenn die Kasse für Wünsche voll ist."

„Wünsche?"

„Habe noch eins für dich gemacht. Aber geh jetzt."

Jack schulterte den Seesack, nahm die Tasche und verließ das Zimmer hinter Vittorio, ohne sich umzusehen. Am Ende des Ganges hob Vittorio nochmals die Hand, ohne sich umzudrehen, sagte leise, „Ciao, Bub", und verschwand um die Ecke. Jack stieg die Treppe hinunter und verließ das Grand Palace durch den Hintereingang.

Als er in Basel dem Zug entstieg, war es mittlerweile Nacht geworden und durch die Bahnhofshallen wehte ein eisiger Wind, der ihm neben einer unerbittlichen Kälte, den Ruß der Lokomotiven ins Gesicht schlug und den Gestank von Kohle, Öl und Schmierfett in die Nase trug.

Breiter zog die Schultern ein, hielt mit der einen Hand Seesack und Tasche fest, mit der anderen versuchte er seinen Capot, so gut es ging, zu schließen und marschierte schnellen Schrittes aus der Bahnhofshalle heraus auf den großen Vorplatz. Er war ziemlich menschenleer. Ein paar Chauffeure öffneten die Türen teurer Automobile für ihre betuchte Herrschaft, deren große, schwere Koffer auf bereitstehende Fuhrwerke geladen wurden, die, fertig beladen, den knatternden, Fehlzündungen in die Nacht knallender Hispano-Suizas, Rolls-Royces und Bugattis zu den prächtigen Villen in den vornehmen Vierteln der Stadt folgten.

Nach kurzer Zeit war der Spuk vorbei und von der Welt der edlen Garderoben, wohlriechenden Foulards, mit Pelz gefütterten Lederhandschuhe, der Perlen, Diamanten, goldenen Manschettenknöpfe, gezwirbelten und gewichsten Schnurrbärte, Seidenplissees und lackierten Fingernägel, in der sich Jakob Breiter ein gutes Jahr lang mit zunehmender Sicherheit bewegt hatte, blieb ihm nichts weiter übrig, als die Rückansicht eines mit Überseekoffern beladenen, in der Nacht entschwindenden Fuhrwerks.

Selten in seinem bisherigen Leben war er sich so verlassen vorgekommen. Bestenfalls damals, als auf der Chreialp ein junges Zicklein den Fels hinunterstürzte, weil er trotz väterlicher Warnungen die Herde zu nahe an den Abhang trieb und er zur Strafe zwei Tage und zwei Nächte alleine in der Alphütte bleiben musste. Sein Vater hatte ihm noch ein wenig Milch, Käse und Brot mit dem Beisatz, „in der Hölle gäbe es nicht einmal das", dagelassen und ließ ihn dann alleine. Ein Gewitter setzte ein, der Schafberg stöhnte und schrie auf, wenn er von den Blitzen getroffen wurde, die Steinschläge auslösten, die Wunden in seine Flanken rissen und die er nach und nach auffing, um sie wütend gegen die armselige Alphütte zurückzuschleudern, in der der kleine Jakobli jammernd in einer Ecke kauerte und alle ihm aus Pfarrer Hasslers Unterricht und Mutters Erzählungen bekannten Heiligen aufbot, ihn vor dem Gewitter, dem Berg, dem Wasser, dem Vater und überhaupt zu beschützen. Als dann ein Blitz, gefolgt von einem solchen Tätsch, den er sein Leben lang nie mehr vergessen würde, in unmittelbarer Nähe der Hütte einschlug, schloss er mit sich, den Seinen und der Welt ab und wartete ergeben darauf, dass ihn der Pfarrer Hassler und das Zicklein am Altar der Dorfkirche erwarteten und ihn gemäßigten Schrittes in den Himmel geleiten würden.

Was zwar nicht der Fall war, da das Gewitter weiterzog, der Schafberg einfach wieder zum Schafberg wurde, der kleine Jakob aber noch den halben Tag in seiner Ecke kauerte, bis ihm die durch die Ritzen der Holzwände einfallenden Sonnenstrahlen das rechte Knie erleuchteten, er vor die Tür trat, zum Schafberg hinaufschaute und sich schwor, so bald wie möglich und so weit wie möglich von hier wegzugehen. Und dies wiederum war nur möglich, wenn er sich den Rat von Pfarrer Hassler zu Herzen nahm, viel für die Schule und den lieben Gott zu arbeiten, dann wüsste der schon einen Weg, wie er in die weite Welt käme, um ihm anders zu dienen als mit dem Hüten von

Ziegen und Kühen, Käse machen, Schnaps brennen und im „Ochsen“ das wenige Geld, auf das seine zukünftige Frau dringend angewiesen wäre, um die vor Hunger schreienden Balge zum Verstummen zu bringen, Abend für Abend, mit den immergleichen Zechbrüdern, bei den immergleichen Zoten, Anfeindungen und Verwünschungen, zu versaufen. Er, Jakobli Breiter, sei weder tumb noch dumm, und der liebe Gott sähe es sehr ungerne, wenn der Jakobli aus seinen Gaben nichts mache, und Gott sähe es noch viel lieber, falls ich, Jakoblis Hirte und geistiger Vater dabei helfen würde, diese Gaben zu nutzen und etwas daraus zu machen. Und mit dem lieben Gott wolle er es sich als Pfarrer nicht verscherzen, also würde er schauen, dass aus dem Jakobli etwas werden würde.

Und so wurde der Jakobli noch aufmerksamer in der Schule und lernte und lernte zu Hause und der Pfarrer Hassler gab ihm noch zusätzliche Bücher zum Lernen mit und je mehr er las und lernte, desto mehr hieß ihn der Vater den Stall putzen, den Miststock kehren, die Kühe und Ziegen hüten und ließ ihn den Gürtel spüren. Die dunklen Ringe um Jakoblis blaue Augen wurden immer größer, seine Haut wurde nach und nach bleicher, in der Schule übermannte ihn öfters der Schlaf und in Hasslers Religionsunterricht fiel er schließlich vor der großen Schiefertafel, auf der die Stationen der Passion Christi aufgezählt waren, in ein schwarzes Loch und als er wieder aufwachte, hatte er einen feuchten Lappen auf der Stirn und die mollige Haushälterin des Pfarrers flößte ihm wunderbaren, lauwarmen, honiggesüßten Hagebuttentee ein.

Sie und der Pfarrer hatten ihn entkleidet, die unzähligen Striemen auf Brust und Rücken entdeckt, worauf der Pfarrer noch half ihn ins Bett zu legen und sich schnurstracks zu Jakoblis Vater Alois aufmachte, um ihm erstens mit Schimpf und Schande wegen seiner Sauferei und der Behandlung von Frau und Kind einzudecken und ihm zweitens zu eröffnen, dass der Jakobli ein wacher Bursche sei und er, der Pfarrer, dafür sorgen würde, dass Jakobli so schnell wie möglich in der Flade, der Klosterschule in St. Gallen aufgenommen werde. Und die Pensionskosten habe er, der Alois zu tragen, so habe er weniger Geld zum Versaufen und weniger Zeit, um Frau und Kind zu drangsalieren und zu schlagen. Worauf der Alois den Pfarrer Hassler mit der Mistgabel aus seinem Haus und von seinem Hof vertrieb und ihm hinterher schrie, er solle den Jakobli gleich bei sich behalten und ihm, wenn er wolle, den Arsch mit Büchern vollstopfen, aber er werde keinen Rappen an das Kloster und die Pfaffenbrut geben, lieber würde er sich hier zu Tode saufen.

So kam Jakobli schneller weg vom elterlichen Hof, als ihm eigentlich lieb war, und der Pfarrer Hassler wies bei jeder Sonntagspredigt darauf hin, dass ein kleiner Teil der Kollekte für die Pensionskosten des Jakobli Breiter abgezweigt würden, da der hartherzige

Vater seinen einzigen Sohn verstoßen habe, nur weil der seine gottgegebenen Gaben nutzen und etwas aus sich machen wollte.

Was wiederum Alois Breiters Wut und Schnapskonsum Sonntag für Sonntag steigerte, bis sich auch der letzte Bauer von ihm abwandte, seine Frau bei Nacht und Nebel nach St. Gallen floh und der Alois Breiter in sturer Konsequenz Alphütte, Weiderechte, Vieh, Hof und Gerätschaften versoff, bis er tot, mit blutverpisster Hose und zwei leeren Schnapsflaschen im oberen Bannwald vom örtlichen Landjäger gefunden wurde.

So stand Jack wieder als der Halbwaise Jakobli Breiter, von Gott und der Welt verlassen, mit den Nachwirkungen einer Flasche Champagner, einer gründlich gescheiterten Nacht, aber mit immerhin 150 Pfund Sterling im Hosensack am 23. Februar 1929, nachts um Viertel vor elf frierend vor dem Basler Bahnhof und bemerkte nicht, wie sich ein Clochard von hinten an ihn heranschlich und ihn lallend um einen Franken anging.

Breiter erschrak, drehte sich um und sah in ein zerfurchtes, von einem wilden Bart umrandetes Gesicht.

„Kein Geld“, stammelte Breiter.

„Was willst du dann hier, mit Sack und Pack und ohne Geld, hä?“

„Schlafen.“

„Schlafen?“

„Schlafen und weitersehen."

„Ohne Geld."

„Morgen habe ich welches. Und ich bring dir einen, wenn du mir sagst, wo man hier übernachten kann."

„Dort drüben hat's Hotels, aber die nehmen unsereins nicht. Schon gar nicht, wenn du keinen Franken vorweisen kannst."

„Danke", sagte Breiter müde, schulterte seinen Seesack und ging direkt ins gegenüberliegende Hotel Schweizerhof, beruhigte das Misstrauen des Portiers, indem er die 50-Pfund-Note auf die Theke legte, bezog sein Zimmer und fiel in einen tiefen, traumlosen Schlaf.

Rund vier Jahre später, um genau zu sein, am Samstag, den 13. Mai 1933, so gegen sechs Uhr abends, saß Jakob Breiter, der sich mittlerweile Jacques nannte, weil das in Basel aufgrund der Nähe zu Frankreich einfach schicker klang, am Flussufer, rauchte eine Zigarette und schaute versonnen einem Kohledampfer zu, der die Schornsteine nach hinten geklappt hatte, damit er unter der niederen Rheinbrücke hindurchtuckern konnte, um in Birsfelden seine Ladung zu löschen und den Menschen ein wenig Wärme für den kommenden Winter zu bringen.

Von den 150 Pfund Sterling, die rund 3.600 Franken, abzüglich der 80 Franken für die zwei Nächte im „Schweizerhof", einbrachten, waren noch 1.875,20 Franken übrig, die auf einem Konto der „Zinstragenden Spar- und Leihkasse Basel" lagen und etwas, wenn auch wenig, abwarfen. Bereits am Tag nach seiner Ankunft hatte er sich zwei modisch geschnittene dunkle Anzüge, drei weiße Hemden, einen exquisiten Homburger Hut und zwei Paar rahmengenähte Schuhe von Bally gekauft. Derart eingekleidet hatte er Bankhaus für Bankhaus abgeklappert, um sich als Bürofachkraft zu empfehlen – mit dem Resultat, dass er zwar ab diesem Tag ein Schweizer Bankkonto sein Eigen nennen konnte, aber weiterhin ohne Arbeit blieb.

Da es das Schicksal nicht nur schlecht meinte, sondern seinen ausgeprägten Sinn für Gerechtigkeit bewies, hatte er noch am gleichen Tag eine günstige Zweizimmerwohnung in Kleinbasel gefunden, die er während der folgenden Wochen mit Gebrauchtmöbeln und unterschiedlichem Geschirr aus der Arbeitshütte der Heilsarmee sparsam ausgestattet hatte. Seine rüstige und verwitwete Vermieterin nahm ihn ein wenig unter ihre Fittiche, ohne ihn allzu sehr zu bemuttern, bügelte seine drei Hemden, stopfte Löcher in den Socken, lehrte ihn kochen, wofür er sich mit Einkäufen, dem Putzen und Wienern des Stiegenhauses, das ihr nicht mehr so leicht von der Hand ging, und weiteren kleinen Behilflichkeiten revanchierte. Und manchmal, hauptsächlich an stickigen Sommertagen, wenn Wind und Regen über Tage hinweg ausblieben und die Hitze zu einer bleiernen Schwüle in dem Kessel, den der Rhein hier über Jahrtausende in die Landschaft gefressen hatte, hochkochte, lud ihn Frau Hunziker zu sich zum Abendessen auf ihre Terrasse ein. Meistens gab es Wurstsalat mit Gruyère, einer wunderbaren Sauce mit viel Mayonnaise und süßlichen, dicken Essiggurken. Dazu tranken sie ein kaltes Salmen-Bier und nach dem Essen einen trockenen Gewürztraminer aus dem Elsass, rauchten Zigaretten und unterhielten sich bis lange in die Nacht hinein über Gott und die Welt, wobei sich Breiter öfters kleiner und größerer Lebenslügen bedienen musste, um mit den Geschichten aus dem reichhaltigen Leben der Witwe Hunziker einigermaßen mithalten zu können.

Vittorios Kässeli bekamen einen Spezialplatz auf dem ramponierten Bauernbuffet. Die Einmachgläser standen Bauch an Bauch auf dem Deckel des Buffetaufsatzes und klirrten bei jedem Schritt, den Breiter auf den Riemenboden setzte. Sie waren immer noch angeschrieben mit „Essen“, „Miete“, „Wünsche“, „Steuern“, „Kleider“, „Träume“ und „Überraschungen“.

In „Essen“ waren etwas mehr als 10 Franken drin. Das reichte für etwa zwei Wochen. „Miete“ war leer, da er jeden Ersten des Monats der Witwe Hunziker die 50 Franken übergab. „Steuern“ war ebenfalls leer, da er die jeweils über die „Zinstragende Spar- und Leihkasse Basel“ bezahlte. Am Boden von „Kleider“ lagen knapp 20 Franken in Münzen. Ein neuer Anzug war bald wieder fällig. „Träume“ war ebenfalls leer. Dazu diente das Bankkonto, denn Jacques Breiter träumte immer noch den großen Traum vom finanziell unabhängigen Leben. Aber dafür brauchte es seiner Meinung nach ein gewisses Investitionskapital. Im Einmachglas „Überraschungen“ hingegen befanden sich etwas über 75 Franken. Man wusste ja nie.

All dieses Geld verdiente sich Jacques Breiter bei einem Kaffeeersatzunternehmen. Auf Empfehlung der Witwe Hunziker, deren Cousin zweiten Grades in der Firma arbeitete, hatte Breiter diese Stellung bekommen.

Das Unternehmen beschäftigte Breiter vorerst als Ausläufer, doch die Verantwortlichen merkten bald, dass er auch für anspruchsvollere Aufgaben geeignet wäre. So schickten sie ihn als Außendienstmitarbeiter herum, wo er sich auch noch vom kleinsten Kolonialwarenladen, im hintersten Winkel der Schweiz doppelte Mengen „Francks Kaffeeersatz“, „Caro-Kaffee“, „Mühlen Franck“, „Kornfranck“, „Sano“, „Perola“, einen Perlroggenkaffee, oder den vor allem bei Frauen beliebten Feigenkaffee „Enrilo“ ins Bestellbuch diktieren ließ. Daneben führte er in großen Steinguttöpfen auch Senf mit dem klingenden Namen „Helvetia“ im Sortiment.

Breiter war beliebt bei Kunden und Vorgesetzten. Trotzdem fand sein Anliegen, man möge ihn doch auch nach Deutschland, Österreich oder ins deutschsprachige Elsass schicken, bei der Geschäftsleitung kein Gehör. Breiter hatte etwas übersehen, beschied man ihm doch, dass die Kaffeeersatzprodukte über die deutschen und österreichischen Niederlassungen vertrieben würden. So sah er sich auf Dauer wieder weit weg vom Glanz und Glitter der Welt der vermögenden Fabrikantenerbinnen, der vertriebenen, aber wohlhabenden Fürstinnen und Gräfinnen, den reichen jüdischen Bankierstöchtern und sonstigen begüterten weiblichen Wesen. Statt Fuchsjagden und opulenten Dîners in einem Spiegelsaal, statt sich mit den aktuellen Börsenkursen und Rohstoffmärkten zu befassen, blieb Köbi Breiter angesichts der weltweiten wirtschaftlichen Depression nichts Anderes übrig, als die ländliche Schweizer Bevölkerung dankbar und demütig mit Senf und Kaffeeersatz zu beglücken.

Und so wartete er an diesem milden Maiabend am Kleinbasler Rheinufer auf seinen Freund, Willy Hebeisen, der vielleicht eine Idee hatte, wie man an der Winkelschraube des Schicksals ein klein wenig drehen könnte.

Willy Hebeisen war sechs Jahre jünger als Jakob Breiter. Er war auch ein wenig kleiner, hatte dichtes braunes Haar und ebensolche Augen. Breiter half ihm ab und an mit ein wenig Geld aus, da Willys Vater, ein notorischer Säufer und Taugenichts, die schlechte Angewohnheit hatte, an manchen Freitagen Willys Lohntüte im Lohnbüro der Autowerkstatt Aeschenplatz AG vor Feierabend abzuholen. Da Willy noch nicht volljährig war, musste der zuständige Angestellte diese dem Vater aushändigen. An einem solchen Freitag, vor knapp zwei Monaten, hatte sich Willys Vater Fritz wieder einmal die Lohntüte des Sohnes unter tausend Beteuerungen, Notlügen und Beschwörungen aushändigen lassen und machte sich damit schnurstracks in den „Braunen Mutz“ auf, um mit seinen Saufkumpanen einen kräftigen zu heben, da es exakt zehn Jahre her war, dass er sich mit der Messekasse und der langbeinigen, lebenslustigen Sekretärin der Chocolat Tobler SA aufgemacht hatte, ein neues Leben, weg von frömmelnder Frau und balgenden Kindern, als

Teilhaber einer Kautschukplantage in Belgisch-Kongo zu beginnen.

Benebelt von teuren und langen Nächten auf der Überfahrt von Marseille nach Alexandria, von Sinnen ob der arabischen Pracht und der Verführungskünste Babettes in immer neu gekauften Kleidern und Dessous, war Fritz Hebeisen schon lange nicht mehr Herr über Geist und Geld. Und so kam es, wie es kommen musste; Babette verließ sich nicht mehr auf Fritzens Meldungen des Kassenbestandes, sondern zählte eines Morgens selbst nach, wurde sich schlagartig bewusst, dass der Traum der Kautschukplantagenmitbesitzersgattin ausgeträumt war, versetzte sich in schlechte Stimmung und entschwand abends unter Fritzens alkoholgetrübten Blicken am Arm eines französischen Monsieurs für immer aus seinem Leben.

Worauf sich der sitzengelassene Liebhaber ein paar Tage später wieder zurück nach Marseille einschiffte, um über ein paar Umwege seine zweieinhalbjährige Haftstrafe in der Schweiz anzutreten.

Und wer so auf die Pauke gehauen hatte, der sollte nach Fritz Hebeisens Auffassung auch einen Zünftigen ausgeben. Und da kam ihm Willys Lohntüte mit Überstundenzuschüssen gerade recht.

Willy, vom Kassier des Lohnbüros der Autoservice AG mit einem Schulterzucken über den Verbleib seiner Lohnzahlung aufgeklärt, stürmte wutentbrannt aus dem Büro und auf kürzestem Weg in den „Braunen

Mutz", wo er seinen Vater lauthals und wild gestikulierend vorfand, diesen am Kragen packte und brüllend sein Geld verlangte. Worauf Fritz versuchte Willy eine runterzuhauen, ins Taumeln geriet, nur mehr ein Bierglas zu fassen bekam und fiel. Dabei ging das Glas in die Brüche. Willy stand über seinem Vater, griff in die Innentasche von dessen Kittel und zog die Lohntüte heraus. In dem Moment versuchte Fritz mit dem zerbrochenen Bierglas seinem Sohn einen Stich in die Magengrube zu versetzen. Er hätte wohl getroffen und Willy ernsthaft verletzt, wäre ihm das Glas nicht mit einem präzisen Tritt eines rahmengenähten Schuhs aus der Hand geschlagen worden. Der Schuh gehörte Jakob Breiter. Und auf diese Weise fand Jakob Breiter nach mehr als fünf Jahren in Basel einen echten Freund, der sich am gleichen Abend noch mit einer gehörigen Kneipentour erkenntlich zeigte.

Willy kam und klopfte ihm wie immer freundschaftlich auf die Schulter, worauf Breiter ihm wie immer klarmachte, er solle seine mit Karrenschmiere verdreckten Hände von seinem wertvollen Jackett nehmen. Worauf Willy ihm gleich noch auf die andere Schulter schlug.

„Und, hast du die Millionen?", fragte Breiter.

„Morgen."

„Mein Gott, mit deinem Aussehen kann es doch nicht so schwer sein, eine Siebenundfünfzigjährige ins Bett zu bekommen und ihren Millionen näherzurücken."

„Ich bin ihr Chauffeur."

„Eben."

„Jetzt hör auf."

„Dann lass mich den Chauffeur machen, dann hol ich das Geld und wir teilen."

„Du kannst nicht Auto fahren."

„Ich bin Kutsche gefahren. Auf Schnee und Eis, so, dass nicht einmal du dich hinten hineingesetzt hättest."

„Aber die Frau hast du nicht gekriegt. Warum eigentlich nicht?"

„Dumm gelaufen."

„So, dumm gelaufen. Aber warum dumm gelaufen, Köbi?"

„Ich heiße Jacques!"

„Pardon, Monsieur Jacques, warum dumm gelaufen?"

„Die war Russin, steinreich, die war himmelherrgottschön, die hatte einen Hintern, in den man zehn Tage und zehn Nächte ohne Unterbruch hätte hineinbeißen können und die hatte Brüste, wenn man da dazwischen hineintaucht, dann hätte man die entferntesten Sterne gesehen und glücklich geseufzt, man habe alles gesehen."

„Aber du hast von all dem nichts gesehen."

„Da war auch nicht einfach eine alte, verbitterte Chemiegans abzuschleppen. Das war eine Eiger-Nordwand, das war Kälte und Sturm trotzen, ewiges russisches Eis aufbrechen, jeder Fehltritt der Tod, stetes Vorantreiben, um auf dem Gipfel mit der Wärme der Sonne, des Fleisches, des Geldes und allenfalls des Gemüts belohnt zu werden. Dagegen nimmt sich deine Aufgabe wie die Besteigung eines Sandhügelchens aus."

„Vergiss es."

„Verstehst du nicht: ein Sandhügelchen aus Millionen. Willy!"

„Vergiss es!"

„Dann lehr mich Auto fahren!"

„Und dann, dann fährst du das Sandhügelchen um?"

„Na ja …"

„Vergiss es!!!"

Breiter klaubte zwei Zigaretten aus der Packung, zündete beide miteinander an und gab Willy eine.

„Bei uns in der Firma stopft jetzt der Neue, der Herr Thomi, seinen Senf in Tuben. Wie Farbe oder Zahnpasta. Das ist natürlich viel handlicher als die großen Töpfe. Wenn die Tube Erfolg hat und ich Auto fahren könnte, dann könnte ich ihr Mann sein. Und nicht nur für die Schweiz, sondern auch für Frankreich, Deutschland, Österreich, Spanien – für ganz Europa. Verstehst du, Willy. Ich muss Auto fahren können, nur so komme ich in der Firma weiter."

„Aha, das tönt ja schon anders."

„Und?"

„Und?"

„Ja, und?"

„Wie stellst du dir das vor?"

„Ja, mmmh, du fährst doch auch noch den Dirigenten …"

„Den Pianisten."

„Genau, der hat doch bald ein Konzert hier, habe ich in der Zeitung gesehen."

„Ja, übermorgen."

„Und, fährst du ihn?"

„Ja, von der Holbeinstraße ins Casino und wieder zurück."

„Perfekt. Also, du bringst ihn hin, holst mich danach beim Marktplatz ab und dann gehen wir auf dem großen Parkplatz vor der Mustermesse üben."

„Meinst du, ich lass dich einfach so in diesen Bentley steigen? Vergiss es!"

„Also komm schon. Ich bin drauf und dran von meinem Weg als Reichefraueneroberer abzukommen, auf ehrbare Weise Geld zu verdienen und gerade du, der ohne meine Geistesgegenwart vielleicht gar nicht mehr unter uns weilen würdest, willst dies verhindern. Also Willy."

Willy zog angestrengt an seiner Zigarette, fixierte mit seinem Blick einen Schwan, der am Flussufer grundelte und suchte zuerst nach einer Antwort und dann nach einer Ausrede, wie er Breiters Wunsch ausschlagen könnte.

„Jacques, das Problem ist, der Pianist, der hat einen Freund. Das darf aber niemand wissen …"

„Ach komm, das weiß doch die ganze Stadt …"

„Trotzdem darf es niemand wissen. Und den muss ich dann holen, der geht ganz kurz vor Beginn ins Konzert und verlässt den Saal mit dem ersten Applaus wieder. Oder er kommt in der Pause raus und ich muss ihn wieder zurückfahren. Da bliebe nicht genügend Zeit."

„Weißt du was: Ich komme einfach vor das Casino und dann werden wir sehen."

„Das machst du nicht!"

„Doch, das mache ich."

„Nein, das machst du nicht!"

„Vergiss es. Komm wir gehen ins ‚Schiefe Eck' ein Bier trinken."

Am nächsten Tag, abends um sieben Uhr, stand Breiter mit aufgeweichten Ledersohlen vor dem Casino im Regen und wartete auf den zweifarbigen, beige-schwarzen Bentley. Männer mit Hüten und halbseitig durchnässten Regenmänteln hielten Schirme über ihre weiblichen Begleitungen, die untergehakt hastigen Schrittes zum Eingang des Konzerthauses drängten.

Das Bildungsbürgertum der Stadt marschierte geschlossen auf: Regierungsräte, Großräte und Pro fessoren, Gymnasiallehrer und leitende Angestellte, Bank- und Chemiedirektoren, kurzum jede und jeder, der beim Höhepunkt der diesjährigen Musikfestspiele gesehen werden wollte. Vor dem Eingang stauten sich die glänzenden Limousinen: Hispano-

Suiza, Rolls-Royce, Horch, Bugatti, Mercedes, Delahaye, Lincoln, aber kein Bentley. Die Träume aus Chrom und Blech fuhren diszipliniert einer nach dem anderen vor, uniformierte Chauffeure mit schwarzen Lederhandschuhen sprangen aus den Wagen, spannten auf dem Weg zur Hintertüre große Schirme auf, hielten mit der einen Hand die Türe offen und mit der anderen die Schirme für ihre betuchte Klientel bereit. Aus dem Fond entstiegen Herren in Frack oder leicht gewagten Zweiteilern, gefolgt von Damen, meist in langen Roben, hie und da in beinahe rückenfreien Abendkleidern aus Charmeuse.

Da war es wieder, dieses Nicht-mehr-warten-Können, dieses zerfressende Verlangen nach Zugehörigkeit zu dieser Gesellschaft. Seit den großen Anlässen, Weihnachtsabenden und Neujahrsfeierlichkeiten im Grand Palace hatte er keine derartige Häufung von Seide, Kaschmir, Perlen, Gold und Diamanten mehr gesehen. Die Selbstverständlichkeit, mit der diese Geschöpfe mit jeder Bewegung, jeder Geste ihr Vorrecht auf die erste Reihe an den Honigtöpfen dieser Erde kundtaten, imponierte Breiter. Dass dabei dem Rest der Welt bestenfalls eine Schnitte alten Brotes mit Melasse oder Vierfruchtmarmelade zugestanden wurde, war Breiter gleichgültig, im Gegenteil, es festigte seinen Willen, nie mehr hartes Brot essen zu müssen.

„Wir kommen nie aus den Zwischengängen raus", echoten Vittorios Worte aus jener Nacht nach, in der Breiter unter Einsatz von Hemd und Leben, all die Gesten unerschütterlichen Selbstvertrauens, das Lächeln am Rande der Süffisanz und den selbstsicheren Gang der materiellen Unabhängigkeit mit galanter Leichtigkeit auf die vordersten Bretter der Weltbühne gelegt hatte. Seit dieser Nacht, seiner schmerzlichsten Niederlage in seinem bisherigen Leben, wusste er, dass er dazugehören könnte, dass er mit all diesen Honoratioren und teuren Damen mithalten, ja sie sogar übertrumpfen könnte. Wenn er nur ein Schlupfloch aus den Zwischengängen fände, er würde mit ganz großer Geste in den Gemächern, Speisesälen, Bibliotheken und Rauchersalons aufspielen, die Damen würden schmelzend zu seinen Füßen liegen und die Männer ihn geradewegs zum Partner machen. Ja, Jacques Breiter würde ganz rasch dort ankommen, wo er seit Geburt hingehörte.

Ein großer Hispano-Suiza fuhr vom überdachten Eingang weg, direkt in die große Pfütze, die sich am Gehsteigrand gebildet hatte und das hochgespritzte Wasser holte Breiter wieder in die feuchte Gegenwart durchnässter Hosenbeine zurück.

Wo, Heilandsack, blieb Hebeisen?

Im Gegensatz zum Regen nahmen der Strom der Konzertbesucher und die Anzahl der wartenden Automobile ab. Doch der beige-schwarze Bentley war nicht auszumachen. Als der große Lincoln K wendete und mit dem weichen Brummen des seitengesteuerten Achtzylinders den Steinenberg hochfuhr, blickte ihm Breiter mit großer Enttäuschung nach. Hebeisen hatte ihn versetzt, hatte ihm das Autofahrenlernen verwehrt und setzte kein Vertrauen in ihn, dass er den Bentley bei seinem ersten Fahrversuch nicht an den nächsten Laternenpfahl setzen würde.

Breiter wollte sich bereits davonmachen, um seine Enttäuschung mit ein, zwei Gläsern Bier ein wenig wegzuschwemmen, als das Licht der runden Scheinwerfer des nigelnagelneuen Bentley Derby oben am Steinenberg auftauchte und der Wagen langsam zum Konzertsaaleingang hinunterschwebte, davor stoppte. Die Fahrertüre sprang auf, Hebeisen stieg aus, spannte einen Schirm auf und geleitete ein mageres Bürschchen im Frack zum Eingang.

Hebeisen hatte Breiter nicht bemerkt, was dieser nutzte, um ins Auto zu springen und es sich im Fond des Wagens bequem zu machen. Der 3,5-Liter brummelte im Leerlauf ruhig vor sich hin, die Nadeln der verschiedenen Anzeigen zitterten leicht, hielten aber die Stellung, nur die kleinen Scheibenwischer flogen nervös und arhythmisch von links nach rechts über die nasse Frontscheibe. Breiter staunte über die Größe des Wagens, die Bequemlichkeit der Lederbank, streckte mühelos seine langen Beine und strich mit der rechten Hand versonnen über das wunderbar glatte Rosenholz des Fensterrahmens.

Die Tür sprang auf, Hebeisen stieg hinter das Steuerrad, warf den ersten Gang ein und fuhr los.

„Junger Mann, zum Mustermesseparkplatz, bitte", wendete sich Breiter in gestelztem Hochdeutsch an Hebeisen.

Hebeisen trat abrupt auf die Bremse und schrie nach hinten: „Raus!"

Breiter erschrak einen Augenblick, fasste sich aber sofort wieder, setzte sein unwiderstehlichstes Lächeln auf und sagte leise: „Komm, Willy, du willst doch nicht, dass ich vom rechten Weg abkomme. Zeig mir, wie das geht, ich muss Auto fahren können."

„Raus!"

„Willy ..."

„Raus!"

Breiter öffnete die Knöpfe seines Hosenschlitzes und griff in seine Hose hinein.

„Was machst du?"

„Ich pinkle dir jetzt gleich in den schönen Wagen deiner Chefin, wenn du nicht auf den Mustermesseparkplatz fährst."

„Spinnst du?"

„Nein, ich will Autofahren lernen und du willst mir das nicht beibringen, also muss ich dich dazu bringen, dass du mir das beibringst."

„Und warum ich, gerade ich?"

„Du bist der Einzige, den ich kenne, der Auto fahren kann und ab und zu auch einen Wagen hat.

Und einen schönen dazu, wie es sich für uns gehört, nicht wahr, Willy?"

„Warum fragst du nicht in der Firma?"

„Weil ich hingehen, es anbieten und es können will. Das macht sich viel besser so."

„Aha, Breiters nächster großer Auftritt. Du kannst mich mal."

Breiter nahm sein Glied aus der Hose.

Hebeisen schaute ihn entsetzt an. „Das machst du nicht!"

„Doch, das mach ich!"

„Du verdammter Hurensohn, das machst du nicht!"

„Doch!"

„Nein!"

„Dann fahr zur Mustermesse! Oder du und deine Chefin haben ein Problem."

Willy Hebeisen wusste sich angesichts von Breiters entblößtem Glied und der damit an den Tag gelegten Entschlossenheit nicht zu helfen, drehte sich um, löste Bremse und Kupplung und fuhr über Marktplatz und Rheinbrücke zur Mustermesse.

Der riesige, schwach beleuchtete Platz vor den backsteinroten Gebäuden war menschenleer. Vereinzelt stand da und dort ein Wagen, aber keiner würde Breiters erster Fahrstunde im Wege stehen.

„Halt mal, bitte."

„Warum?"

„Ich muss mal, dringend."

Hebeisen stoppte den Wagen und stellte den Motor ab, Breiter sprang aus dem Fond, rannte mit seinem über den Kopf gezogenen Mantel zur nächsten Laterne und erleichterte sich eine ganze Weile lang.

Als er mit durchnässtem Mantel auf den Beifahrersitz kletterte, fragte er, nach Luft schnappend: „Und? Warum bist du nicht abgehauen?"

„Das ging aber lange!"

„Ich habe vorher auch drei Flaschen Wasser und ein großes Bier getrunken. Wenn schon mit Hebeisen Schluss machen, dann richtig. Und? Warum bist du nicht abgehauen?"

„Ich hab's mir halt anders überlegt."

„Wieso?"

„Weil du, Köbi, ein gottverdammtes Arschloch bist und sich das wahrscheinlich nur ändern wird, wenn du Auto fahren kannst."

Breiter stutzte einen Moment, dann legte er den Arm um Willy und sagte leise: „Danke."

„Nur, um dich loszuwerden."

„Gut, dann lass mich hinters Steuer, dann geht's schneller."

„Wir haben eine knappe Stunde Zeit", antwortete Hebeisen, öffnete die Türe, zog den Schirm aus der Röhre neben dem Sitz, spannte ihn auf, stieg aus, ging um den Bentley herum, öffnete die Beifahrertüre, stieg auf der anderen Seite wieder ein, schloss den Schirm und danach die Türe.

Breiter war zwischenzeitlich auf den Fahrersitz gerutscht und streichelte mit glänzenden Augen das Lenkrad, bestaunte dessen an der Nabe angebrachten Hebel und die Beschriftungen, registrierte die im edlen Wurzelholz eingelassenen Uhren für Strom, Wasser, Benzin und Öl und fragte sich, was wohl die Hebelchen neben dem eingesteckten Zündschlüssel bewirken würden.

„So, großer Köbi, dann sag mir mal, was zu tun ist?"

„Also, ich steh auf der Kupplung, Pedal ganz links, dann drück ich den Starterknopf, lege den ersten Gang ein, der links vorne, und gebe leicht Gas, gehe vorsichtig von der Kupplung, fahre Richtung St. Louis und nehme die Landstraße nach Paris."

„Fast, aber ganz so einfach kommst du nicht nach Paris."

„So? Wie denn?"

„Schließe die Luftklappe, da an der Lenkradnabe, dann den Hebel gegenüber auf Retard, Zündung überprüfen, hier, auf der Uhr mit Amperes, die Kupplung treten, dann den Starterknopf drücken und warten, bis der Reihensechszylinder schön leise blubbert. Kapiert?"

„Ja, Luftklappe, Retard, Amperes, Kupplung, Starter … Willy, er läuft, unglaublich, er läuft, Willy!"

„Das tut er bei allen, Köbeli."

„Ja, aber beim ersten Mal schon, Willy."

„Auch beim ersten Mal musst du die Handbremse lösen und den Gang einlegen. Hopp!"

Breiter folgte Hebeisens Anweisungen, löste die Handbremse neben der Tür und legte den Gang ein.

„So, fahr jetzt, aber vorsichtig!"

Breiter gab ganz wenig Gas und hob sanft den Fuß von der Kupplung. Der Wagen rollte langsam vorwärts. Breiter gab mehr Gas, der Bentley zog an, Breiter fuhr bis ans Ende des großen Platzes, wendete und gab Gas.

„Zweiter Gang, hopp!", rief Hebeisen.

Breiter kuppelte und legte den zweiten Gang ein. Das Getriebe krachte laut und der Wagen ruckte und zuckte. Breiter kuppelte erschreckt aus und bremste abrupt. Als der Wagen stillstand, blickte er ängstlich zu Hebeisen hinüber, der aber lachte nur: „Du musst Zwischengas geben, Köbeli, auskuppeln, kurz aufs Gas treten, nächsten Gang einlegen. Hopp!"

„Warum sagst du mir das nicht gleich", schrie Breiter, „mein Gott bin ich erschrocken, ich dachte, die Karre sei jetzt hin und ich ruiniert."

„Man droht mir nicht ungestraft, in den Wagen zu schiffen. Hopp jetzt!"

„Arsch!"

„Arschschiffer!"

Breiter fuhr an, gab mehr Gas, kuppelte aus, gab Zwischengas, legte den zweiten Gang ein, gab noch mehr Gas, bremste sanft am Ende des Platzes, wendete, gab noch mehr Gas, legte mit Zwischengas den dritten Gang ein, schaltete am anderen Ende des Platzes runter, wendete erneut und gab wieder Gas und schaltete wieder hoch. So fuhr er den Platz noch mehrere Male rauf und runter, bis Hebeisen darauf drängte, das Steuer wieder zu übernehmen, um seinen Fahrgast am Konzertsaal wieder abzuholen.

Am nächsten Tag, Montag, um sieben Uhr früh, verkündete Jacques Breiter seinem Vorgesetzten, dass er Auto fahren könne und somit den neuen Senf in der Tube auch in Deutschland, Frankreich, Österreich, Italien, Spanien, ja gar in Russland und überhaupt in der ganzen Welt an die Hausfrau bringen könnte, worauf dieser mit Breiter schnurstracks in den Fabrikhof ging, ihm die Türe eines Opels 1,8 Liter Lieferwagen, dessen Aufbau vollkommen aus Holz bestand, aufhielt, ihm den Zündschlüssel in die Hand drückte und forsch sagte: „Dann zeigen Sie es mal, junger Mann. Und wenn was kaputtgeht, arbeiten Sie die nächsten Jahre kostenlos für uns."

Mit traumwandlerischer Sicherheit betätigte Breiter alle Hebel, startete den Motor und fuhr im Fabrikhof eine Runde mit sauberen Schaltvorgängen. Als er die Holzschachtel wieder sauber geparkt hatte und dem verblüfften Vorgesetzten mit einem süffisanten Lächeln den Schlüssel in die Hand drückte, sah sich Breiter schon durch die wilden Täler Turkmenistans fahren und arabischen Schönheiten Senf in Tuben andrehen. Er wähnte sich auch schon, sie von den Vorzügen von Kaffeeersatz für feine Haut und edlen Teint zu überzeugen, die Schönste von ihnen vor den Altar zu führen und als Senf- und Kaffeeersatzscheich mit immer größer werdendem Harem ein seiner Wichtigkeit entsprechendes und seiner Person würdiges Leben zu führen.

„Junger Mann, ansprechend, ansprechend, melden Sie sich um elf in meinem Büro."

Um halb zwölf war Breiter Senfvertreter mit eigenem Lieferwagen.

Der Senf in der Tube hatte es in sich. Zwar überzeugte Breiter vorerst nicht die schwarzäugigen Schönheiten in Turkmenistan, sondern die stämmigen Schürzenträgerinnen im vorderen Emmental oder die ausgefuchsten Scharfrechnerinnen aus dem hinteren Entlebuech von den Vorzügen des Tubensenfs – feiner, hygienischer, weniger Schmutz und vor allem: viel, viel länger haltbar –, doch der Anklang des neuen Produkts war so groß, dass Breiter sich schon Hoffnungen machte, die Senf-Revolution auch bald in Frankreich und Deutschland an die Frauen hinter den Ladentheken heranzutragen.

Doch nach Deutschland führte für Breiter weiterhin kein Weg, da die Firma eine Gesellschaft mit deutschen Wurzeln war und über genügend Zweigstellen verfügte, die den Senf in deutsche Lande brachte, den Franzosen fehlte die nötige Schärfe und überhaupt war doch Senf urfranzösisches Kulturgut, und schon alleine die Vorstellung von Andouillette mit einer Schweizerischen gelben Paste aus der Tube kam einem Landesverrat gleich.

So blieb Breiter in der Schweiz und auch da gab es viele reiche Mädchen und Frauen, aber die würden den Toggenburger in ihm, den Alpbuben, den Kuhhirten und Geißen-Köbi sofort riechen. Und zwar von der ersten Sekunde an, beim ersten „Grüezi", an den langen „ooos", den weichen „gs" oder dem „oi" statt „eu". Da halfen weder rahmengenähte Schuhe, schicke Zweiteiler noch bester Benimm. Zudem hatte er sowieso keinen Zugang zu diesen Kreisen.

Mit der Idee, Chauffeur in reichen Häusern zu werden, wenigstens als Zusatzerwerb, lag er Willy Hebeisen Woche für Woche in den Ohren und dieser zeigte auch immer wieder mal Gehör für Breiters Anliegen, doch eine Stelle ließ sich nicht finden. So war Breiter, wenn er in seiner Wohnung im warmen Bett lag, im Ofen die in feuchtes Zeitungspapier eingewickelten Briketts vor sich hin verglühten, er zur Decke schaute und keinen Schimmelflecken entdecken konnte, mit sich und der Welt nicht unzufrieden, setzte doch die darniederliegende Wirtschaft dem kleinen Land inmitten Europas ziemlich zu. Er, Breiter, musste nicht Morgen für Morgen am Rheinhafen Schlange stehen, um vielleicht für ein paar Rappen den lieben langen Tag Rheinkähne entladen oder Kohlesäcke schleppen und nachts in der Notschlafstelle keine Auge zudrücken zu können, damit ihm das sauer verdiente Kleingeld nicht von zahnlosen Mitbewohnern gestohlen würde. Nein, er lag da, über der Witwe Hunziker, deren regelmäßiges Schnarchen durch den unbehandelten Dielenboden zu ihm heraufdrang, und konnte sich dank der Kässelis immer noch den Luxus leisten, nach Höherem zu streben.

Zumal er von den St. Galler Behörden schriftlich benachrichtigt worden war, dass die Witwe Anna Breiter, geb. Abderhalden, 14. März 1891, Bürgerort Nesslau, am 17. Januar 1934 verstorben ist, und er, Jakob Breiter, geb. 9. Februar 1909, Bürgerort Stein, ersucht werde, den Nachlass zu übernehmen, bestehend aus diversen Möbeln, Schmuck, anderen Gegenständen und einem Bankkonto der St. Gallischen Kantonalbank, dessen Inhalt als Barschaft gegen Vorweis dieser Vorladung, des Passes und des Familienbüchleins ausbezahlt würde. Es sei darauf hingewiesen, dass eine allfällige Erbschaftssteuer bei Antritt des Erbes gleich zu bezahlen sei.

Am 23. Januar 1935 stand Breiter in der gut ausgestatteten Zweizimmerwohnung im Linsebühlquartier seiner Mutter und wusste nicht, was er fühlen sollte. Neben den üblichen Möbeln, wie ein großes Bett, eine Standuhr, Tisch und Stühle fand er aber auch ein Klistier, Handschellen, drei Peitschen und Schachteln mit „Fromms – heißvulkanisiert". Über all die Jahre war er nie mehr in Kontakt mit ihr getreten. In seiner Erinnerung war es schließlich sie gewesen, die bei Nacht und Nebel gegangen war und ihn dem Schnaps, den Fäusten, Spazierstöcken und Gürteln des Vaters überlassen hatte. Unter all den Schlägen hatte er weder Wut noch Hass noch Sehnsucht ihr gegenüber entwickelt. Sie war einfach weg und seine Erinnerungen an sie, wie sie roch, ob sie hübsch war, warm oder kalt, ob sie ihn küsste, wenn er zur Schule ging, oder vor der Sonntagsschule mit Weihwasser ein flüchtiges Kreuz auf seine Stirn malte, musste sie mitgenommen haben. Und was sie nicht mitgenommen hatte, hatte er weggesperrt.

Die Fratze seines Vaters, der über ihm steht, der Gestank nach Schweiß, Mist und Schnaps, der ihm mit der Faust ins Gesicht schlägt und mit den schweren Schuhen in die Seiten tritt, sie verfolgte ihn manchmal in seinen Träumen. Aber ob seine Mutter eingegriffen, ihn auch geschlagen oder nach überstandener Tortur tröstend in die Arme genommen hatte; er wusste es einfach nicht mehr.

Breiter entschloss sich, einen Trödler aufzusuchen, der die Wohnung räumen sollte. Ein paar kleine Dinge, einen Ring, einen Füllfederhalter und eine Brosche mit einem kleinen, blau schimmernden Mondstein in der Mitte nahm er mit.

Als er die Wohnung verlassen wollte, öffnete sich die Türe der Wohnung gegenüber und eine alte, kleine, verhutzelte Frau mit karierter Schürze trat auf den Flur.

„Sie könnten Köbi sein“, sagte sie mit leiser Stimme.

„Ja."

„Trotz allem, sie war eine Liebe. Ich soll Ihnen das geben."

Sie zog einen Umschlag aus ihrer Schürze und gab ihn Jacques.

„Woran ist sie gestorben."

„Wahrscheinlich an einem Herzschlag."

„Haben Sie die Wohnung so sauber aufgeräumt?"

„Nein, sie war immer eine Ordentliche."

„Aber es sieht aus, als hätte gar niemand darin gelebt?"

„Vielleicht. Vielleicht hat sie einfach in sich gelebt."

„Hat sie von mir erzählt?"

„Manchmal. Und nur Gutes."

„Warum hat sie mich nicht mitgenommen? Damals?"

„Darüber hat sie nie gesprochen. Aber sie war eine Liebe." Die alte Frau gab Breiter die Hand, sagte, „ich muss jetzt die Wähe aus dem Ofen nehmen", drehte sich um und wollte in ihre Wohnung zurückgehen, hielt nochmals inne und sagte eindringlich: „Behalten Sie sie in guter Erinnerung. Sie hat es verdient."

Dann ging sie hinein und drehte den Schlüssel im Schloss.

Breiter stand da, betrachtete den Umschlag, „für köbi", es würgte ihn, er ging los, übersprang zwei Stufen auf einmal und als er draußen stand, holte er tief Luft, setzte sich trotz leichten Schneefalls auf eine

Bank vor dem Haus, grapschte nach seinen Zigaretten, zündete eine an, füllte seine Lungen mit Rauch, hielt den Atem an und hoffte so, dass seine Seele wenigstens ein kleines Bild seiner Mutter herausgeben würde.

Nichts.

Er rauchte die Zigarette zu Ende, beschloss, den Brief im Zug zu lesen, ging auf die Bank, 947,35 Franken, immerhin, ging auf die Behörde, wollte die Beerdigung bezahlen, welche aber von anonymer Seite bereits übernommen worden war, bezahlte Erbschaftssteuer und Stempelgebühren und fuhr mit 929,65 Franken in der Tasche und einem Brief in der Hand nach Basel zurück.

lieber köbi

ich hab nie correct schreiben gelernt, darum übe nachichtigkeit mit meinen fehlern, aber es werden sicher nicht so viel sein, wie ich bei dir gemacht habe.

als ich weg bin, warst du schon in st. gallen und der pfarrer hassler sagte mir, es ging dir gut.

mir ging es nicht gut, da ich keine arbeit hatte, also musste ich das tun, was frauen als letztes noch arbeiten können. und mit der zeit tat ich es gerne und konnte auch männern helfen und so auch ihren frauen. darum habe ich die dinge nicht weggeräumt, du solltest es wissen.

ich weiss, dass du in basel bist und dass du arbeit hast. ich wäre gerne gekommen, aber jetzt bin ich zu krank und der heilige antonius hat mir auch gesagt, ich solle nicht gehen. es sei besser so.

ich hab dich immer ganz gern gehabt, gerner als alles anderen, aber wir wären beide dort gestorben, wenn wir geblieben wären und so mussten wir auch gehen.

ich werde jetzt nochmals gehen, für immer, ich habe dich allergernst, nein allerliebst. denke nicht bös von mir.

bis im Himmel.

mama

Breiter wusste nicht, ob er lachen oder weinen sollte. Breiter wusste gar nichts mehr. Er war voller Wut und voller Liebe. „War das alles? Mama!“, schrie er in den Zug.

Die wenigen Fahrgäste blickten sich erschrocken nach ihm um. Er lächelte und winkte zurück.

Und plötzlich waren die Bilder wieder da, das wutentstellte Gesicht seines Vaters über ihm, wie er plötzlich die Augen verdrehte, über ihm zusammenbrach, die Mutter mit einem Holzbrett über ihnen stand, wie sie dem Vater einen Tritt verpasste, so dass er von ihm wegrollte, wie sie ihn bei der Hand nahm, aus dem Haus in einen Schuppen am Ende des Dorfes führte, dessen Tür verrammelte, ihn fest an sich zog, sie beide in eine kratzende Wolldecke einwickelte, Schweigen, Wind, Knarren, Tiergeräusche. Und dass sie ihn die ganze Nacht, wohl bis er eingeschlafen war, küsste und fahrig vor Aufregung über den Kopf streichelte.

Wie sie am anderen Morgen den Gendarmen aufsuchten, der sie nach Hause schickte, wo der Vater mit einem lumpigen Feldblumenstrauß wartete und bei allen Heiligen schwor, dies nie wieder zu tun, nie mehr zu trinken und sie ins Schlafzimmer verschwand, der Vater ihn in den Stall gehen hieß und ihr nach oben folgte. Im Stall hörte er die beiden streiten, schreien und danach stöhnen und keuchen. Und er, der Jakobli im Stall, drosch wie ein Wahnsinniger auf eine Ziege ein.

Breiter schlief ein, wachte in Zürich auf, stieg in den Zug nach Basel und schlief wieder ein. Heimgekommen, schob er ein Brikett in den Ofen, legte sich ins Bett, holte sich einen runter, um sich zu beruhigen, schlief unruhig und bestieg am anderen Morgen pünktlich einen mit Senftuben gefüllten Opel-Lieferwagen, den links und rechts ein Reklameschild für Kaffeeersatz schmückte.

Breiter musste nach Langenthal zur zum Unternehmen gehörenden Helvetia-Senf fahren, um die dortigen Außendienstler über die Vorteile des Tubensenfs zu instruieren.

Als er bei Waldenburg die Spitzkehre hinter sich ließ und mit allem, was der Opel hergab, in das lange Waldstück einbog, lag mit jedem Meter, den er an Höhe gewann, mehr Schnee. Breiter liebte es, auf Schnee zu fahren, das Driften durch die Kurven,

Gegensteuer geben, die Drehzahl im optimalen Bereich halten, so dass die Räder nicht durchdrehten und trotzdem genug Kraft hergaben, um den Pass hochzukommen.

Als er das erste Waldstück hinter sich hatte, lag am Straßenrand ein großer, königsblauer Horch und davor ein Mann, im eleganten Zweireiher, der aufgeregt seinen Hut schwenkte und Breiter zum Anhalten aufforderte.

Was er auch tat. Er kurbelte die Fensterscheibe runter und fragte: „Kann ich helfen?"

„Können Sie", war die Antwort des Herrn mit schwarz umrandeter Nickelbrille, „fahren Sie bis nach Balsthal?"

„Ja. Langenthal."

„Nehmen Sie mich mit?"

„Ja, steigen Sie ein."

„Danke."

Ganz sachte ließ Breiter die Kupplung los, die Räder drehten auf der glatten Oberfläche ganz wenig durch, griffen mehr und mehr und schoben den Lieferwagen die Passstraße hoch.

„Gut gemacht, junger Mann", sagte der Mann im schwarzen Ledermantel. „Darf ich mich vorstellen: Dr. Ambros de Mijouter, I.P. Gugy AG, und was fahren Sie?"

„Senf."

„Senf?"

„Ja, Senf in Tuben."

„In Tuben?“

„Ja, in Tuben wie für Ölfarben oder so.“

„Bleituben?“

„Ja, irgendwie so.“

„Und das läuft?“

„Wenn die Leute die anfängliche Skepsis gegenüber der Tube verlieren, sind sie meist begeistert. Ist halt viel praktischer.“

Auf der Passhöhe, kurz vor Langenbruck angekommen, gab der Wald den Blick auf die Sprungschanze, die Skifahrer, die elegant, oder mit den Armen rudernd nach dem Gleichgewicht suchten, den Hang hinunterglitten und auf das Sanatorium frei. Es schneite ganz leicht, doch die Sonne machte Anstalten, sich gegenüber den Wolken doch noch durchzusetzen.

„Ein Horch, richtig?“

„Ja, junger Mann, ein 670er, Zwölfzylinder.“

„Und wie ist es passiert?“

„Mein Chauffeur ist krank und ich bin, wie causa zeigt, nicht der geübteste Lenker. War wahrscheinlich ein wenig zu schnell, so kam der Wagen ins Rutschen. Und wenn die zweieinhalb Tonnen mal rutschen, ich sag Ihnen, dann rutschen sie.“

„Zum Glück ist nichts passiert.“

„Ja, aber wie bekomme ich ihn dort wieder frei?“

„Wir können es auf der Rückfahrt versuchen.“

„Ja, würden Sie mich wieder mitnehmen?“

„Es wird etwa vier, halb fünf werden. Falls das nicht zu spät ist?"

„Nein, nein, ich warte im ‚Kreutz' auf Sie."

„Gut."

„Danke."

„Mmmh, eine Frage: Soll ich dann den Horch nach Basel fahren?"

„Ganz schön forsch, junger Mann, ein Horch ist per definitionem keine solche Holzkiste."

„Ich verdiene nebenbei noch Geld als Chauffeur, mit einem Bentley Derby."

„So, bei wem?"

„Bei Frau Haffmann … also ehemalige Frau Haffmann."

„Aha, bei der Frau Haffmann. Und was redet sie so, die ‚ehemalige' Frau Haffmann?"

„Also, ähm, darüber darf ich selbstverständlich nicht sprechen. Die Diskretion des Chauffeurs."

„Selbstverständlich."

Zu Tale fuhr Breiter im ersten Gang, beinahe im Schritttempo, um Wagen, Passagier und Senftuben sicher bis nach Balsthal und Langenthal zu bringen.

„Warum schalten Sie nicht hoch?"

„Der Gang hält den Wagen."

„Gut, junger Mann, Sie haben mich überzeugt. Sie fahren den Horch und ich ihre Holzkiste zurück nach Basel. Zur Gaudi von Frau, Kindern und Bediensteten."

„Sie werden es sicher nicht bereuen."

„Willy, wie startet man einen Horch?"

„Du lässt mich ans Telefon rufen, um zu fragen, wie man einen Horch startet? Spinnst du?"

„Willy, es ist wichtig. Und mach, das Telefon kostet mich ein Vermögen."

„Wieso musst du wissen, wie man einen Horch startet?"

„Weil ich einen fahren muss."

„Aha."

„Willy, ich erzähl's dir morgen. Aber sag schnell, es ist wichtig!"

„So wichtig?"

„Extrem wichtig, bitte Willy, sag schon."

„Warum musst du das wissen?"

„Ich kann einen fahren!"

„Zwölf- oder Achtzylinder?"

„Acht … nein zwölf."

„Ja, was jetzt?"

„Zwölf, nehme ich an."

„Zwölf, so, so."

„Willy!"

„Ist ja wurscht, macht eh keinen Unterschied. Also wahrscheinlich wie beim Bentley. Magst du dich erinnern?"

„Ja."

„Also sag?"

„Willy!!"

„Hopp, hopp, sonst säuft dir der Horch ab."

„Luftklappe am Lenkrad, Retard, Amperes, Kupplung, Starter.“

„Wahrscheinlich heißt es nicht Retard. Vielleicht Zündspätverstellung oder Spätzündung oder sowas. Ist halt eine Nazi-Kiste.“

„Danke Willy.“

„Halt, noch was: Wenn es ein Zwölfzylinder ist, musst du den Stromkreis auf beide Blöcke leiten. Da muss es einen Schalter geben, vergiss das ja nicht, sonst gehen sechs Zylinder den Bach runter. Ah, und zieh den Choke, es ist kalt.“

„Zwei Stromkreise, ja, danke Willy.“

„Macht drei Bier und eine Bratwurst. Mit Rösti. Und mit Senf aus dem Glas!“

„Ja, übermorgen, versprochen.“

„Und nimm Asche mit. Und eine Schaufel.“

„Gut, gut. Übrigens, Willy, deine Tante ist gestorben, im Fall.“

„Ich habe keine Tante.“

„Ich auch nicht, im Fall! Salut.“

Schneeflocken tanzten durch das Abblendlicht des Opels. Bei Langenbruck waren weder Skifahrer noch Kurgänger zu sehen. Das Sanatorium leuchtete schwach vom Waldrand her und das Eintauchen in die Dunkelheit des Waldes wirkte auf Breiter, als würde hinter ihm jemand die Türen schließen.

„Sie haben sich die Fahrt mit dem Horch verdient, junger Mann, Sie machen das wirklich gekonnt", sagte de Mijouter, der Breiter im „Kreutz" noch auf einen gut eingeschenkten Kaffeeschnaps einlud.

Vor dem Gehöft Spittel öffnete sich der Wald wieder und der Horch tauchte im Scheinwerferlicht auf. Unversehrt, noch an der gleichen Stelle, steckte er im Schnee.

Breiter fuhr den Opel direkt vor die Front des Horchs, stieg aus, entnahm dem Laderaum ein dickes Seil mit Karabinerhaken an jedem Ende, eine Schaufel und einen geschlossenen Metalleimer voll Asche, schaufelte zuerst hinter dem Opel ein Stück Straße frei, bestreute es mit Asche, falls noch unsichtbare Eisflächen da wären, schaufelte unter dem Horch, so gut es ging, den Schnee weg, legte von den Hinterrädern bis zu den Vorderrädern eine Aschespur, klinkte den einen Karabinerhaken bei der vorderen Querverstrebung der Karosserie des Horchs ein, legte sich unter den Opel und klinkte den anderen bei der Achse ein, stieg zurück in den Opel und fuhr ganz sachte zurück, bis das Seil richtig straff war. Er wies de Mijouter an, im Opel Platz zu nehmen und auf sein Zeichen hin ganz sanft rückwärts zu fahren, setzte sich selbst in den Horch, ging im Geiste nochmals das Startprozedere – „wenn es ein Zwölfzylinder ist, musst du den Stromkreis auf beide Blöcke leiten. Da muss es einen Schalter geben, vergiss das ja nicht, sonst gehen sechs Zylinder den Bach runter" – des Horchs durch, zog den Choke und drückte den

Starterknopf. Der Wagen sprang an. Breiter ließ den Zwölfzylinder im Leerlauf ein wenig aufheulen, gab de Mijouter ein Zeichen und ließ langsam die Kupplung los.

De Mijouter machte seine Sache richtig und so fasste der Horch Boden und die zweieinhalb Tonnen Chrom, Stahl und Edelholz schoben sich langsam zurück auf die Passstraße.

Breiter zog die Handbremse, löste den Karabinerhaken beim Horch, löste den Karabinerhaken beim Opel, warf das Seil in den Laderaum und stieg zu de Mijouter auf den Beifahrersitz.

„Ganz gut gemacht, junger Mann. So, jetzt nach Basel, fahren Sie hinter mir, bis zu mir nach Hause."

„Ja, Herr de Mijouter, bitte im ersten Gang bleiben, bis wir unten sind."

„Ja, ja, hab's schon begriffen."

„Gut."

„Junger Mann!"

„Ja, hab's auch begriffen."

„Und tragen Sie Sorge für meinen Wagen."

Breiter lächelte, stieg aus dem Opel, in den Horch und fuhr hinter de Mijouter nach Basel zurück.

Auf der langen geraden Strecke durch den Hardwald hätte ihn beinahe der Teufel geritten, er war ganz nahe daran, das Gaspedal des Zwölfzylinders durchzudrücken und den Opel vor ihm zu überholen.

„Bau keinen Mist", sprach er mit sich selbst, „so nahe warst du noch nie an den Oberen dran."

Breiter ließ sich ein wenig zurückfallen, entspannte sich, genoss das ruhige Gleiten in dem luxuriösen Wagen und folgte der hölzernen Kiste durch das reiche Gellertquartier mit seinen prunkvollen Stadtvillen, bis diese in eine Einfahrt einbog, die in weitem Schwung zu einer repräsentativen Doppeltreppe führte.

Noch bevor der Wagen stillstand, ging die Tür auf, ein Diener sprang die Treppe hinunter, öffnete die Wagentür und staunte nicht schlecht, als er statt des Gesichts seines Herrn das süffisante Grinsen von Jakob Breiter gegenwärtigte.

„Herr de Mijouter sitzt im Lieferwagen", gab Breiter dem verdutzten Diener Bescheid, zog den Zündschlüssel, übergab ihm den Schlüssel und ging beschwingten Schrittes zu seinem Wagen. Aus diesem schälte sich Ambros de Mijouter, strich seinen Mantel glatt, ging auf Breiter zu, streckte ihm die Hand entgegen und sagte: „Das haben Sie gut gemacht, junger Mann. Männer wie Sie sind zu gebrauchen. Wie viel verdienen Sie jetzt bei der Senffabrik?"

„Bei der Franck verdiene ich zurzeit 307 Franken und 25 Rappen."

„Und Sie fahren nur Senf herum? Sie können doch mehr?"

„Ich mache den Läden und Metzgereien den Senf schmackhaft. Und dazu Kaffeeersatz. Caro-Kaffee kennen Sie sicher."

„Wir trinken Kaffee, junger Mann. Was haben Sie vorher gemacht?"

„Ich arbeitete im Kontor des Grand Palace in St. Moritz."

„Aha, beim Camenisch. Guter Mann. So können Sie also auch rechnen."

„Sehr gut, mit Verlaub."

„Gut rechnen, gut verkaufen, gut fahren. Wir brauchen jemanden wie Sie. Hatten Sie viel Kontakt mit Gästen?"

„Ich war beliebt. Sie können Direktor Camenisch fragen."

„Die I. P. Gugy AG macht unter anderem Farbstoffe für Textilien. Das Deutschlandgeschäft könnte einen Mann wie Sie gebrauchen. Würden Sie sich das zutrauen?"

„Ja, klar."

„Wann haben Sie Feierabend?"

„Um sechs."

„Kommen sie übermorgen nach sechs in mein Büro. Und bringen Sie Ihre Papiere mit."

De Mijouter streckte Breiter seine Visitenkarte hin.

„Mmmh, eine Frage, wie hoch wäre mein Lohn?"

„Mindestens 320."

„Mmmh, so …"

„Ja, wollen Sie feilschen? Junger Mann, es herrscht Krise!"

„Autofahren ist gefährlich. Und Farbstoffe sind kein Senf."

„Also reden wir über 330 bis 340. Auf keinen Fall mehr. Ist das klar?“

„Ja, ich komme, übermorgen, nach sechs.“

„Gut.“

„Danke, Herr de Mijouter.“

„Übrigens … Herr … – sehen Sie, alles ging so schnell, ich weiß nicht einmal Ihren Namen.“

„Breiter, Jacques Breiter.“

„Es hat Spaß gemacht, in Ihrer Senfkiste.“

„Mir auch, im Horch.“

Zwei Tage später saß Breiter mit Willy Hebeisen bei Bratwurst und Bier im „Schafeck“. Es war nicht gerade das feinste Lokal der Stadt, die Rauchschwaden hingen tief, die sechs grobmaserigen Tische trugen Narben manches im Alkohol ersäuften Elends, in der Ecke, nahe beim Ausgang wetterten Arbeiter mit Schiebermützen gegen die Chemiebarone, sehnten sich nach dem kommunistischen Paradies und wünschten die Nazis zum Teufel, während am runden Tisch, nahe des Ausschanks, Frontisten die Gläser auf Adolf Hitler hoben, die Überlegenheit der weißen Rasse feierten und die Kommunisten auf den Misthaufen der Geschichte wünschten. Dazwischen saßen Taglöhner, die Gerüchten über Arbeit am Rheinhafen oder am Güterbahnhof nachjagten, Hehlerware wechselte den Besitzer, Luden versuchten ihre Trottoiramseln an Freier zu bringen und über allem wachte auf einem vergilbten Emailschild die grüne Fee, bedeckt mit nichts als einem durchsichtigen Schleier, über die hier versammelte Bagage.

„338,50, verstehst du, 338,50 und Deutschland“, überschrie Breiter den Lärm in der Kneipe.

Hebeisen nickte.

„Hammer, und alles wegen dem Horch. Und dank dir, Prost.“

„Warum so viel?“

„Ich habe ihm gesagt, ich würde jetzt schon 307 verdienen.“

„Und wie viel bekommst du jetzt wirklich?“

„272, haha. Hey, Willy, das war der beste Handel, den ich je gemacht habe. Willy, das sind über 60 Franken mehr, mehr als, mehr als, mehr als 20 Prozent, ja fast 25 Prozent mehr.“

„Imponierend, wirklich imponierend. Und der Horch?“

„Ein Traum, Willy, ein Traum. Blau, glänzend, königsblau, ganz feines, hellgraues Leder, das Armaturenbrett in helleren Brauntönen, umfasst von Holz in dunklerem Braun, beides in wiederum verschiedenen Tönen, der Übergang zu den Fenstern mit ganz hellen Leisten, und ein Anzug, ich sage dir, da kann dein Bentley abstinken dagegen.“

„Es ist nicht mein Bentley und es ist nicht dein Horch, Köbi.“

„Jacques!“

„Köbi-Jacques.“

„Jacques!“
„Gut.“
„Aber für immer, sonst werden wir nie Brüder.“
„Will ich dein Bruder werden?“
„Ich an deiner Stelle würde.“
„Warum?“
„Weil du durch mich vielmehr erleben wirst. Weil ich dein Motor bin, dein Getriebe, dein Benzin.“
„Und ich die Bremse?“
„Du stehst zumindest drauf.“
„So, so.“
„Ja, Willy, dich muss man zu jedem Spaß, zu jedem Weitergehen, zu jeder Entdeckung überreden.“
„Aha.“
„Ja, du bist ein Nein-er, du sagst täglich mehr Nein als Ja. Willy, wir sind jung, wir müssen zuerst Ja sagen, das Leben sagt schon genug Nein.“
„Und du, du bist ein Ja-er?“
„Ja, ja, und darum sind wir geschaffen für einander. Wie Brüder, schwarz und weiß.“
„Schwarz und weiß. Und wer ist wer?“
„Weiß nicht. Einmal ich, einmal du.“
„Warst du weiß, als du das zerbrochene Bierglas meines Vaters weggetreten hast?“
„Aber sicher!“
„Und ich schwarz?“
„Das kann man so nicht unbedingt behaupten.“
„Siehst du. So ein Schwachsinn.“

„Aber es ist trotzdem so."

„Wenn schon, ist der Faschismus schwarz und der Kommunismus weiß."

„Das ist jetzt Schwachsinn, Willy. Den Italienern geht es so gut wie noch nie, die Deutschen sind daran wieder hochzukommen."

„Aber wer nicht ist wie sie, wird umgebracht oder weggesperrt."

„Und das macht dein Stalin nicht?"

„Nein."

„Und die Zarenfamilie? Die wurde auch einfach erschossen. Und die vielen Adeligen? Die mussten alle weg. Ich habe viele von ihnen in St. Moritz gesehen."

„Da kann es ihnen ja nicht schlecht ergangen sein, den armen Teufeln."

„Komm, lass uns aufhören damit. Es macht keinen Sinn."

„Jacques, gut, pass einfach auf, dass du mit dieser Einstellung nicht in etwas Dummes reinschlitterst."

„Ich schlittere nirgends rein. Ich will einfach das Leben."

„Irgendwann klinkt sich bei dir das Leben aus und macht sich selbstständig. Wirst sehen."

„Na und?"

„Dann kannst du es nicht mehr einholen und stehst ohne Seele da."

„Ach was."

„Pass auf, dass es dann nicht in Bitterkeit endet."

„Lieber gelebt haben und dafür bezahlen, als auf einem kruden Arbeiterstolz sitzen bleiben, der einen unten hält."

„Lieber ehrlich unten als zwangsverlogen oben."

„So?"

„Ja, so!"

„Du bist halt so. Ich nicht."

„Ja. Aber du könntest was dagegen tun."

„Ich will gar nicht. Weil, Willy: Im Großen und Ganzen kann man eh nichts machen."

„Doch, der Partei beitreten, zum Beispiel."

„Ha, das könnte dir so passen. Komm wir gehen."

„Die Partei macht, dass alle Menschen gleich sind, alle Arbeit gleich viel Wert ist, alle gleich viel verdienen, keine Armen und Reichen. Das ist doch gut."

„Gut schon. Aber es geht nicht."

„Und warum soll es nicht gehen?"

„Weil, mein lieber Willy, mehr Menschen so sind wie ich und weniger so wie du."

„Leider."

„Willy, komm, wir hören jetzt auf, sonst kriegen wir noch Streit. Und im Streit wird man selten zu Brüdern", sagte Breiter, wandte sich Richtung Bedienung und machte ihr das Zeichen zum Zahlen.

„Vielleicht hast du ja Recht. Aber irgendetwas muss man tun."

„Nein, Willy, ich glaube sogar, du hast Recht. Aber ein Breiter kann auf keine Revolution warten. Der muss alleine gehen. Denn so wie er ist, würde die

Revolution auch nicht auf ihn warten. Und das könnte gefährlich werden."

„Ja, du bist zu extrem."

„Also bleibe ich für mich extrem. Aber dieses ewige Arm und Reich darf es so auch nicht geben. Und dafür ist möglicherweise deine Partei richtig. Aber komm jetzt. Wir müssen noch Blutsbrüder werden."

„Das brauch ich aber nicht."

„Es wird uns guttun, einen Bruder zu haben. Wir haben schon keine Väter."

„Und wie soll das gehen?"

„Wir zeigen uns gegenseitig unsere Pimmel und kreuzen sie. Das ist es."

„Breiter!"

„Oder willst du die Unterarme aufschneiden und das Blut gegeneinander halten?"

„Das ist wenigstens keine Sauerei."

„Aber es gibt eine. Zudem sind wir Männer."

Sie verließen das Lokal. Die Nacht wäre eigentlich hell und klar gewesen. Doch der Rauch und Ruß unzähliger Eierkohlen, Briketts und Holzscheite verschleierte die Sicht auf die Sterne. Und ob der Mond leuchtete, halb, voll oder leer war, war nicht auszumachen. Kalter Wind zog über die Rheinbrücke, sie schlugen die Mantelkragen hoch, beschleunigten den Schritt, drehten ihre Gesichter vom Wind ab und waren froh, die Gasse zwischen Marktplatz und Schifflände erreicht zu haben, in der das Licht der

Schaufenster die Gehsteige erhellte. Der Marktplatz war verwaist, nur ein engumschlungenes Pärchen küsste sich leidenschaftlich im Schutze der dunklen, gotischen Bögen des Rathauses, aus dem Saal im ersten Stock eines Restaurants tönte Charleston und aus der Gerbergasse war das Rumpeln und metallene Quietschen der nahenden Straßenbahn zu hören.

Sie gingen durch die engen Gassen den Münsterhügel hoch, neben der himmelwärts ragenden Kathedrale vorbei zur Pfalz, stiegen auf die rote Sandsteinbank, hinter der der Hügel etwa fünfzehn Meter senkrecht zum Rheinbord hinabfiel, schworen sich Brüderschaft und pinkelten unter lautem Gejohle und mit strammem Strahl in die Nacht hinein.

Am anderen Tag kaufte sich Breiter ein großes Einmachglas, holte sich bei der Witwe Hunziker eine Selbstklebeetikette, schrieb „Mama“ darauf, versorgte die 900 Franken darin und stellte es zu den anderen Kässelis auf den Kasten.

Er betrachtete die Kässelis. Nach einer Weile beschloss er, an der nächsten Herbstmesse eine Rose für seine Mutter zu schießen. Und eine weitere für Vittorio.

In den folgenden Wochen stürzte sich Breiter mit Kraft, Lerneifer und Wachheit in seine neue Arbeit. Bei Thomi + Franck bedauerte man seinen Abgang, versuchte ihn mit einer Gehaltsaufbesserung zum Bleiben zu bewegen, konnte ihm aber weiterhin keine Fahrten ins Ausland versprechen. Zudem war er es auch leid, den Kolonialwarenhändlerinnen Muckefuck, Plämpel und Hutzelwasser als Kaffee zu verkaufen, und der Senf in der Tube würde seinen Weg auch ohne Jacques Breiter machen.

Die neue Aufgabe erwies sich jedoch als um einiges anspruchsvoller. So brachte er jetzt die neuesten Modefarben für Baumwolle, Wolle und Kunstseide ins obere Wiesental und überzeugte die leitenden Angestellten und Direktoren der dortigen Textilindustrie von Qualität und Einzigartigkeit der Gugy'schen Farbstoffe und Garnveredler. Breiter eignete sich innerhalb kürzester Zeit ein fundiertes Wissen an über Diphenylechtfarbstoffe auf Mischgewebe aus Viskose und Baumwolle, lichtechte Diphenylechtfarbstoffe auf Baumwolle und Kunstseide, saure Wollfarbstoffe oder Tinon- und Tinonchlorfarbstoffe im direkten Druck auf Baumwolle, sah sich in den betriebseigenen Labors um, löcherte die Chemiker mit Fragen, bis er verstand, was sie eigentlich machten und übermittelte ihnen schon bald Anregungen und Ideen aus den Fabriken.

Eine dieser Ideen klaute er einem Vorarbeiter und trug sie de Mijouter vor. Gugy sollte kleine, handliche und leicht bedienbare Labors entwickeln, die dann den Textilfabriken zur Qualitätsprüfung und zu Selbsttests zur Verfügung gestellt werden sollten. Eine gute Idee, wie Breiter anfügte, ließen sich doch auf diese Weise die Fabriken stärker an Gugy binden.

De Mijouter dachte eine Woche über den Vorschlag nach und kam nach anfänglichen Bedenken zum Entschluss, solch ein Kleinstlabor zu entwickeln. Gegen Ende des Sommers war der Prototyp des Kleinstlabors fertig und Breiter durfte es in Begleitung eines Chemikers bei der Zeller Textilfabrik, die sinnigerweise der Familie de Mijouter gehörte, erstmals vorführen und ausprobieren. Die Resultate überzeugten und so produzierte man weitere Kleinstlabors, die Breiter immer weiter in die Tiefen Deutschlands zu den Textilzentren führten.

Selbstverständlich wurde Breiters kometenhafter Aufstieg in der Firma nicht von allen gern gesehen. Gerüchte wurden über ihn verbreitet, er sei Jude, er habe gestohlen, er sei ein Heiratsschwindler, er sei ein Warmer und er sei eigentlich ein Toggenburger Ziegenhirt.

De Mijouter selbst konfrontierte ihn mit den Gerüchten, wies ihn an, einen Ahnennachweis zu bringen und er solle den Sekretärinnen und Arbeiterinnen nicht an die Röcke. Breiter wehrte sich tapfer, beteuerte, dass er weder Jude sei noch den bei Gugy arbeitenden Frauen hinterhersteige. Dass er aus dem Toggenburg käme, stimme und jeder, der im Toggenburg aufwachse, würde als Bub sowohl Kühe wie Ziegen hüten. Und zudem wüsste er von keinem im Toggenburg, dass er Jude sei.

Trotzdem, de Mijouter beharrte auf dem Ahnennachweis, zumal große Geschäfte in Deutschland auf sie zukämen und er hundertprozentig sicher sein müsse, dass in den Adern seines besten Mannes kein jüdisches Blut fließe.

Am Abend setzte sich Breiter zur Witwe Hunziker auf die Terrasse, der Wurst-Käse-Salat mit der unwiderstehlichen Sauce aus Mayonnaise, Essig und scharfem Dijon-Senf sowie die gekühlte Flasche trockener Gewürztraminer standen bereit.

„Als ich acht Jahre alt war, wurden wir Deutsche. Meine Schwester hieß bei demselben Lehrer von einem Tag auf den anderen nicht mehr Germaine, sondern Hermine, aus meinem Bruder Schampedisse wurde Hanspeter. Nur mich, Lina, konnten sie nicht eindeutschen, obwohl wir ja deutsch redeten und deutsch dachten, seit Napoleon mit ein wenig Französisch drin.

‚Ob Michel oder Giggel, Wagges bliibt Wagges', sagte mein Vater, blieb, tauschte unsere französischen Pässe gegen nigelnagelneue deutsche ein und aus Roger wurde Rüdiger und aus Marie Maria Hauser.

Das war so ziemlich alles, was sich für mich als Kind änderte. Und es war schön, wieder einen Kaiser zu haben. So einen richtigen, stattlichen, mit Schnurrbart und Backenbart und nicht so ein mageres Bürschchen mit spitzem Schnauzer und Ziegenbärtchen.

Aber man wird älter, nicht alt, aber älter, und je älter man wird, desto mehr merkt man, dass es nicht lustig ist, Deutsche zu sein. Für den Kaiser, für Vaterland, für die Kolonien, für den Schlauchapfel, die Pomeranze und die Apfelsine, gegen den Franzosen, gegen den Engländer, gegen den Russen, gegen den Neger und gegen die Schlitzaugen sowieso.

Also musste ich überlegen, nicht lange, da ich sowieso das Gefühl hatte – und mein Gefühl gab mir ja Recht –, dass die Geschichte noch lange nicht gegessen ist und der Franzose das Elsass zurückwill und aus Hermine würde wieder Germaine, aus Hanspeter Schampedisse und aus Rüdiger Roger. So kam es ja auch. Für die war das Elsass wie eine Kolonie. Nach 1918 haben sie südfranzösische Beamte im Elsass eingesetzt und sie für die Zwangsversetzung mit einer Kolonialzulage abgespeist. Und weil der Franzose es sich wieder zurückgeholt hat, wird es sich auch der Deutsche wieder holen wollen und aus Germaine würde abermals Hermine und so weiter und so weiter.

Also überlegte ich zu Ende und ging in die Schweiz, nach Basel, zuerst als Magd, dann als Dienstmädchen, wie es sich für unsereinen gehört. In der Schweiz bleibt wenigstens Germaine Germaine und Hermine Hermine."

Sie schenkte sich und Breiter Wein ein, schöpfte den Wurstsalat aus der Schüssel und verteilte ihn auf die beiden Teller, brach Brot und legte es neben die Schüssel.

„Prost, Köbi", sagte sie, „jetzt geht's an die Moral."

„Wie meinen Sie das?", erwiderte Breiter und nahm einen Schluck.

„Lass mich weitererzählen. Die Familie, die mich anstellte, selbstverständlich zu einem Hungerlohn, war sehr reich und mächtig. Er war um die vierzig, groß und knorrig, mit riesigen Händen. Sie war klein, fett, stickte tagaus, tagein, rief dreimal die Woche nach der Schneiderin und drangsalierte sie so lange, bis diese ihr eines Tages eine Nadel mit solcher Wucht in den Hintern stieß, dass ein Arzt kommen musste, um sie wieder herauszuziehen. Von diesem Tag an ward die Schneiderin in der Stadt zwar nicht mehr gesehen, aber ich glaube, der Mann der fetten Gans hatte seine helle Freude daran, genauso wie alle im Haus, vom Kutscher bis zur Köchin, vom Zweitmädchen bis zum Klavierlehrer und durch ihn die ganze Stadt.

Aber es kam, wie es kommen musste: Eines Tages fragte der Hausherr mich, ob ich ihm zu gewissen Diensten sein könnte, gegen Aufgeld, selbstverständlich."

Breiter, der bis dahin, vertieft in die Herrlichkeit des Wurst-Käse-Salats, nur mit einem halben Ohr zugehört hatte, sah von seinem Teller auf und blickte ihr in die Augen.

„Und?“, fragte er verlegen.

„Und? Ich musste Hand anlegen, wenn er ‚Schlitz‘ sagte, und wenn er ‚Hose‘ sagte, musste ich ihn dazu gleichzeitig mit einem mit Schnitzereien verzierten, elfenbeinernen Ding hinten traktieren. So war dein ‚und‘, Köbeli.“

Breiter erschrak.

„Und weißt du, was er sagte, als ich und er fertig waren? Weißt du, was er sagte, in seinem arroganten, gespreizten Baseldeutsch?“

Breiter schüttelte den Kopf.

„Sie kenne wägruhmme, sie können wegräumen, dä verdammti Spitzgiggel.“

Breiter blieb der Wurst-Käse-Salat im Hals stecken.

„Aber weißt du was, Köbeli, dadurch wurde aus dem Linchen Lina, dadurch konnte sich das Aufgeld doch sehen lassen und in kurzer Zeit hatte ich ein hübsches Sümmchen zusammen und mein ewiges Schweigen kostete ihn auch nochmal eine Stange. Ich nahm mir eine kleine Mansarde, ein Loch über den Dächern der Stadt, aber mit Decke und Kohleofen, arbeitete mal hier, mal dort und ging auf die Frauenschule und wurde Schneiderin. Ich kam auf die Welt, und dies, mein lieber Köbeli, dies bist du gerade im Begriff zu tun. Gib die Milch runter, sonst wird aus dir niemals Jakob, geschweige denn Jacques.“

Breiter hatte keine Ahnung, wovon sie sprach und worauf sie hinauswollte.

„Was soll ich, die Milch runtergeben?"

„Gopferdammi, Köbeli, was wollen die von dir?"

„Dass ich kein Jude bin."

„Und warum fragst du mich um Rat?"

„Weil ich nicht weiß, was ich damit anfangen soll."

„Ja, findest du das gut, dass du kein Jude sein sollst?"

„Ich bin ja kein Jude, gopferdammi!"

„Aber du musst beweisen, dass du keine Jude bist."

„Ja und?"

„Ja, warum fragst du mich dann?"

„Weil es komisch ist."

Die Witwe Hunziker schüttelte den Kopf, nahm einen Bissen und spülte mit dem Gewürztraminer nach.

„Du bist wirklich noch ein Bubeli, Köbeli."

„Aber es ist komisch", erwiderte Breiter energisch.

„Ja, warum, Köbeli? Brauch deinen Kopf! Warum ist es komisch?"

„Weil, weil es egal sein sollte, ob ich Jude bin oder nicht."

„Eben."

Breiter schaute sie an, starrte in ihre Augen und hoffte, in ihnen eine Antwort zu finden.

„Aber Sie haben es auch gemacht!"

„Ja, ich habe es auch gemacht."

„Eben."

„Was wäre geschehen, wenn Sie es nicht gemacht hätten?"

„Was wäre wohl geschehen, Köbeli, was wohl?"

„Sie hätten wohl die Stadt wechseln müssen."

„Ja, und in eine andere Stadt, ziemlich weit weg."

„Sehr weit?"

„Zu weit!"

Breiter stocherte in seinem Wurst-Käse-Salat herum, schaute auf die Dachgiebel vis-à-vis hinauf, sah Raben auf den Kaminen sitzen, die ihr Gefieder putzten, solange, bis ein anderer kam, der den Kamin für seine Putzerei beschlagnahmte.

„Basel ist gut. Jetzt."

„Eben, gopferdammi!"

„Hmm, und danach?"

„Danach habe ich Hunziker getroffen, meine Tochter Sophie bekommen, sie großgezogen und als sie nach Bern heiratete, habe ich sie weniger und weniger gesehen und seit Hunziker gestorben ist, praktisch nie mehr."

„Warum?"

„Jakob, das ist eine andere Geschichte."

Am anderen Tag schrieb Breiter einen Brief an seine Heimatgemeinde und bat um eine Bescheinigung, dass er kein Jude sei. Der brave Gemeindebeamte im hinteren Toggenburg konnte mit dieser Anfrage wenig anfangen und schrieb zurück, ob er denn nicht wisse, welchen Glaubens er sei.

Worauf ihm Breiter zurückschrieb, dass er sehr wohl wisse, dass er katholisch sei, aber dass er dies bestätigt haben wolle. Worauf ihm der Gemeindebeamte in genervtem Ton zurückschrieb und ihn an das Pfarrhaus von Nesslau verwies.

Das Pfarramt beschied ihm, dass es ihm einen solchen Nachweis gegen eine Gebühr von zwei Franken, vorabzuschicken in bar oder Briefmarken, ausstellen könne.

Breiter schickte Briefmarken und das Pfarramt Nesslau bestätigte, dass Jakobs Vater Alois Breiter, geboren am 29. September 1878, Bürgerort Stein, gestorben wahrscheinlich am 23. November 1920, wie auch seine Mutter Anna Breiter, geb. Abderhalden, geboren am 14. März 1891, Bürgerort Nesslau, gestorben am 17. Januar 1934 in St. Gallen, katholisch gewesen seien. Wie auch deren beiden Elternteile. Falls er noch weitere Abklärungen wünsche, wäre dies mit einer weiteren Gebühr von fünf Franken verbunden.

Breiter hatte, was er wollte und legte es der Sekretärin von de Mijouter auf den Tisch, was diese mit einem gehässigen „wurde auch Zeit" quittierte. Und von da an verkaufte de Mijouters bester Mann die neuesten, modischsten Farbstoffe der Gugy AG in den Textilzentren Deutschlands, unterwies die werkfremden Laboranten im Umgang mit dem bereitgestellten Kleinstlabor und half ihnen nötigenfalls bei der Herstellung des Polarrots für die neue deutsche

Hakenkreuzfahne und des heiklen Säurechromblaus für die Festanzüge der NSDAP.

Breiter verkaufte und verkaufte und erfreute sich an jeder neuen Hakenkreuzfahne, wo immer sie auch hing, quadratisch an einem Gemeindehaus, irgendwo in Oberfranken, als Wimpel an einem Heereslastwagen oder als langes, rechteckiges Banner an einem Bahnhofsuhrturm; es waren seine Fahnen. Seine, de Mijouters und die der Gugy AG. Nur dank ihnen leuchteten sie den Deutschen mit ihrem Rot so klar den Weg in ihre bessere Zukunft, eine Zukunft mit immer kleiner werdenden Schlangen vor den Arbeitslosenstellen und Straßenküchen, mit Autobahnen, riesigen Urlaubsanlagen und Erholungskreuzern, mit von Prachtbauten gesäumten Alleen, ungezählten Festaufmärschen und mit einem von der Schande des Versailler Vertrags nach und nach erleichterten Gemüt.

Gut, je nach Lichteinfall ging das Rot in ein Rotbraun über, das den Einen oder Anderen an stockendes Blut erinnern konnte. Aber Breiter sah dies nicht, konnte es nicht sehen. Breiter sah nur, wie die Fahnen, Wimpel, Flaggen, Standarten und Banner zahlreicher und zahlreicher wurden und dadurch seine Provision am Ende des Jahres zu einer stattlichen Summe anwachsen ließen.

Und als der Führer während des Reichbefreiungsparteitags am 15. September 1935 neben ein paar die Juden betreffenden Rassengesetzen auch das Reichsflaggengesetz verabschiedete, war das dem Hause de Mijouter ein Gartenfest für die Kader der Firma wert.

Breiter holte sich wieder bei der Witwe Hunziker Rat, schüttete darauf sein Kleiderkässeli aus, ging mit ihr zum edlen Herrenkonfektionisten, ließ sich von ihr und dem Verkäufer zu einem Smoking überreden, der ihm perfekt stand: „Wie für Sie gemacht, Herr Breiter", „wirklich, Köbeli, jetzt siehst du wie ein Herr aus". Er kaufte sich ein paar rahmengenähte Derby-Lackschuhe dazu und wurde mit jedem Schritt, den er die Freie Straße hinunterging, stolzer und stolzer auf sich, wie weit er es doch schon gebracht hatte, dass er, der ehemalige Toggenburger Geißenbub in solchen vornehmen Geschäften einkaufen und vor allem bezahlen konnte, so stolz, dass er in einem von der Witwe Hunziker unbeobachteten Augenblick den Inhalt seiner Geldbörse nachzählte und ihr ein neues Kleid offerierte, was dieser ein wenig Wasser in die Augen trieb und sie ihm anbieten ließ, sie fortan Lina zu heißen.

Bevor er das Haus verließ, prüfte Lina noch den perfekten Sitz des Smokings, verschob die Fliege um einen halben Grad und wischte mit einem Staubtuch ein letztes Mal über die Schuhe.

„Gut, dass du den Willy nicht gebeten hast, dich im Bentley vorzufahren. Das kannst du nicht bringen, das hätten sie dir übel genommen, du wärst als Aufschneider abgestempelt worden. Bub, lass dir solche Sachen nicht mehr einfallen, versprochen?"

„Versprochen."

„Und noch was", sie erhob sich, legte das Staubtuch auf die Kommode und zog ihn an den Ohren, „halte dich von den Frauen, vor allem von den Töchtern des Hauses fern, falls es welche gibt. Bleib bescheiden, iss nicht und vor allem trink nicht zu viel, halte Messer und Gabel gerade, kleckere nicht, wisch dir den Mund ab, bevor du zum Weinglas greifst, rede nicht zu viel und schon gar nicht dazwischen. Verstanden?"

„Mein Gott, ich habe fast zwei Jahre in einem der besten Hotels der Schweiz gearbeitet, ich weiß, wie ich mich benehmen muss."

„Verstanden?"

„Verstanden!"

„Geh jetzt, sonst werde ich noch nervöser, als ich schon bin", sagte sie und küsste ihn auf die Stirn, was Breiter ganz verlegen machte, so dass er sie aus einem Anflug von Liebe unversehens auf die Wange küsste, verstohlen „Danke, danke für alles" sagte, sich von ihr löste und in die Wärme und das weiche Licht des milden Altweibersommerabends tauchte.

Auf dem weißen Kies der Auffahrt zur Villa de Mijouter spiegelte sich das Licht der ruhig vor sich herzüngelnden Fackeln. Breiter zählte die Schritte von Fackel zu Fackel – sie waren perfekt ausgerichtet. Ein livrierter Diener nahm ihn in Empfang, fragte nach der Einladung, Breiter überreichte sie ihm und der Diener führte ihn ins Entrée, wo de Mijouter die Gäste willkommen hieß.

„Ah, Breiter, Jakob Breiter, unser bester Mann im großen Kanton. Charlotte, darf ich dir einen unserer fähigsten Mitarbeiter vorstellen: Jakob Breiter, der Erfinder oder besser Ideengeber für den kleinen Laborkoffer, der uns so viel Freude macht."

Charlotte de Mijouter war eine großgewachsene Frau mit dunkelbraunem, leicht gewelltem Haar und grünblauen Augen, denen sich nichts zu entziehen schien. Sie trug ein crèmefarbenes, bodenlanges Abendkleid mit einem tiefen Ausschnitt. Breiter verschlug es angesichts des Glanzes Charlotte de Mijouters, der ihn an die göttlichen Wesen in Gegenlichtaufnahmen aus UFA-Spielfilmen erinnerte, einen Augenblick die Sprache, so dass er ein Augenzwinkern zu spät Charlotte de Mijouters dargereichte Hand bemerkte, worauf er sogleich mit einem eleganten Handkuss und der Bemerkung „als der liebe Gott Sie erschuf, muss er wohl seine begnadetste Stunde gehabt haben" reagierte, worauf sich Charlotte de Mijouter ein amüsiertes Lächeln nicht verkneifen konnte, ihm direkt in die Augen sah und mit irritierend rauer Stimme sagte: „Willkommen, Herr Breiter, mein Mann hat mir schon viel von Ihren Fähigkeiten erzählt. Fühlen Sie sich wie zu Hause bei uns, gehen Sie ins Esszimmer, lassen Sie sich ein Glas Champagne geben, mischen Sie sich unter die Gäste und genießen Sie den Abend. Es soll auch Ihrer sein, haben Sie doch nicht unwesentlich dazu beigetragen, wie ich gehört habe."

„Nun, eigentlich ..."

„Na, na, junger Mann", fuhr de Mijouter dazwischen, „nicht so bescheiden, Sie leisten tolle Arbeit. So, und jetzt ab ins Wohnzimmer und dann in den Garten. Hier kommt nämlich schon der Konsul des Deutschen Reichs."

Breiter entfernte sich von Charlotte de Mijouter mit einer angedeuteten Verbeugung, was diese mit einem vergnügten Schmunzeln quittierte und ging ins Wohnzimmer.

Wohnzimmer? Das, was Charlotte de Mijouter ihr Wohnzimmer nannte, war für Breiter ein Ballsaal. Ein Ballsaal, komplett mit Hakenkreuzfahnen geschmückt, die dem Licht einen warmen Rotstich verliehen, ein rot gefluteter Ballsaal, an dessen Kopfende ein fünfköpfiges Orchester deutsche Schlager der 20er-Jahre spielte. Unter jeder Fahne stand eine Pultlampe, deren Kopf nach oben gedreht war und so das Polarrot, das runde Weiß und die darin gemittete Swastika wunderbar verspielt zur Geltung brachte. Meine Fahnen, mein Rot, dachte Breiter und konnte sich an dem einmaligen Anblick kaum sattsehen und wurde erst durch die Worte „Champagne, der Herr?" aus seinem Staunen in die Gegenwart geholt.

„Das ist auch mein Rot. Ist es nicht wunderschön, so satt, so tief, so, mmh, so selig irgendwie?", sprach er den verdutzten Kellner an.

„Selig, der Herr?“

„Ja, mich dünkt es so. Es fällt mir kein anderes Wort dazu ein.“

„Champagne, der Herr?“

„Ja, danke.“ Breiter nahm sich ein Glas vom Tablett und ging durch die offenen Flügeltüren auf die vorgelagerte Terrasse, an deren jeweiligem Ende ausladend geschwungene Granittreppen mit steinernen Geländern in den Garten führten. Er blieb für ein Champagneglas an der Terrassenbrüstung stehen, schaute in den Garten, schaute auf die festlich gekleidete Gesellschaft, auf die eleganten Herren und entzückenden Frauen, alle durchdrungen von geradebiegendem Stolz, Teil dieser Gesellschaft zu sein und hörte den Singsang ihres angeborenen oder angelernten Hochbaseldeutsch, gespreizt und gedehnt, als müsse man jede Silbe, bevor man sie ausspricht, genau bis zu dem Punkt auseinanderziehen, an dem sie zu zerreißen droht. Jetzt erst kam ihm in den Sinn, was ihm an Charlotte de Mijouter so unerwartet vorgekommen war: Sie sprach Deutsch. Keinen Dialekt, nicht diesen so oft arrogant klingenden Dialekt, nein, astreines Deutsch. Ohne Färbung, einfach Deutsch. Hochdeutsch.

Sie war Deutsche. Zumindest in Deutschland aufgewachsen. Vielleicht von Adel? Dies würde de Mijouter natürlich gut anstehen. Daher die glänzenden Verbindungen zu Deutschland und dieser Nationalpartei. Beschwingt nahm er das Glas von der

Brüstung, stieg den linken Treppenflügel hinunter und ging auf einen sich mit zwei Frauen im Gespräch befindenden Arbeitskollegen zu, der ihn mit kräftigem Winken aufgefordert hatte, sich zu ihnen zu gesellen.

„Meine Damen, darf ich Ihnen unseren Spitzenpiloten vorstellen: Jacques Breiter. Seinetwegen, meine Damen, bete ich jeden Abend zum lieben Gott und frage ihn: ‚Wie macht das der Breiter nur, dass er Geschäft um Geschäft mit diesen Nationalsozialisten abschließt?' Sag es mir, bitte, sag es mir, bei der Seele meiner Großmutter!"

Paul Huber, so hieß der Vertreter, lachte zu laut und zu angestrengt über seinen Scherz, so dass er sehr rasch nur noch alleine lachte.

„Und?", fragte die Schwarzhaarige zu seiner Linken.

„Und?", lachte Huber aus, „Gott antwortet nicht. Gott bleibt stumm."

„Ja, das tut er in letzter Zeit öfter", sagte die Schwarzhaarige ernst und schaute in ihr Glas. Einen kurzen Augenblick lang kam es zu einer betretenen Stille.

„Freut mich, Herr Breiter, ich bin Elsbeth Schuppig."

„Jacques, für Sie." Breiter nahm ihre Hand und küsste sie knapp oberhalb des Handrückens in der Luft.

„Sie ist gewaschen, Jacques", sagte Elsbeth Schuppig belustigt.

Breiter ging in die Knie, nahm ihre Hand, drehte sie um, betrachtete die Handfläche kurz, küsste sie und erhob sich wieder.

„Jetzt dürfen Sie Beth zu mir sagen", lachte Beth. Sie war einen Kopf kleiner als Breiter, trug ein himmelblaues Kleid, dunkelblaue, flache Schuhe und einen dunkelblauen Topfhut mit kurzen, weißen Bändern, unter dem ein paar aussortierte Strähnen ihres dunkelblonden Haares hervorlugten. Sie hatte ein hübsches Gesicht, mit einer kecken Spitznase, war aber alles in allem etwas zu kurz geraten, wie Breiter befand.

„Das habe ich mir aber verdient, Beth?"

„Durchaus, Jacques."

„Und Sie", sprach er die Schwarzhaarige an, „wie komme ich bei Ihnen zum Du?"

„Einfach so, ich bin Doris, Doris Kaufmann."

„Und deine Hände, Doris, sind auch gewaschen?", versuchte er sie aus der Reserve zu locken.

„Zumindest in Unschuld, und so wird es auch bleiben, Jacques."

Beth kicherte, Paul Huber schaute demonstrativ in die Luft und Breiter wusste nichts Geistreicheres zu sagen, als, davon sei er sowieso ausgegangen.

Ein Diener trat auf die Terrasse und bat die Gesellschaft in das geschmückte Wohnzimmer, wo Ambros de Mijouter sich für seine Rede bereithielt.

„Sehr verehrter Herr Konsul und Gattin, sehr verehrte Herren Regierungsräte und Gattinnen, sehr verehrte Geschäftspartner und Gattinnen, sehr verehrte Damen und Herren, geschätzte Angestellte, vor einer Woche hat Ihr Reichskanzler und Führer, Herr Konsul, in Nürnberg das Reichsbeflaggungsgesetz verkündet und in Kraft gesetzt. Ab sofort erhält das neue Deutschland, das Deutsche Reich, eine neue Nationalflagge, ein neues – fürwahr – Wahrzeichen, dass den Aufbruch und den Sieg über die wirtschaftliche Depression nicht besser symbolisieren könnte: das Hakenkreuz, die Swastika, auf die Spitze gestellt, eine arische Glücksbringerin.

Dass gerade unsere Firma, die I.P. Gugy AG den polarroten Hintergrund für dieses zukunftsweisende Symbol des neuen Deutschlands, des wiedererwachten Deutschen Reiches, liefern darf, erfüllt uns mit großem Stolz. Symbolisiert doch gerade dieses Rot die Kraft, die im Blute des Deutschen Volkes steckt, die nach Jahren der Indifferenz wieder eine klare Richtung erhält. Zum Segen des Deutschen Reichs und zum Segen ganz Europas. Denn nur ein starkes Reich garantiert Fortschritt und wirtschaftliches Wachstum und dadurch stabile Verhältnisse auf unserem alten Kontinent.

Europa braucht unbedingt wieder Stabilität und ein festes Gefüge, damit der Wohlstand vorangetrieben werden kann, das Volk genügend zu essen und zur Unterhaltung hat und daher soziale Unruhen ein für allemal der Vergangenheit angehören werden. Nur so kann die Wirtschaft – und mit ihr Unternehmen wie die I. P. Gugy AG – ihre Verantwortung wahrnehmen und ihren unverzichtbaren Beitrag zu einem durch und durch gesunden Volkskörper beitragen.

Aber genug geredet, genießen wir einfach diesen wunderbaren Abend im trauten Kreis und freuen wir uns auf die glänzende Zukunft, die dem Deutschen Reich und mit ihm der I. P. Gugy bevorsteht. Heben Sie mit mir das Glas auf die Zukunft, Deutschland und I. P. Gugy …"

De Mijouter hob das Glas und wollte der Gesellschaft zuprosten, da rief der Deutsche Konsul dazwischen „und auf unseren Führer Adolf Hitler", worauf de Mijouter die Situation blitzschnell erfasste und anfügte: „Sie sind mir zuvorgekommen, verehrter Herr Konsul: und natürlich auf den Reichsführer Adolf Hitler, zum Wohl allesamt."

Die Menschen hoben ihre Flûtes, „auf uns" war zu hören, auch „auf die Gugy", vereinzelt „auf den Führer" sowie ein kräftiges „Heil Hitler!".

„So, und jetzt in den Garten, es ist aufgetragen!", rief de Mijouter seinen Gästen zu, während das unterdessen im Garten domizilierte Kleinorchester die Geladenen mit „Veronika, der Lenz ist da" in Empfang nahm.

Beth hakte sich unvermittelt bei Breiter unter und sagte: „Komm, lass uns miteinander ganz tolle Teller zusammenstellen." Und ohne zu wissen, was um ihn geschah, saß er an einem Sechsertisch mit Paul

Huber, Doris Kaufmann, Beth Schuppig, einem weiteren Paul und dessen Frau Josephine.

Das Essen war vorzüglich, die Speisen von einer Qualität wie er sie zuletzt im Grand Palace genossen hatte, wenn er ein neues Gericht vorkosten durfte oder ein Koch ihm einen verschmähten Teller gab, der Wein von einer Güte, die ihn an Vittorios Flaschen mit den handgeschriebenen Etiketten erinnerte, die Runde amüsant bis zuweilen geradezu witzig, die blassschöne Doris weiterhin ein wenig zu griesgrämig und die blaue Beth einen Tick zu aufdringlich.

Irgendwann musste Breiter austreten, fragte einen Diener ohne Worte nach der Toilette, worauf ihm dieser ebenfalls stumm den Weg wies, kam zurück, stand auf der Terrasse, zündete sich eine dieser teuren St. Moritz-Zigaretten an, die er sich speziell für diesen Abend gekauft hatte, betrachtete den Garten, die Fackeln, die weißen Sechsertische, das Buffet mit den Köchen und ihren großen weißen Hauben dahinter, war einfach stolz auf sich, dass er es hierher gebracht hatte und befand, dass sich ein zarter Schimmer seines Rots, ausgehend vom Wohnzimmer über diese zauberhafte Szenerie legte und in die Herzen der anwesenden Menschen hineinkroch und deren Gemüter erheiterte. Ja, sogar die blasse Doris sah er lachen, als eine raue Stimme ihn fragte: „Herr Breiter, hätten Sie vielleicht eine Zigarette für mich?"

Breiter sah sich um und blickte direkt in die grün-blauen Augen von Charlotte de Mijouter. Er erschrak, über die Nähe ihrer Augen, ihres Gesichts und darüber, dass er sie roch, durch ihr Parfüm hindurch, ein Geruch, der ihm vertraut vorkam und doch ganz weit weg schien.

„Entschuldigen Sie, ich wollte Sie nicht erschrecken", sagte sie leise.

„Sie haben mich aber erschreckt", sagte Breiter verwirrt, bereute es sogleich, klaubte mit zittrigen Fingern eine Zigarette aus der Schachtel, gab sie ihr, nahm sein Feuerzeug, entzündete es und gab ihr Feuer.

Wenn sie jetzt noch ihre Hand um die meine legt, falle ich um oder mache in die Hose, dachte Breiter. Sie tat es und Breiter hob es die Hose, so dass er einen Schritt an die Brüstung machte, damit niemand und vor allem sie es nicht sehen konnte.

„Fühlen Sie sich wohl?", fragte sie.

„Ja, ein wunderbares Fest", stammelte er.

„Nicht so schüchtern, schließlich haben Sie mir eines der originellsten Komplimente gemacht, das ich je von einem Mann zu hören bekam."

„Danke."

„Ich habe zu danken."

„Nichts zu danken."

Stille.

Und aus dem Nichts der Stille mussten beide gleichzeitig herzhaft loslachen, schauten sich an und lachten, berührten sich mit den Schultern und als sie ausgelacht hatten, verband sie eine unerwartete Vertrautheit.

„Von einem Mann wie Ihnen, Jakob, darf ich Jakob zu Ihnen sagen?"

„Sagen Sie bitte Jacques. Meine Freunde rufen mich Jacques."

„Gut, Jacques. Tönt auch schöner, weltläufiger. Charlotte."

„Darauf müssen wir aber anstoßen. Ich hole uns zwei Gläser Wein."

„Nein, bleib, lass mich nicht allein, sonst gesellt sich vielleicht jemand zu mir, und ich muss mit jemandem plaudern, mit dem ich nicht so gerne plaudern würde, wie mit dir jetzt."

„Gut. Also von einem Mann wie mir …"

„… hätte ich ein wenig mehr Standfestigkeit erwartet, wollte ich sagen. Aber jetzt ist sie ja da. Also dir gefällt das Fest?"

„Ja, es ist wunderbar. Für mich könnte es nicht schöner sein: der wunderbare Garten, das flackernde Licht der Fackeln, die Musik, die Beschwingtheit der Leute, die Dekoration mit den Fahnen und mit Ihnen, pardon, mit dir die Zeit einer Zigarette oder auch zweier teilen zu können."

„Ja, rauchen wir zwei."

„Gefällt denn Ihnen, mmh, dir etwas nicht?"

„Alles, wirklich alles, außer der Anlass."

„Die Reichsbeflaggung. Aber davon profitieren wir doch alle!“

„Aber es gab nicht nur das Reichsbeflaggungsgesetz.“

„Meinst du das mit den Juden?“

„Ja, das mit den Juden. Gib mir noch eine Zigarette.“

Breiter gab ihr eine. Charlotte zündete sie sich mit der Glut der zu Ende gerauchten an, warf diese zu Boden und drückte sie mit dem Schuh aus.

„Und, Jacques, findest du das in Ordnung, das mit den Juden?“

„Eigentlich nein. Nein. Aber was will man machen?“

„Eben, niemand will etwas machen. Niemand findet das so ganz in Ordnung, aber niemand will etwas machen, das Geschäft geht vor.“

„Ja, aber was ist denn mit den Juden? Ich verstehe es nicht!“

„Er hasst sie. Frag mich nicht, warum und wieso, aber er hasst sie. Abgrundtief. Und weil er sie hasst, müssen wir sie auch hassen.“

„Ich musste beweisen, dass ich kein Jude bin.“

„Ich weiß. Mein Mann hat mir stolz und händereibend erzählt, dass die Gugy hundert Prozent judenfrei sei.“

„Und?“

„Ich fragte nur: Warum? Weil sie es so wollen, war seine Antwort.“

„Aber fürs Geschäft musste er es doch tun. Davon profitierst du auch.“

Sie wandte den Kopf von ihm weg und blies den Rauch in die Luft. „Jacques, ich hätte dich für klüger gehalten.“

„Das hat nichts mit klug zu tun. Es ist einfach so.“

Sie inhalierte den Rauch bis tief in die Lungenspitzen, warf die Zigarette auf den Boden und drückte sie wieder mit dem Schuh aus. Dann schaute sie ihn an.

„Ja, es ist einfach so. Es wäre auch zu viel verlangt. Gib mir noch eine.“

Breiter klaubte zwei weitere Zigaretten aus der Schachtel, hielt ihr eine hin, gab ihr Feuer und sie hielt ihre Hand um seine. Er hob seine Hand ganz leicht, so dass sie ihre berührte. Sie zog erst zurück, als die Zigarette brannte.

„Ja, es ist einfach so und ich mach auch nichts.“

„Ich denke, ich meine, im Großen kann man nichts machen und vielleicht ist es besser, nichts zu machen, vielleicht kann man dann im Kleinen eher etwas machen.“

„Du meinst, man muss so tun, als ob man mitmache, damit man nicht auffällt und so, quasi geschützt, etwas machen könnte?“

„In etwa, ja.“

„Jacques, lügen wir uns da nicht in die Tasche?“

„Vielleicht. Aber von da, wo ich herkomme, habe oder hätte ich gar keine andere Wahl.“

„Von wo kommst du denn her?“

„Da bist du ja“, hörte Breiter de Mijouters Stimme hinter dem Rücken von Charlotte, sah, wie er sie um die Hüfte fasste, sie zu sich drehte und sagte: „Darling, wir müssen den Tanz eröffnen, komm. Breiter, machen Sie auch gleich mit, schnappen Sie sich die Blaue, tanzen Sie sich die letzte Altweibersommerwärme in die Knochen, der Winter kommt bestimmt.“

Und schon entführte er Charlotte die Treppe hinunter, wies das Orchester an, einen Walzer zu spielen und drehte sich mit ihr unter den Blicken der Gäste in die Nacht hinein.

Breiter bemerkte, dass sie ihre brennende Zigarette auf der Brüstung liegen gelassen hatte. Als sie über die Schulter ihres Mannes zu ihm hochschaute, nahm er sie auf, zog daran und behielt den Rauch, so lange es ihm möglich war, in seinen Lungenflügeln.

Sie musste in den Armen von Ambros de Mijouter lachen.

Breiter lächelte zurück.

„Sie haben einen guten Eindruck, ja einen sehr guten Eindruck bei meiner Frau hinterlassen, Breiter, einen wirklich sehr guten“, sprach de Mijouter, ohne von seiner Zeitung aufzusehen, Breiter an, als dieser die schwere, gepolsterte Türe zu dessen Büro hinter sich geschlossen hatte.

„Setzen Sie sich, Sie brauchen nichts zu befürchten, ich will Ihnen nur ein paar Dinge erklären.“

De Mijouter legte die Zeitung weg, nahm einen Schluck Kaffee aus der mit dem Firmenlogo versehenen Porzellantasse und fragte Breiter, ob er auch eine Tasse Kaffee wolle. „Keinen Muckefuck, wie Sie ihn bei der Franck verkauften.“

Breiter nickte, de Mijouter ging zu einem filigranen Messinggestell mit Glasplatte, auf dem ein Kaffeekrug und Tassen standen. „Milch und Zucker?“

„Nur Milch, bitte, danke.“

„Wie alt sind Sie jetzt?“, fragte de Mijouter und stellte Breiter die Tasse auf dessen Seite des Pults.

„Achtundzwanzig, Herr de Mijouter.“

„Gut. Meine Frau ist einunddreißig, ich bin dreiundvierzig. Sie war neunzehn, als ich sie geheiratet habe, exzellente Partie, Tochter eines Wiesentaler Textilfabrikanten, beste Erziehung an einem Hannoverschen Töchtergymnasium. Elegante Erscheinung, umwerfende Ausstrahlung, gescheit – finden Sie nicht auch, Herr Breiter?“

„Ja, Sie haben wirklich eine beeindruckende Frau, Herr de Mijouter."

„Ja, gut gesagt, Breiter: eine beeindruckende Frau." De Mijouter steckte sich eine Zigarette an.

Breiter hätte sich auch gerne eine angesteckt, aber so weit wollte er nicht gehen. Alles, das riesige Büro, die Art, wie de Mijouter sprach, wie er gewisse Wörter betonte oder fast verschluckte, das Auf und Ab von laut und leise erinnerte ihn an das Entlassungsgespräch bei Camenisch. Würde er in zehn Minuten auf der Straße stehen, stundenlang am Rheinhafen zum Kohlesäcke Schleppen anstehen, zweimal am Tag in der Armenküche eine dünne Suppe zu sich nehmen, von der Witwe Hunziker auf die Straße geworfen werden, da er ihren Rat nicht befolgt hatte?

„Nur", fuhr de Mijouter fort, „die beeindruckende Frau hat mich nie wirklich interessiert. Ich habe sie einfach geheiratet. Im Namen Gottes und des Geschäfts, könnte man sagen. Meine Mutter hat es arrangiert. Ich hatte keine Wahl. Lebt Ihre Mutter noch?"

„Sie ist vor bald zwei Jahren gestorben."

„Das tut mir leid. Aber Sie haben jetzt eine Wahl."

„Da, wo ich herkomme, hätte ich auch keine Wahl gehabt."

„Das kann ich mir gut vorstellen. Da hätte Sie wohl irgendwann der Berg verschluckt. Gut, Sie sind gegangen."

„Ich bin gegangen worden."

„Ihr Glück."

„Ja, wahrscheinlich schon."

„Wollen Sie auch eine Zigarette?"

„Ja, gerne. Wird es meine letzte sein, bei der I. G. Gugy AG, Herr de Mijouter?"

De Mijouter schaute ihn einen Moment lang entsetzt an, konnte sich ein Lächeln nicht verkneifen und sagte: „Wo denken Sie hin, Breiter, nur weil Sie meiner Frau geschmeichelt und ihr ein wenig tiefer als kommod in die Augen geschaut haben, würde ich meinen Mann für Deutschland entlassen? Nie im Leben, Breiter."

Breiter fiel ein Stein vom Herzen. Er wechselte die Haltung, machte es sich bequemer.

„Sehen Sie, Herr Breiter, ich bin ein Mann des Geschäfts, ein Unternehmer, in dritter Generation, ich habe unser Firmenkonglomerat in wenigen Jahren von zwölf auf über dreißig verschiedene Unternehmen ausgebaut. Und allen geht es gut: mir, Ihnen, meiner Frau, der vielköpfigen Familie, deren Sprösslinge da und dort Posten besetzen, den Angestellten und sogar den Arbeitern. Wir haben Siedlungen gebaut, die Arbeitszeiten verkürzt, Einrichtungen für die neu gewonnene Freizeit eingerichtet. Und wissen Sie was, Breiter? Das ging nur, weil mein Vater früh starb. Wäre dem nicht so gewesen, wäre wohl alles anders gekommen. Ich hätte vielleicht eine eigene Firma gegründet und ihn überflügelt, wer weiß."

De Mijouter schaute zur Decke, und es hätte Breiter nicht verwundert, hätte er im nächsten Moment die Faust geballt.

„Nun“, fuhr er fort, „wie dem auch sei, wir gehen weiter, wir treiben die Gugy voran, wir machen sie zur Nummer eins auf dem Platz Basel, und dann sind wir schon nahe an der Nummer eins der Welt. Und die Chancen stehen gut, Breiter, sehr gut sogar. Das Reichsbeflaggungsgesetz ist ein Glücksfall für uns alle. Der spielt uns in die Hände, das müssen wir rücksichtslos nutzen, Breiter. Und da fällt Ihnen eine Schlüsselrolle zu, die Sie bereits jetzt brillant und zur vollsten Zufriedenheit ausfüllen.“

„Danke.“

„Wie viel Umsatz machen Sie jetzt mit dem Polarrot?“

„Etwa 350.000.“

„Und wie ist Ihre Einschätzung?“

„Ich denke, fünfmal mehr kann ich so schaffen, wie ich jetzt arbeite. Hätte ich ein besseres Automobil, wäre wohl das Siebenfache möglich. Hätte ich einen neuen Wagen und einen eigenen Sekretär hier im Hause mit diesem neuartigen Fernschreiber, könnte vielleicht das Fünfzehnfache bewältigt werden. Dazu wären wohl noch fünf Kofferlabors nötig. Und …“

„Ja?“

„Wie wäre es mit der Provision?“

„Sehen Sie, Breiter, das gefällt mir so an Ihnen: Ihr Sinn fürs Geld, eine gewisse – wie soll ich sagen – Gier? Ja, Gier! Da sind wir gleich. Nun, Sie werden sicher nicht zu kurz kommen, wenn sich alles in die richtige Richtung entwickelt. Nehmen Sie sich für den Anfang mal einen neuen Wagen und die Kofferlabors. Haben Sie einen im Auge?"

„Ja, vielleicht einen Opel Olympia."

„Gut, wir werden einen besorgen."

„In Polarrot mit dem Firmenschriftzug. So angebracht, dass er ein wenig der Hakenkreuzfahne ähnelt."

„Clever, Breiter, clever."

„Danke."

„Nichts zu danken. Sie müssen ja das Siebenfache hereinholen." De Mijouter lachte.

„Und über die Provision reden wir wann?"

„Ab dem Dreifachen. Gut?"

„Ja, gut."

De Mijouter stand auf, Breiter tat es ihm gleich und reichte ihm die Hand. Breiter nahm sie und sie schüttelten sie kräftig.

„Breiter, noch was: Es könnte sein, dass meine Frau auf Sie zukommt. Sie wären nicht der Erste und wohl auch nicht der Letzte, bei dem sie dies täte. Und wie gesagt, es wäre mir wirklich völlig egal, ja, es käme mir sogar gelegen, wenn Sie sie ein wenig glücklicher machten. Was mir nicht egal wäre, wenn Sie das Geschäft aus den Augen verlieren würden.

Und wenn darüber geredet würde, und – wenn Sie sie unglücklich machen würden. Dafür ist sie, wie haben Sie gesagt, zu beeindruckend, ja, zu beeindruckend. Haben wir uns verstanden?"

„Ja, auf das Siebenfache, Herr de Mijouter."

„Machen Sie sich an die Arbeit, Herr Breiter."

Breiter ging schnellen Schrittes in seine Büroklause, schloss die Tür hinter sich und schrie mit geballter Faust „ja, ja, ja" in sich hinein. Dann setzte er sich in seinen Bürostuhl, schlug die Füße auf den Tisch, schaute zur Decke, grinste, kam nach vorn und trommelte wie ein Wilder auf seine Oberschenkel. Plötzlich stoppte er, nahm die Füße vom Tisch und befahl sich selbst: „Arbeiten!"

Aus der Schublade zog er einen polarroten Karton, den er normalerweise als Farbmuster benützte, hervor und schnitt ihn in kleine Vierecke. Auf die gab er mit Farbe weiße Tupfen und als sie trocken waren, malte er kleine Hakenkreuze in jeden Tupf. Als Nächstes besorgte er sich in der Materialverwaltung Stecknadeln und eine große Deutschlandkarte.

Die Karte hängte er an die seinem Pult gegenüberliegende Wand und aus den Stecknadeln und den kleinen Kartonfetzchen bastelte er kleine Fähnchen. Mit ihnen steckte er die Ziele in Deutschland ab: das Wiesental, quasi sein Stammland vor der Haustür, der Westen mit dem Ruhrgebiet, Mönchengladbach, Bielefeld, die bergischen Lande,

Wuppertal und gegenüber der Osten mit der Oberlausitz, dem Vogtland sowie Plauen in Sachsen und andere Städtchen und Dörfer nahe der tschechoslowakischen Grenze. Und zwischen den Zentren im Osten und Westen lag Bad Hersfeld.

So verschaffte sich Breiter einen geografischen Überblick über die Deutsche Textilindustrie des Jahres 1935.

Klar, da und dort gab es natürlich auch noch Webereien, Spinnereien und Stickereien, aber die Zentren waren auf der Karte fein säuberlich abgesteckt.

Dann nahm er kleine, weiße Zettel, schrieb auf einen Dreifach und steckte ihn neben dem Wiesental an, Zwölffach neben den westlichen Gebieten und Neunfach neben den östlichen. Das wäre ein Durchschnitt von Achtfach, so hätte er also noch ein wenig Reserve auf Siebenfach.

Er betrachtete die Karte und war zufrieden. Das sollte machbar sein. Mit einem Ruck setzte er sich in Gang, packte den Laborkoffer und machte sich auf ins Wiesental, den Umsatz aufs Vierfache zu steigern, damit er im Osten und Westen ein wenig Vorsprung auf die selbstgesetzten Vorgaben bekäme.

Nach zwei Tagen hatte er im Wiesental bereits das Vierfache an Vorbestellungen einholen können, da aufgrund der guten Beziehungen von de Mijouter zum regionalen Gauleiter die zusätzlichen Aufträge für Fahnen, Wimpel und Standarten an die dortigen

Fabriken gingen und somit der Bedarf an Farbe sprunghaft anstieg.

Drei Tage später war der neue Opel da. Breiter machte sich sofort in den Westen auf. Er musste schnell sein, schlief doch die Konkurrenz nicht. Und die von Hitler aufgenötigte Nachfrage nach der neuen Nationalflagge war riesig, war doch jeder Deutsche angehalten, an Festtagen Wohnung und Eigenheim zu beflaggen.

Im Westen entwickelte sich der Verkauf des Gugy'schen Polarrots nicht so, wie Breiter sich das vorgestellt hatte. Die Konkurrenz war meist schon vor ihm da, oft stieß er auch auf Misstrauen und musste da und dort das Beglaubigungsschreiben der NSDAP, dass die I. P. Gugy AG ermächtigt sei, das Polarrot für alle textilen Ausführungen der neuen Deutschen Reichsflagge zu liefern, zeigen, ohne dass große Abschlüsse gefolgt wären. Als Breiter begann, sich darauf zu konzentrieren, den östlichen Anteil auf das Zwanzigfache hinaufzuschreiben, konnte er plötzlich in Mönchengladbach eine große Lieferung platzieren, da die Konkurrenz nicht mehr liefern könne.

Bereits in der Nacht machte er sich zur Mitte Deutschlands nach Bad Hersfeld auf. Knappe dreihundert Kilometer über Staub- und Schotterstraßen. Gepflasterte und geteerte Wegabschnitte waren die Ausnahme. Mit dem Johlen von Liedern aus der Kindheit wie „Es Burebüebli mahn-i-nid, das gseht me mir wohl a, juhe, das gseht me mir wohl a, fidiri, fidira, fidirallala" oder „Es chunnt es Meiteli hurtig här, als wenn's i luteren Ängste wär, ho ho-la du-i-ri-a ho ho-la-iu ho! Es geiht dürs Täli wohl uf und ab und fragt i de Gasse-n-e junge Chnab ‚wodüre-n-isch üsi schwarzbruni Chue.' ‚Sie isch gäge-s-Toggeburg zue'", kämpfte er gegen den Schlaf, kaute unablässig altes Brot und trank seinen, eigentlich ungenießbaren, starken und übermäßig gezuckerten Tee, den er sich von einer Hotelköchin nach seinen Angaben hatte brühen lassen, was diese mit ungläubigem Kopfschütteln und den Worten „ma Junge, det kannste ja nich saufen" quittierte.

Vor Bad Hersfeld bog er in ein Wäldchen ab und legte sich aufs Ohr, bis er von einem Landjäger durch das Klopfen an den Scheiben geweckt wurde. Nachdem er seine Situation erklärt und seine Papiere gezeigt hatte, fuhr er zu einem Hotel, machte sich frisch und besuchte die erste von drei Textilfabriken.

Breiter war der Mann zur richtigen Zeit am richtigen Ort, holte Auftrag um Auftrag ein, aß im Hotel feist und deftig, ließ sich seine Brühe kochen und altes Brot geben, bezahlte, bedingte sich noch aus, drei Stunden im Zimmer schlafen zu können, stellte seinen Reisewecker und nahm kurz nach zehn die nächsten dreihundert Kilometer unter die Räder.

Im Osten lief es wie geschmiert, am besten in Plauen, nahe der tschechoslowakischen Grenze. Hier hatten sie den Auftrag vom Führer persönlich bekommen, so viele Fahnen wie nur möglich herzustellen, auch auf Halde; alleine, ihnen fehlte der Farbstoff. Für die Plauener hatte der Himmel Breiter geschickt, was diesen veranlasste, sofort nach Basel zu telegrafieren und darauf zu bestehen, die Kessel einzuheizen und die ganze Farbstoffproduktion für zwei Monate auf Polarrot umzustellen, worauf ihm de Mijouter antwortete, er solle eine Flasche Champagne auf Firmenkosten trinken, den Rausch ausschlafen und zurückkommen.

Es wurde Sekt, die Bedienung, die sich immer wieder zu ihm setzte, ließ sich beim besten Willen nicht schön trinken, der Kater am anderen Tag war fürchterlich und die Heimreise zog und zog sich.

Breiter kam nach zwei Tagen, gegen ein Uhr früh in Basel an, fand seine Post fein säuberlich auf der Kommode beim Eingang, überflog die Umschläge kurz und hielt bei einem crèmefarbigen, gefütterten, mit geschwungener Handschrift adressierten, absenderlosen Couvert kurz inne, beschloss, es in seinem Zimmer zu öffnen und schlich auf leisen Sohlen die Treppe hinauf.

Kaum hatte er Licht gemacht, die Koffer in die Ecke gestellt und sich aufs Bett gesetzt, öffnete er das Couvert, zog ein fein geripptes Papier mit den oben rechts, in einem dezenten Grau und einer Groteskschrift gedruckten Initialen C. d M. hervor und hörte Charlottes raues Timbre, bevor er den ersten Buchstaben gelesen hatte.

Lieber Herr Breiter,

Sie wundern sich jetzt sicher, warum ich Sie mit Sie anrede. Nun, ich denke, dass Du haben wir uns noch nicht verdient.

Beginnen wir den Weg dorthin doch mit der halben Zigarette, die Sie mir noch schulden. Zum Beispiel am nächsten Samstag, um 15.00 Uhr vor dem Eingang zum Zoo. Ich werde da sein.

Charlotte de Mijouter

PS: Auf das Wort meines Mannes können Sie sich verlassen. Also: keine Angst!

Breiter musste das Billett zweimal lesen. Und an Schlaf war auch nicht mehr zu denken. Auch nicht nach mehrmaligem Einsatz seiner rechten Hand.

Breiter stürzte sich in seine Arbeit, schrieb Rapport um Rapport, bestätigte Bestellung für Bestellung, änderte diese von Polarrot G auf RS und umgekehrt, wenn der Stoff danach verlangte, fuhr täglich nach Grenzach und Zell, prüfte die Farben mit seinem mobilen Labor, korrigierte, brachte Anregungen für verbesserte Farbfestigkeit, mehr Leuchtkraft sowie einen ersten Entwicklungsauftrag für ein elegantes Chromgrau für NSDAP-Festanzüge mit ins Basler Stammlabor im Rosentalquartier.

Breiter arbeitete Tag für Tag darauf hin, abends mit schweren Gliedern und leerem Kopf rasch in eine traumlose Nachtruhe zu fallen. Was teils gelang und teils fürchterlich missriet, da ihm Charlotte de Mijouters ungreifbare Stimme unverständliche, aber verlockend klingende Sätze in den Tiefschlaf hauchte und ihn auf diese Weise wiederholt an die Oberfläche zog, so dass er das Gefühl hatte, nie wirklich geschlafen zu haben, obwohl regelmäßig vier bis fünf Stunden zusammenkamen.

Gleichwohl war er hellwach, als er sich im Zoo an der Seite von Charlotte de Mijouter lässig mit den Unterarmen auf der grob verputzten, bauchnabelhohen Mauer abstützte, die ihn und seine Begleitung vor den Pranken und Zähnen der Eisbären schützte.

Breiter zog nervös an seiner Zigarette. Überhaupt rauchte er unablässig, seit Charlotte de Mijouter mit ein paar Buchstaben in Königsblau auf Crèmefarbe die Herrschaft über seine Gedanken und Teile seines Körpers übernommen hatte.

„Was meinen Sie, Frau de Mijouter, ob er Amundsen gefressen hat?"

„Und jetzt, nach der Begnadigung durch König Haakon, sitzt er seine Strafe im Exil des Basler Zoos ab."

„Sorgenfrei."

„Glücklich."

„Regelmäßiges Fressen."

„Jagd, Freiheit, Nachwuchs."

„In dieser Reihenfolge?" Breiter schaute schmunzelnd zu ihr hoch.

„Aber sicher", grinste sie, hakte ihren Arm bei ihm unter, zog ihn hoch und trieb ihn zum nächsten Gehege.

Auf einem künstlichen, rund zehn Meter hohen Felsen tummelten sich Hunderte Javaneraffen. Der vor fünf Jahren erbaute Affenfelsen hatte noch nichts von seiner Attraktion eingebüßt und so vergnügten sich zahlreiche Besucher an den Äffchen, ekelten sich, wenn sich ihre Urahnen lausten, verfolgten sie, wenn sie einander nachrannten, ergötzten sich an dem Spiel der Kleinen, übergingen die Schlafenden und glotzten neugierig oder wendeten verschämt ihren Blick von den Kopulierenden ab.

Charlotte de Mijouter waren es zu viele Menschen rund um den Affenfelsen. Sie zog an Breiters Ärmel und forderte ihn auf, weiterzugehen. Elefanten, Lamas, Gnus, Zebras, Löwen, Tiger und Menschenaffen säumten ihren Spaziergang. Sie kamen am neuen Restaurant und an der großen Festmatte vorbei, auf der Völkerschauen mit Pygmäen, Indianern oder Hottentotten gezeigt wurden. Charlotte de Mijouter steuerte entschiedenen Schrittes auf das Vogelhaus zu, das wunderbar geschützte Bänke unter Palmenblättern, Farnen und herunterhängenden Lianen bot. Zudem war es warm und das Pfeifen, Krächzen und Zwitschern der Blaukrönchen, Ibisse,

Sonnenrallen oder Tukane weckte in ihr die Sehnsucht nach großen Koffern, Schiffen, Flugzeugen, Meer.

Sie ging schnurstracks zu ihrer Lieblingsbank, knöpfte ihren dunklen Polo-Mantel mit Pelzkragen und Ärmelaufschlägen auf, warf ihn über die Lehne, setzte sich, schlug die Beine übereinander und hieß Breiter, es ihr gleich zu tun.

„Es ist warm hier. Hier, im Dschungel."

Breiter tat es ihr gleich, setzte sich neben sie und versuchte die einzelnen Pflanzen in dieser satten, grünen Wand, die er vor sich hatte, zu unterscheiden.

„Rauch eine Zigarette", sagte sie rau.

Breiter meinte ein ganz kleines Stückchen Nervosität in ihrem Tonfall herauszuhören, klaubte eine Zigarette aus der Schachtel, steckte sie sich an und begann zu rauchen. Als er bei der Hälfte war, sagte sie: „Jetzt gib sie mir."

Breiter reichte ihr die halbe Zigarette und als Charlotte de Mijouter sie nehmen wollte, hielt er ihre Hand sanft fest, beugte sich nach vorn und küsste sie auf die Innenseite. Dann gab er ihr die Zigarette. Charlotte de Mijouter nahm sie, als sei nichts geschehen und rauchte sie in langen, tiefen Zügen fertig. Hinterher schaute sie in das Blätterwerk der Farne und Palmen und forderte Breiter auf, eine weitere Zigarette anzuzünden.

Breiter steckte sie sich an.

„Gib sie mir", befahl sie.

Breiter gab sie ihr.

Sie füllte ihre Lungen mit dem Rauch, lang und tief, behielt ihn im verschlossenen Mund, drehte sich zu Breiter, nahm seinen Kopf in ihre Hände, zog ihn zu sich, Lippe auf Lippe, blies ihm den Rauch in den Mund und stieß mit der Zunge ein wenig nach. Sie löste sich von seinen Lippen und sagte leise: „So, jetzt können wir Du zueinander sagen. Ich bin die Charlotte."

Breiter nahm ihren Kopf in seine Hände, zog sie zu sich, küsste sie nochmals und sagte: „Und ich bin der Jacques."

Sie musste lachen und stieß mit ihrer Stirn an seine Schulter.

„Und, wird es von jetzt an schwierig?", fragte sie.

„Muss es?"

„Nein, eigentlich nicht, bis auf", sie zog ihn zu sich und küsste ihn leidenschaftlich, ließ ihre Zunge in seinem Mund kreisen, fuhr mit der einen Hand unter seinen Mantel, suchte die Knöpfe seines Hemds, fuhr mit zwei Fingern dazwischen, strich ihm mit der anderen Hand durch die Haare und ließ sie seinen Hals entlangfahren, zog die Zunge langsam wieder zurück, löste ihre Lippen wieder von seinen, nur ganz knapp und schloss den angefangenen Satz, „das, das musst du noch lernen, aber das geht schnell, mein Lieber."

Breiter wich ein wenig zurück. „Wieso, kann ich es nicht genug?", fragte er tonlos.

„Du hast wohl noch nicht allzu viele Frauen geküsst?“

Breiter errötete, hielt sie ein wenig weg von sich und sagte irritiert: „Küsse ich so schlecht?“

Sie lächelte, küsste ihn noch einmal intensiv und hauchte: „Nein, du küsst wunderbar, aber deine Beine, deine Zunge, deine Ohren, deine Haare, deine Finger zittern, so, als ob etwas im Anzug ist, von dem man bisher nur zu träumen wagte. Du verrätst dich, Liebling, du hast keine Sicherheit und das beruhigt mich, da ich auch keine habe.“

Breiter strich ihr eine Strähne hinters Ohr.

„Du sollst keine Sicherheit haben?“

„Ja.“

„Das glaube ich nicht. Nicht bei dir.“

„Ist aber so.“

„Warum?“

„Warum wohl?“

„Du, du hast doch so viel …“

„Psst, es ist ganz einfach: Ich habe mich verliebt, jawohl, verliebt, ich lebe, darum.“

Breiter lehnte sich zurück, wusste nicht was tun, kramte schließlich nach seinen Zigaretten, wollte sich eine anstecken, hielt inne, klaubte eine zweite hervor, zündete beide an und gab ihr eine. Er war froh, dass auf diese Weise ein wenig Abstand entstand, dass er sich ein wenig Zeit verschafft hatte, um nachzudenken, obwohl er genau wusste, dass er jetzt, gerade jetzt, sowieso nicht denken konnte. Zumindest nicht darüber, was er sagen sollte, was er tun müsste, was die richtige Antwort wäre.

Sie war die Frau seines Chefs, des Direktors, mündliche und schriftliche Versicherungen hin oder her. Er konnte ihm jederzeit die Lebensgrundlage entziehen, ihn auf die Straße setzen, zu den verdreckten Bittstellern vor dem Hafenbüro und den Wiedergängern in den Suppenküchen. Und trotzdem: Sie beherrschte ihn. Er entstieg am Morgen seinem Bett und musste an sie denken. Er fuhr die staubigen Alleen entlang, rumpelte über die Pflastersteine in den Städten, folgte dem Scheinwerferlicht seines Wagens durch die Dunkelheit, kniff die Augen wegen der tiefstehenden Sonne, überholte klapprige Pferdegespanne, bremste für Kinder, Alte, Kühe, Hunde; und musste an sie denken. Goss Farbe in Kessel, mischte Substanzen, nahm Proben, hielt Reagenzgläser gegen das Licht, heizte mit dem Bunsenbrenner, färbte Stofffetzen; und musste an sie denken. So war es noch nie gewesen. So musste Verliebtsein sein. Bloß: Wie viel war es wert? Was war der Preis? Kostete es ihn Stelle und Stellung? Minderte es die Provision? Oder raubte es ihm einfach nur den Schlaf?

„Mir raubt es den Schlaf“, kam es aus ihm heraus, ohne dass er diesen Satz sagen wollte.

„Das ist doch schon was“, lachte sie.

„Und jetzt?“, schaute er verdutzt.

„Jetzt? Jetzt, jetzt küsse ich dich noch mal, dann habe ich Lust auf eine heiße Schokolade, dann muss ich wieder nach Hause, dann freue ich mich die ganze Zeit auf dich, dann treffen wir uns wieder und dann küssen wir uns wieder."

„Wann dann?"

„Bald."

„Willy, das ist eine Frau, nein, das ist ein Weib, ein richtiges Weib, mit der ganzen Weiblichkeit, wenn du verstehst, was ich meine."

„Du bist nicht ganz dicht, das versteh ich. Küsst im Zoo die Frau eines der mächtigsten Männer der Stadt und denkst, alles sei Friede, Freude, Eierkuchen und du kämst ungeschoren davon. Mein Gott, wie naiv bist du eigentlich? Seid ihr alle so aus dem Toggenburg? Die Kurfürsten rauben euch wohl zünftig den Blick darauf, wie die Dinge wirklich sind."

„Ich traue ihr, ich traue ihm. Schließlich habe ich ihm alles zu verdanken. Meinst du, ich möchte je wieder zurück, dort, wo die Straßen mit Geißenbollen und Kuhmist bepflastert sind, wo die Menschen sich gegenseitig ständig zu Leide leben, weil der eine ein Schaf mehr haben könnte als der andere, wo sie wegschauen, wenn der Alkohol Männer in die Tobsucht treibt und verschlagene Frauen und Kinder zurücklässt, wo die Angst vor Fremden ein Wahn ist, obwohl es gar nichts Fremdes gibt. Nein, mein Lieber, ich geh weiter und zudem: diese Frau! Es wird kein Traum von ewiger Dauer sein, so viel ist mir klar, Willy, aber ich werde den Traum träumen."

Willy griff zum Bier. Die Luft war rauchgeschwängert, die Debatten an den Tischen durch die Nachricht des tödlichen Attentats auf den Führer der Schweizerischen Landesgruppe der NSDAP aufgeheizt. Manche prosteten sich auf den Toten von Davos zu, andere befürchteten die Vergeltung durch die Frontisten und wiederum andere sahen die Deutsche Wehrmacht bereits am nächsten Morgen die Schweizer Grenze überschreiten.

„Ich will mit ihr schlafen und ich werde mit ihr schlafen, Willy, dann bin ich der glücklichste Mensch der Welt."

„Du hast ja gar keine Erfahrung."

„Auf alten Pfannen lernt man kochen", prostete Breiter Willy Hebeisen zu.

„Du bist unmöglich. Jacques, sie ist die Frau eines Großindustriellen, der die Nazis mit Farbe für ihre Fahnen und Sonntagsanzüge beliefert. Meinst du wirklich, das kann gut ausgehen, wenn man sich mit diesem Pack einlässt? Weißt du eigentlich, dass die die Unsrigen einkerkern und auch umbringen? Was sie mit den Juden machen? Berufsverbote, Beamtenverbote, Einschüchterungen, keine Mischehen? Und du machst da mit und denkst wohl, dass du da ungeschoren davonkommst? Jacques, lass die Finger von der Frau. Es reicht schon, dass du den Nazis Farbe lieferst."

„So, so, du weißt das alles. Du kennst das neue Deutschland wie deinen Hosensack. Klar, der Willy Hebeisen fährt ja jeden Tag dorthin, einmal in den

Westen, dann in den Osten, kennt die Städte, kennt die Leute, weiß, was da los ist. Ich sag dir eines, ich hab das alles gesehen und weißt du was: Seit der Hitler da das Sagen hat, geht es den Leuten besser, man sieht das, man spürt das, da ist ein Aufbruch, die wissen, wo es langgeht."

„Das weiß ich auch, dafür brauch ich nicht nach Deutschland."

„Weißt du was, Willy, ich lass mir wegen so einem Scheißland doch nicht meine Träume nehmen, meine Liebe, meine Charlotte. Nein, nein, Willy, nicht mit mir."

Breiter strich sich durch die Haare, nahm einen Schluck Bier, steckte sich eine Zigarette an.

Willy tat es ihm nach, lehnte sich nach hinten, drehte die Zigarette einmal am Aschenbecherrand, klopfte das Bisschen an bereits vorhandener Asche ab und sah Breiter lange an.

„Dich hat es aber schwer erwischt."

„Ja. Und das lass ich mir nicht nehmen. Nicht von dir, von keinem Staat, von niemandem."

„Ja, ja, ist ja gut."

„Gar nichts ist gut. Du redest immer nur gegen mich."

„Ich rede nicht gegen dich. Ich will dir nur ein wenig die Augen öffnen. Schau doch mal, woher sie kommt und von wo du kommst."

Breiter schnellte nach vorn: „Genau das ist es, genau das! Alle sagen, wir müssen unten bleiben, hinter den Wänden der Salons, in den Zwischengängen, da oben hätten wir nichts zu suchen. Aber das stimmt nicht, man kann nach oben kommen. Der Hitler kommt sicher von unten, dein Lenin und dein Stalin wohl auch. Und die haben es alle geschafft."

„Lenin nein, Stalin ja, trotzdem …"

„Nichts trotzdem. Schau Willy, wenn du ein Arbeiterleben führen willst, mit all dem Stolz, dem Kampf und was sonst noch dazugehört, dann ehrt dich das. Aber es ist nichts für mich, ich will das nicht, ich habe zu viel Hafer im Hintern!"

„Danke, ich hab verstanden. Aber trotzdem, auch du entkommst der Politik nicht."

„Ich kümmere mich nicht um sie, also wird sie sich auch nicht um mich kümmern. So ist das bei mir."

Willy schüttelte den Kopf, kratzte sich am Knöchel, betrachtete Breiter, der einen großen Schluck Bier nahm und zu ihm herübergrinste, schaute sich suchend um, verfolgte die Ausführungen und die in der Luft herumkurvenden Hände eines jungen Mannes am Nebentisch, der seinem Vis-à-vis erklärte, wie Pierre Musy in der Bobbahn von Riessersee Olympisches Gold gewonnen hatte, schaute dem wackelnden Hintern der Bedienung nach und beobachtete ein Pärchen, das in der hintersten Ecke verstohlene Küsse austauschte.

„Küsst sie gut?"

„Beeindruckend. So, wie sie ist."

„Und du?“

Breiter schwieg.

„War wohl das erste Mal?“

„Willst du noch ein Bier?“

„Also das erste Mal. Wohl auch noch Jungfrau, wie?“

„Willst du jetzt noch ein Bier oder nicht?“

„Man kann das lernen, Jacques.“

„Das muss man nicht lernen, das kann man einfach so.“

„Was hat sie gesagt?“

„Nichts.“

„Nichts?“

„Nichts!“

Willy grinste.

„Da gibt's nichts zu grinsen.“

Willy rief der Serviertochter: „Zahlen.“

„Ich will aber noch nicht gehen.“

„Wir gehen woanders hin. Ein wenig üben.“

„Was machst du mit dem Knie, lieber Hans, mit dem Knie, lieber Hans, beim Tanz. Was lachst du, tu das nie wieder, Hans, tu das nie wieder, Hans, beim Tanz“, sang Breiter aus voller Kehle, während er seinen Opel durch die Kurven des Wiesentals jagte. Er hatte noch immer den Duft der kleinen Rosie in der Nase, den er aber mit dem von Charlotte zu übertünchen versuchte. Er wollte nicht untreu sein, obwohl Rosie ihm doch eine wunderbare Lehrstunde erteilt hatte. Vom Küssen, über das Streicheln der Brüste, das Fahren mit der flachen Hand über die Brustwarzen, den zarten, aber satten Griff um die Pobacken, den Einsatz der Zunge zwischen den Beinen bis zum lustvollen Einführen des Gliedes.

Er freute sich auf heute Abend, da er, wie er es beim Abschied formulierte, „die Exerzitien noch ein wenig vertiefen müsse", was ihn zwar einen schönen Batzen kostete, aber es war gut investiertes Geld, schließlich war Charlotte jeden Rappen wert.

Er beschloss ein weiteres Einmachglas zu kaufen und es mit „Charlotte" zu beschriften. Das wäre dann nur für Geschenke für Charlotte. Er könnte heute Abend schon ein bisschen Geld reintun. Ob er gleich noch ein Kässeli für Rosie eröffnen sollte? Nein, nach heute Abend ist Schluss. Aber es wurmte ihn schon, dass er nicht schon früher auf die Idee gekommen war, solche Etablissements aufzusuchen. Aber er hatte sich immer weisgemacht, er habe solches nicht nötig. Und so hatte er es auch gehalten. „Falscher Stolz, Breiter", sagte er zu sich, „so viel verpasst wegen falschem Stolz. Mehr Schein als Sein. Aber mit Charlotte wird alles anders. Du wirst sie erobern, kommst in die Familie rein, wirst mit ihr an den Stränden Ägyptens baden, im Grand Palace in St. Moritz unter den Augen von Camenisch Weihnachten feiern, mit ihr Ski fahren und Tennis spielen, vielleicht Kinder haben und sie immer wieder aufs Neue überraschen."

Er machte sich beinahe in die Hose vor Vorfreude, musste sich bei der Arbeit stark an die Kandare nehmen, dass er die Mischungsverhältnisse der neuen, hervorragend lichtechten Egalisierungsfarbstoffe für Wollgarn nicht durcheinanderbrachte, was leicht geschehen konnte, da alle Farben aus maximal drei Substanzen, deren Namen durchgehend mit der Vorsilbe „Erio“ begannen, zusammengesetzt wurden. Das satte Königsblau erforderte lediglich eine Zugabe von 3% Erioanthracencyanin JR, die dem Polarrot am nächsten kommende Farbe wurde mit 3,25% Erioechtfloxin BL, 0,25% Erioechtorange GL oder ein Breiter an seine Heimat erinnerndes Heugrün 0,75% Erioflavin 4G conc., 0,55% Erioanthracenreinblau 2GL und 0,25% Erioechtfloxin BL gemischt. Letztlich waren es nicht mehr als acht Grundsubstanzen, aus denen man neunzig klar unterscheidbare, lichtechte Modefarben mischen konnte. Bei erfahrenen Färbern, die mit den vagen Mengenangaben „10% kristallines Glaubersalz und 3–5% Schwefelsäure 66°Bé oder mit ca. 10% Weinsteinpräparat“ richtig umgehen konnten, waren die neuen Wollfarben rasch sehr beliebt, da sie einerseits sehr gute, wenn nicht die besten Ergebnisse aller zurzeit erhältlichen Textilfarbstoffe erzielten und andererseits als Nuancierungsfarbstoffe auf anderen Grundmaterialen wie beispielsweise Wollseide eingesetzt werden konnten.

Weniger erfahrene Färber und vor allem Lehrlinge hatten oft mit dem Einsatz der Schwefelsäure Mühe.

Und wenn sie Weinstein verwendeten, waren sie ganz aufgeschmissen.

So rettete Breiter mit Fachwissen und gutem Händchen manche falsch angemachte, bereits kochende Flotte. Die ganze Färberei interessierte ihn tatsächlich leidenschaftlich und wenn er für seine besonderen Fähigkeiten gelobt wurde, wies er stolz darauf hin, dass die Breiters eben schon lange Farbe im Blut hätten. Und einem tief verankerten Reflex folgend, kramte er jeweils die Geschichte seiner färberischen Abstammung hervor: vom schweizweit berühmten Färber Gerig aus dem Toggenburg, der in Ebnat-Kappel eine Färberei und Schnapsbrennerei geführt hatte, vor deren Toren die Tuchherren aus dem hochlöblichen, katholischen St. Gallen Schlange gestanden hatten, um die beste Qualität, die nur der Färber Gerig herzustellen vermochte, zu ergattern. Übrigens ein bunter Hund, der Färber Gerig, der das Leben von unten wie von oben kannte, Veteran des eidgenössischen Bürgerkriegs war, zweifacher Witwer, Landstreicher, Quacksalber und Gefängnisinsasse. Der sich die Mühe machte, sein Leben bis zur Lebensmitte aufzuzeichnen. Die losen Blätter hütete die Familie wie einen Goldschatz, schrieb der Färber Gerig nicht nur seine Lausbubengeschichten aus Wanderschaft, Wirtshausbesuchen und Militärdienst auf, sondern wartete mit den landauf, landab bekannten „Zehn Seligkeiten des Armen“ auf, die da zum Beispiel wären: Erstens muss der Arme nie ins

Bad, er kommt eh immer vom Regen in die Traufe. Zweitens bekommt er kein Rheuma, das plagt nur die Reichen. Der Arme muss nicht befürchten, nach dem Tode Nachsteuer zu zahlen. Dem Armen schlägt der Blitz nicht in den Geldbeutel … Und abschließend: Übrigens ist es recht, dass die Reichen so viele Vorzüge haben, sonst wollten alle arm sein.

Und kam Breiter derart ins Fabulieren, vergaß er die Welt für die Zeit seiner erfundenen Geschichten aus einem Leben, das er nie hatte.

In diesen Momenten nestelte und bastelte er an seiner Biografie, schrieb ein paar Abschnitte oder gar ganze Kapitel um, strich unpassend gewordene Absätze, setzte da und dort eine Fußnote und erweiterte, wo es ihm passend schien. Und manchmal verlieh die Euphorie des Augenblicks seiner Fantasie Flügel und die Breiters aus dem Toggenburg erhielten einen Stammbaum, der in der kurzen Version bei Ulrich Bräker und in der langen bei Jost Bürgi endete.

Vom Basler Bankierssohn, an dem er so lange gearbeitet und den er in jener verhängnisvollen Nacht unter dem Himmel von St. Moritz der üppigen Russin aufgetischt hatte, hatte er sich bereits während des Gesprächs mit Vittorio verabschiedet und war hier in Basel froh, dass er ihm nie begegnete. Da er seinen Toggenburger Dialekt sowieso nicht verbergen konnte, machte er sich auf, ein wenig über berühmte Toggenburger in Erfahrung zu bringen und wurde rasch fündig: der Söldner, Deserteur, Baumwollhändler und Schriftsteller Ulrich Bräker mit seinem „Armen Mann aus dem Tockenburg“ sowie der Hofastronom Jost Bürgi, der die Logarithmen entdeckt und die erste Uhr mit Sekundenzeiger konstruiert hatte. So kam er über den Färber Gerig, Bräker und Bürgi zu einem Familienstammbaum, der einiges hergab und bis ins 15. Jahrhundert reichte. Den Reformator Zwingli ließ er außen vor, hätte er mit dem doch ein wenig zu dick aufgetragen, und auf Dispute über Zwingli und seine Auslegung der Bibel wollte er sich bei Gott nicht einlassen.

So wurde Charlotte weggedrängt und ihr Bild erschien erst wieder, als er im Wagen saß. Ihr Gesicht spiegelte sich in der Windschutzscheibe, auf dem Armaturenbrett und in den Seitenspiegeln. Sie hatte ein wunderbares Kleid aus Wollseide an, die Farbe war ein perfektes 0,3% Erioechtcyaningrün G-, 0,015% Neutralbraun RX- und 0,01% Polargelb 2G conc.-türkis, vielleicht ein wenig zu sommerlich für die gegenwärtigen Temperaturen, die dunkelbraunen Haare waren plötzlich länger geworden und sie hatte sie zu einem Pferdeschwanz gebunden, sie lächelte verschmitzt, warf ihm eine Kusshand zu und verblich wieder in der leicht angelaufenen Frontscheibe.

Derweil saß Rosie auf dem Nebensitz, und als er den ersten Gang einlegte, war ihm, als hätte er ihr entblößtes Knie gestreift. Obwohl, sie trug einen Wollmantel, mit 0,1% Erioanthracenrubin R, nicht zu verwechseln mit Erioanthracenrubin B, gefärbt, was ein ganz helles Rosa ergab, wie es in Basel für Knabenbabykleider traditionell gebraucht wurde, und war eher der Jahreszeit angepasst. Dass sie darunter nichts trug, war für ihn klar, und als sie gerade im Begriff war, die Beine übereinanderzuschlagen, verschwand sie, zuerst auf die Rückbank und schließlich durch die Heckscheibe.

Aber beide tauchten immer wieder auf und verschwanden auch wieder. Und so fuhr er mit zwei Frauen im Kopf durch das Wiesental, durch die engen, von Tannen gesäumten Kurven, beschleunigte auf Geraden, die die Felder mit winterharten Erdschollen teilten und schlängelte sich durch Dörfer mit geschindelten Bauernhäusern und einförmigen Arbeiterbehausungen. Textilfabriken mit unzähligen eisernen Webstühlen, deren beständiges Rattern und Knallen bis auf die Straße drang, Färbereien, die der Wiese von Standort zu Standort eine andere Farbe gaben, je nach Flotte, die gerade angemacht wurde, Bleichunternehmen, die ihre Anwesenheit mit dem typischen Gestank weit vorher ankündigten und mechanische Zulieferbetriebe, deren Eisenlager die sie umgebende Erde rostrot färbten, prägten das Bild dieses Tales, das sich von Basel aus tief in den Schwarzwald hineinbohrte. Gegen zwanzigtausend Menschen lebten hier von dem Fluss, dessen gleichmäßiger Wasserstand das eine Geheimnis der industriellen Entfaltung dieser Gegend war, das andere lag in den Kellern der Bauernhäuser: In ihnen hatte sich über Jahrhunderte die ideale Temperatur zur Lagerung und Verarbeitung von Baumwolle eingenistet. So sammelte sich über Generationen ein profundes Wissen über den Umgang und das Weben von Wolle und Baumwolle an. Es war nicht zu vermeiden, dass sich dies auch unter den Herren der Stadt herumsprach und so kamen sie Ende 18., Anfang 19. Jahrhundert nach und nach ins Wiesental, bauten Fabriken mit Webstühlen und schöpften den Sachverstand der Bauern ab. So entstand die Industrie, und als die Herren der Stadt Basel auch noch die Textilfarbstoffe herstellten, schufen sie eine nahezu perfekte Wertschöpfungskette. Fast so ergiebig wie die ihrer Väter – Sklaven von Afrika nach Amerika, Baumwolle von Amerika nach England, Stoffe von England nach Kontinentaleuropa –, eine Kette, auf welcher ein großer Teil des schier unerschöpflichen Reichtums Basels fußte.

Reich, reich, reich, dazugehören, den Gestank von Ziegenställen und gestampften Küchenböden endgültig ablegen; das war es, was Breiter unter allen Umständen und gegen die Wirrnisse der Zeit wollte, dafür war er bereit, weiter zu gehen als alle anderen, ja, letztlich jedes Risiko zu übernehmen.

Sie trug ein Hemdhöschen mit schmalen Schulterträgern, gewoben aus edelster Baumwolle, fein gerippt und an Dekolleté und Beinöffnungen mit wertvollsten Seidenspitzen abgeschlossen. 0,015 Erioflavin 4G conc., 0,2% Erioechtflorin, 0,06% Erioanthracinblau, nur ein wenig mehr als 3% Schwefelsäure 66° Bé hätten bei Wollgarn das raffiniert gräuliche Rosa ergeben. Die Komposition für solch edle Baumwolle war ihm gerade nicht gegenwärtig.

Breiter legte mit den Zähnen an der Innenseite des Oberschenkels, dort, wo er in den Schritt überging, das gestickte Seidenband um und versuchte mit der Zunge unter dem Stoff zum Schambein vorzustoßen. Die gestickten Röslein der Seidenspitzen kitzelten ein wenig an der Nase, als er mit der Zunge und dann mit den Lippen plötzlich auf etwas Hölzernes stieß. Es waren drei, für dieses raffinierte Kleidungsstück geradezu grobschlächtige Holzknöpfe.

Charlotte atmete schwer, hob ab und an ihren Unterkörper und strich Breiter durch das Haar und zog immer mal wieder liebevoll daran.

Breiter, der unter allen Umständen ein Abflachen von Charlottes Erregung verhindern wollte, versuchte mit der ganzen Zartheit, die er aufbringen konnte, die Knöpfe mit Lippen und Zähnen zu öffnen. Doch wie das gehen sollte, hatte ihn Rosie nicht gelehrt. Wie hätte sie auch, befand sie sich doch sicher nicht im Besitz eines solch feinen Unterteils. Also mühte er sich weiter ab, nahm, nachdem er gewahr wurde, dass er die Holzdinger auf diese Weise sicher nicht aufknöpfen konnte, die linke Hand, die bisweilen Charlottes Fußsohle massierte, zu Hilfe, fuhr unter dem

Gewebe mit dem Handrücken über ihre Schamlippen und versuchte mit Daumen und Zeigefinger der Knöpfe Herr zu werden. Er überlegte sich, ob er die rechte Hand auch zu Hilfe nehmen wollte, entschied sich aber dagegen, denn jedes Mal, wenn er mit den Seidenspitzen Charlottes Brustwarzen liebkoste, sie ganz knapp freilegte, mit flacher Hand und Finger für Finger so samten darüberglitt, als könnten sie zerbrechen und sie danach beinahe sorgenvoll wieder mit dem Seidenband zudeckte, beugte sie ihr Kreuz durch und sie griff ihm noch fester ins Haar.

Breiter gab sich Mühe und hatte auch welche. Kurz bevor seine Anstrengungen in ein liebestötendes Genestel ausarteten, ließ Charlotte ihre Hand über den Venushügel gleiten, öffnete routiniert die drei Knöpfe, zog den Stoff mit dem Handballen leicht nach oben, schob den Zeigefinger sachte tiefer und tiefer in sich hinein, kreiste eine Weile, nahm den Finger langsam wieder heraus, strich über Breiters Kinn zu dessen Lippen, die behutsam daran zu saugen begannen.

Sie nahm ihren Finger wieder aus seinem Mund, nahm seine Hand, führte deren Zeigefinger in sich hinein, entnahm ihn sich wieder, geleitete ihn zu ihren Lippen und saugte daran. Gleichzeitig zog sie mit der anderen Hand Breiters Kopf zu sich herauf, nahm den Finger wieder aus dem Mund, suchte mit ihren Lippen seine Lippen, fasste mit der frei gewordenen Hand nach seinem Glied. Er ließ sich bereitwillig von Charlottes Fingern führen und drang behutsam in sie ein.

Die Zeit hielt Breiters Atem und sich selbst an, sämtliche Farben seiner Welt flossen zu einem gleißenden Weiß zusammen. Sie zog an allen Ecken des Weiß, das unter der unsäglichen Spannung mehr und mehr zu zittern und zu beben begann, es bekam kleine Risse, die sich über Spalten nach und nach zu unüberwindbaren Klüften auswuchsen, bis nichts mehr irgendwo einen Halt fand, alles zersprang und wenige Augenblicke später zerbröselnd in sich zusammenfiel.

„Das ging aber zügig, mein Lieber", vernahm Breiter Charlottes raue Stimme. Sie holte ihn aus einem facettenreichen Kaleidoskop aus Halbschlaf, Tagtraum und unbändiger Wachheit. Sie stieß den noch benommenen Breiter sanft von sich runter, nahm seine linke Hand, führte sie zu ihrem Geschlecht und drückte Zeige- und Mittelfinger in sich hinein. Breiter nahm ihre Lust auf, glitt mit den Fingern hinein und heraus, massierte mit dem Daumen die fester und fester werdende Knospe, spürte, wie sich in ihr die Scheidenwände zusammenzogen und wieder lösten und sah beglückt, wie sie ihren Arm kräftig auf ihren Mund drückte und sich ihr Körper unter seinen Bewegungen in heftigen Stößen hob, senkte und schließlich langsam wieder beruhigte.

Er löste seine Hand und strich ihr übers Haar, leer und gedankenlos, bis er sie verlor, bis er sich verlor.

Ein kalter Luftzug weckte ihn. Charlotte stand am offenen Fenster und rauchte. Das Hemdhöschen war unten immer noch offen, ein Träger über die Schulter gerutscht.

„Jacques, du bist eingeschlafen. Dann bist du einen Augenblick aufgewacht, hast mich angesehen, hast etwas gemurmelt, hast dich aufgesetzt und an die Rückwand des Bettes gelehnt, hast gesagt ‚so ist's richtig' und schliefst in dieser Stellung sofort wieder ein. Schläfst du immer in dieser Stellung?"

Breiter musste sich zuerst sortieren. Das Hotelzimmer, das sie reserviert hatte, war geschmackvoll eingerichtet: dunkelblaue Tapeten mit goldenen Lilien, Louis XVI.-Möbel, eine Chaiselongue, Stuckdecke mit einem siebenarmigen Kronleuchter aus Messing, Verzierungen aus Blattgold, weißer Rokokokasten und ein großes Bett mit flauschigen, crèmefarbenen Duvets und einem roten, mit goldgelben Stickereien verzierten Überwurf aus Samt. Keine Frage, er befand sich in einem der besten Hotels in Colmar. Klar, de Mijouter war in Berlin, um mit einem Mittelsmann der Partei über eine Erweiterung der Geschäftsfelder zu verhandeln, während Charlotte endlich mal das „Venedig des Elsass" und den Isenheimer Altar mit der Versuchung des Heiligen Antonius von Matthias Grünewald anschauen wollte.

„Sag, schläfst du immer so?"

„Ja, eigentlich schon."

„Und warum? Macht man das bei euch so?"

„Ja, so kann einen der Tod nicht holen. Nur die Toten liegen auf dem Rücken."

„Und auf dem Bauch?" Sie warf die Zigarette aus dem Fenster und drehte sich zu ihm um.

Breiter sah sie an und sein Blick blieb an ihrer entblößten Scham haften.

„Wenn du so schaust, musst du die Decke wegnehmen."

Breiter schob die Decke hinunter und sein steifes Glied, das er mit dem Hinunterschieben der Decke regelrecht zwischen seine Beine drückte, schnellte hervor. „Darum kann ich nicht auf dem Bauch schlafen."

Charlotte lachte, sprang aufs Bett, nahm sein Glied in den Mund, lutschte ein wenig daran und bestieg ihn.

„Jacques, wir sprechen frühestens morgen über uns, versprochen?", flüsterte sie ihm in ernstem Tonfall ins Ohr.

Er schaute sie ganz ernst an, lächelte und zog ihr das Hemdhöschen an den beiden Trägern über den Kopf. „Ich spreche überhaupt niemals mehr mit dir", antwortete er, hob sie leicht an und vergrub seinen Kopf zwischen ihren warmen Brüsten.

Sie parkten den Opel an der Einfahrt eines Feldweges oberhalb des Col de la Schlucht. Die Strahlen der frühen Märzsonne wärmten bereits ein wenig. Blätterwerk war noch keines zu sehen und das niedergedrückte, gelbbraune Gras erholte sich von der Schneelast des Winters.

Charlotte, die darauf bestanden hatte zu fahren, hakte sich bei Breiter unter. Der Weg führte durch einen von Tannen dominierten Mischwald und endete an einem Aussichtspunkt, der den Blick über die Rheinebene auf den gegenüberliegenden Schwarzwald mit der unverkennbaren Schneekuppe des Belchen freigab. Im Süden erhoben sich der Schweizer Jura und dahinter die Alpen. Im Norden waren die Spitzen des Straßburger Münsters zu erkennen und wenn man mit genügend Fantasie den Rhein hinunterschipperte, taten sich auch die Weiten des Atlantiks auf.

Sie waren alleine auf dem kleinen Plateau. Breiter wischte mit seinem Taschentuch den Tau von der Bank, die irgendjemand als Andenken an die Toten des 7. Gebirgsregiments, 1914–1918, gestiftet hat. Charlotte schmiegte sich an ihn und vergrub ihre kalten Hände zwischen seinen Oberschenkeln.

Breiter konnte sich nicht erinnern, jemals in seinem Leben glücklicher gewesen zu sein.

„So, mein Lieber, also wo schläft man sitzend, weil die Angst zu groß ist, auf dem Rücken vom Tod geholt zu werden?"

„Im Toggenburg, aber das weißt du ja?“

„Aber wie ist es?“

„Eng. Links der Alpstein, rechts die Kurfirsten.“

„Aber es macht tolle Menschen, wie man an dir sieht.“

„Nur, wenn man früh genug gerettet wird.“

„Ach, komm jetzt.“

„Doch. Zum Beispiel vor einem Vater, der nur schlägt, vor einer Mutter, die nicht helfen kann und vor Dorfbewohnern, die alle gleichzeitig zu- und wegschauen und froh sind, dass es bei den Anderen zumindest gleich, wenn nicht noch schlimmer zu- und hergeht. Gerettet vor dem Geschmack von Schnaps und Ziegendreck, dem Neid derer, die noch weniger haben und den Ränken derer, die mehr haben. Den Prügeleien und Bescheißereien in den Familien und zwischen …“

„Und wer hat dich gerettet?“

„Der Pfarrer. Und eigentlich auch meine Mutter. Obwohl …“ Breiter suchte nach seinen Zigaretten, fand sie nicht gleich, worauf Charlotte welche aus ihrer Handtasche nahm, sich eine anzündete und sie ihm in den Mund steckte.

„Obwohl?“

Breiter nahm zwei hastige Züge, wollte ansetzen und sagte schließlich: „Komm, lassen wir das, vielleicht später einmal.“

Charlotte steckte sich auch eine Zigarette an.

„Und du?“, wollte Breiter wissen.

„Mmmh, am meisten hasste ich das Internat – Töchtergymnasium! Wir wurden tagaus, tagein darauf hin erzogen, keine Frauen, sondern ewige Töchter zu bleiben: Tochter des Vaters, Tochter des Ehemanns, Tochter des Schwiegervaters, Tochter der eigenen Söhne. Nicht mal als Großmutter oder Urgroßmutter hätten wir das Zeitliche segnen dürfen, wir hätten als Tochter zu sterben gehabt."

„Und wer hat dich gerettet?"

„Ich mich selbst. Und mein Onkel. Und letztlich meine Heirat, mein Mann."

„Dein Mann?"

„Er ist mein bester Freund. Das war irgendwie von Anfang an klar."

„Ist er …"

„Ehrlich gesagt, ich weiß es nicht. Vielleicht, vielleicht auch nicht?"

„Kann er …"

„Mit mir nicht. Das war auch schnell klar. Irgendwie ist er wie ein älterer Bruder. Mädchen haben ältere Brüder gern."

„Und ältere Brüder Töchter?"

„Ja, das ist halt ein Teil der Regel."

„Und der Andere?"

„Außer Haus, außerhalb des Geschäfts, unter Ausschluss der Öffentlichkeit."

„Und wenn nicht?"

„Ich denke, es würde schnell gehen?"

„Was?"

„Weg, Scheidung, Klapsmühle, was weiß ich.“

„Aber du hast doch selbst gesagt, wir bräuchten keine Angst zu haben, wir könnten ihm vertrauen?“

„Ja, darum sind wir auch hier, darum fahren wir in dem klapprigen Opel nach Colmar, um uns zu lieben und darum hast du mich auch erst auf der anderen Seite der Grenze aufgeladen. So sind die Regeln, so kann es kein Aufsehen geben, so machen es viele in diesen Familien, so ist es richtig, so kann nichts aufs Geschäft abfärben.“

„Aber wegen uns kann doch dem Geschäft nichts passieren?“

„Wegen dir nicht. Da läuft ja alles wie geschmiert, du seist der Beste, sagt er immer. Aber wegen mir, auch wenn ich alle Regeln einhalte.“

„Wieso denn?“

Charlotte warf die Kippe fort und steckte sich gleich eine weitere Zigarette an. Sie zog den Rauch ein, stieß ihn heftig aus und sagte mit fester Stimme: „Ich bin Halbjüdin. Das wird irgendwann Probleme geben.“

„So ein Mist, Charlotte, warum sollte das Probleme geben?“

Sie schoss hoch, ging hinter die Bank, packte Breiters Kopf mit beiden Händen, drehte ihn Richtung Schwarzwald und schrie: „Jetzt mach mal endlich die Augen auf. Du fährst jeden Tag in dieses verdammte Land und siehst und hörst nicht, was passiert. Jeden Tag steht da in der Zeitung, was die Juden für

Schweine sind, dass sie die Welt beherrschen, dass sie nur das Schlechte für alle und im Speziellen für Deutschland wollen. Dass sie wegmüssen, besser gestern als heute, dass kein Deutscher und keine Deutsche sich mit ihnen einlassen, nicht bei ihnen einkaufen, keine Geschäfte mit ihnen betreiben dürfe. Dass sie weggehören aus allen Schulen, Universitäten, Spitälern und Ämtern. Und sie sind bereits weg und wer aufmuckt, kommt ganz weg. Hast du noch nie etwas von Konzentrationslagern gehört? Noch nie etwas vom ‚Verderben des deutschen Volkskörpers', von ‚auf der Flucht erschossen'? Jacques, wo lebst du?"

„Ja, ja, ich weiß schon. Aber ich hab wenig davon gemerkt und es ist auch wieder besser geworden."

„Du merkst es nicht? Du merkst es nicht? Was ist mit dem Cheflaboranten in der Zeller Fabrik? Wo ist der?"

„Stimmt, den habe ich schon lange nicht mehr gesehen?"

„Man hat ihm nahegelegt zu gehen, sofort, zu gefährlich für die Gugy, für die Familie meines Mannes, für das Geschäft mit Farbe, Fahnen und Uniformen. Er ist gegangen, mit der ganzen Familie, gleich nach England. Er war ein Cousin von mir."

„Aber es ist doch nicht mehr so schlimm?"

„So schlimm? Ja, wegen der Olympiade. Die will der Heini sauber durchziehen, aber danach. Weißt du, was der dem Präsidenten der I. G.-Farben gesagt hat, als dieser ihn darauf hinwies, dass der Verlust jüdischer Intelligenz fatale Auswirkungen auf die deutsche chemische Industrie haben werde, weißt du, was der Hitler dem Bosch da gesagt hat? Dann werde halt die deutsche Wirtschaft für die nächsten hundert Jahre keine einzige Chemikalie mehr herstellen. Und er solle sich zum Teufel scheren, er verstehe keinen Deut von Politik."

„Und?"

„Was und? Siehst du nicht, wie entschlossen der Hitler ist? Der wird bis zum Äußersten gehen, bis zum Äußersten."

Breiter wusste nichts zu antworten, also nahm er ihre Hände, küsste jede auf die Innenfläche, holte Charlotte nach vorne und setzte sie wieder neben sich.

„Du bist ja in der Schweiz."

„Ja, ich bin in der Schweiz, aber wenn der Tag kommt, wird er, wird die Familie mich opfern. Denn die ganze Gugy muss judenfrei sein, wer verzichtet schon wegen einer Halbjüdin auf Millionen."

„Ja, und was soll ich jetzt tun? Soll ich jetzt aufhören? Soll ich …"

„Du sollst gar nichts, mein Lieber, wir sind jetzt hier, aber es wird nicht von Dauer sein, dass muss dir bewusst werden. Irgendwann werde ich gehen müssen. Mal sehen, welche Lösung sie für mich bereithalten."

„Aber die werden doch nicht einfach …?"

„Wenn es das Geschäft erfordert! Und das wird es irgendwann erfordern, das ist so sicher wie das Amen in der Kirche."

Breiter stand auf, ging nach vorn, zum Geländer, dahinter fiel der Felsen steil ab, schaute nach Deutschland, schaute nach Mühlhausen, versuchte die Schornsteine von Basel auszumachen, die sich aber hinter einem milchigen Dunst verbargen. Er wollte dies alles nicht richtig glauben, und wenn, dann wollte er es nicht wissen, er wollte sich von der Zeit nichts zerstören lassen, nichts von dem, was er sich alles erarbeitet hatte, was ihm das bisschen Glück, das jedem zustand, brachte. Und er wollte noch mehr davon, das konnte doch nicht das Ende der Fahnenstange sein. Und zudem: Keine Suppe wird so heiß gegessen, wie sie gekocht wird.

Aber er wollte Charlotte unter keinen Umständen verlieren, also konnte er ihr auch nicht sagen, wie er darüber dachte. Liebte er sie wirklich, wenn er ihr nicht alles sagen wollte? Wenn seine Ziele keine Ehrlichkeit zuließen, und so der Entwicklung einer zukünftigen Bindung im Weg standen?

Breiter erschrak. So hatte er noch nie gedacht. Er dachte für zwei, für sich und Charlotte. Das musste Liebe sein. Er war sich jetzt ganz sicher. Er drehte sich um und sagte zu ihr: „Ich liebe dich."

„Ja, bist du dir sicher?"

„Ja, ich weiß es jetzt."

„Und warum weißt du es jetzt?"

„Weil ich zum ersten Mal in meinem Leben für zwei gedacht habe. Für dich und mich. Und wie es gut werden könnte."

„Und wie könnte es gut werden?"

„Ich werde für dich da sein."

„Das ist lieb."

„Liebst du mich eigentlich auch?"

„Ja, jetzt, ja. Es macht mich frei, jetzt, es macht mich lebendig, aber das habe ich dir schon einmal gesagt."

„Macht es dich glücklich? Ich war noch nie so glücklich."

„Ja, am meisten, wenn wir nicht darüber reden."

„Gehen wir zurück nach Colmar?"

„Ja, gehen wir, langsam wird es kühl."

Breiter ging auf sie zu, hob sie hoch, sie schlang ihre Arme um seinen Hals, lachte und er trug sie ein Stück des Weges, wie man ein schlafendes Kind ins Zimmer oder eine Braut über die Schwelle trägt.

„Warum sechsmal? Warum nicht einfach einmal?"

„Es sind vierundzwanzig Barren. Würden sie Sie erwischen, verlöre ich nur vier und Sie würden auch nur mit vier Kilo Gold geschnappt."

Breiter lehnte sich in dem Fauteuil zurück, schaute Mayer in die Augen und sagte: „Bei sechs Fahrten ist das Risiko aber sechsmal höher."

„Mehr als ein halbes Kilo gebe ich nicht. Das ist eine enorm hohe Provision", erwiderte Mayer energisch.

„Soll ich ein Halbkilo abbeißen? Ich muss es wechseln und dann? Die Noten mit den anderen Barren vergraben?"

„Die Schweizer haben auch halbe Kilobarren."

Breiter stand auf und ging ans Fenster. Das Bibliothekszimmer war mit schwerem, dunkelbraunem Holz ausgestattet. Klassiker wie Goethe, Schiller, Heine oder Novalis standen neben Namen wie Hesse, Tucholsky, Mann, die Breiter aber alle nicht kannte. In einem Regal war ein Kästchen mit Glasfenster und Schloss, in dem ein Schlüssel mit einer Kordel steckte, eingearbeitet. Hinter dem Glas befand sich Papier, das auf zwei Rollen aus Holz mit sorgfältig gearbeiteten Abschlüssen aufgerollt war. Thora, Talmud, Kabbala oder wie das hieß, vermutete Breiter. Das wilde, sehr farbige Bild an der gegenüberliegenden Wand sei von einem Nolde, wie ihm Mayer vor einer halben Stunde erklärt hatte. Aber das interessierte Breiter alles nicht, als er jetzt am Fenster stand und ins Wiesental schaute, ein wenig oberhalb von Schönau, das durch den grauen Schleier, den der Rauch der Fabrikschlote und der Kamine der Bauern- und Arbeiterhäuser bildete, nur schemenhaft zu erahnen war. Breiter interessierte nur, wie er aus diesem halben Handvoll Mann einen ganzen Barren herausschlagen konnte. Darunter würde er es nicht machen. Klar, es war null Risiko dabei, die deutschen Grenzer kannten ihn, doch durch irgendeinen blöden Zufall könnte auch er geschnappt werden. Und dieser blöde Zufall müsste honoriert werden. Mit einem zusätzlichen halben Kilo. Letztlich wäre er erledigt, sollte er tatsächlich geschnappt werden. Ganz zu schweigen davon, dass es in deutschen Gefängnissen zurzeit eher ungemütlich zuging.

Charlotte sollte eigentlich von seiner Feilscherei nichts mitbekommen. Er würde in ihren Augen besser dastehen. Aber dieser Isaak Mayer war doch ihr Onkel und sie würde sich sicher erkundigen. Nun gut, dann würde er ihr gegenüber genau gleich argumentieren wie gegenüber Mayer und das Risiko noch ein wenig dramatisieren.

Bei ihrem dritten Treffen nach Colmar, am Ufer der Aare in Solothurn, hatte sie ihn das erste Mal gefragt, ob er helfen könne. Ihr Onkel, der eine mittelgroße Weberei bei Schönau besaß, die seit mehr als dreißig Jahren edle Bettwäsche herstellte, leide immer mehr unter den Schikanen und Boykotten der Nazis.

Auf der Schaufensterfront des kleinen Fabrikladens stand eines Tages „Deutsche kauft nicht bei Juden" geschrieben. Eine Fabrikarbeiterin, die das sah, versuchte die Schmiererei wegzuwaschen, wurde aber von ein paar Halbstarken daran gehindert und unter Schimpf und Schande mit Fußtritten weggejagt. Hinter seinem Rücken wurde mehr und mehr getuschelt und immer öfter fiel das Wort Judensau. Zuerst noch leise, fast unhörbar, nach und nach aber lauter und deutlicher. Schließlich bekam Mayer Besuch vom neuen Bürgermeister des Städtchens, einem ehemaligen Hausmeister einer Arbeitersiedlung, der ihm nahelegte, die Fabrik seinem Vetter zu verkaufen. Zu einem Preis jenseits jeglicher Realität, versteht sich. Als dann noch die Fassade zur Straßenseite seines Hauses mit Kot versaut wurde und in großen Lettern „Juda verrecke!" unter einem Davidstern gepinselt stand, nahm er Kontakt zu Charlotte auf und bat sie einen Käufer zu suchen.

Charlotte, die ihrem Mann und ihrer Familie nichts davon erzählte, fand einen entfernten niederländischen Verwandten aus der protestantischen Familie ihrer früh verstorbenen Mutter, der bereit war, die Fabrik über einen deutschen Mittelsmann zu einem halbwegs anständigen Preis zu kaufen.

Als dies dem Bürgermeister zu Ohren kam, wurden die Reifen von Mayers Auto zerstochen, sein Hund vergiftet, nachts die Scheiben der Küche mit Steinen eingeschlagen, und ein paar angetrunkene Halbwüchsige zertrampelten die Blumenbeete und schrien „Tod dem Juden, Tod dem Juden, Tod dem Juden“.

Als am nächsten Morgen die Kleinen zur Schule gingen, vor seinem Haus stehen blieben und lauthals sangen: „Es war einmal ein Jüdele, das wusch am Bach sei Füdele, da kam ein Kanonenkügele; und weg war das Jüdele!“, wurde ihm vollends klar, dass man ihm keinerlei Respekt mehr entgegenbrachte. Er entschloss sich endgültig, Fabrik und Haus zu verkaufen, das Geld in die Schweiz zu bringen und auszuwandern.

Trotz der Verwandtschaft zu Charlotte bekam er keine Aufenthaltsbewilligung in der Schweiz, worauf er sich an den potenziellen Käufer in Holland wandte, der eine Aufenthaltsbewilligung erwirken konnte.

Sein Vermögen hatte er immer wieder in Gold eingetauscht, das Risiko, es selbst auszuführen, war ihm aber viel zu hoch. So wandte er sich abermals an Charlotte, die sich ihrerseits an Breiter wandte, der die Chance witterte, auf einen Schlag ein reicher Mann zu werden und ohne eine Sekunde zu zögern, zusagte, den Goldtransport gegen entsprechende Bezahlung zu übernehmen.

Und daher stand er jetzt am Fenster des kleinen Erkers, in dem ein lederner Fauteuil stand und sagte: „Gut, wenn Sie auf dem halben Kilo bestehen, dann müssen Sie sich jemanden Anderen suchen.“ Breiter drehte sich um und machte Anstalten zu gehen.

„Herr Breiter, ein halbes Kilo ist ein sehr guter Preis. Das sind etwa 2.000 Franken, damit können Sie sich eine Menge kaufen.“

„Hören Sie doch auf, ich weiß ganz genau, was ich und was ich mir nicht damit kaufen kann. Ein Pfund ist nicht mal drei Prozent Provision. Ein Kilo knapp über vier Prozent. Für das Risiko ein Schnäppchen. Ich müsste zehn Prozent verlangen, aber mein Anstand, Charlotte und Ihre Situation verbieten mir dies. Also anderthalb Kilo, übrigens wenig mehr als fünf Prozent, oder gar nicht.“

Mayer hielt Breiter am Arm fest und bedeutete ihm, sich hinzusetzen. Als dieser sich gesetzt hatte, nahm er seine Nickelbrille ab, legte sie auf das mit ornamentalen Einlegearbeiten geschmückte Tischchen, beugte sich nach vorn und sprach eindringlich und langsam auf Breiter ein: „Ich war an der Westfront, als blutjunger Mann, gleich hier gegenüber, am Hartmannsweilerkopf. Ein mit Stacheldrahtverhauen gespickter Korridor von knapp fünfzehn Metern trennte uns von den Franzosen. Von Zeit zu Zeit versuchten sie unsere Stellungen zu erobern, von Zeit zu Zeit wir ihre. Manchmal scheiterten sie, manchmal wir, manchmal waren wir erfolgreich, ein paar Wochen später sie. War gerade nichts los, musste man aufpassen, dass keiner einem die Spitze der Pickelhaube, die aus dem Schützengraben herauslugte, abschoss. Und vor jedem Angriff gab es Artillerie, Pfeifen, Pammm, Pfeifen, Pammm, man war weder vor den Granaten der eigenen noch vor denen der Anderen sicher. Und immer wieder schlich sich Gas durch die Gräben, in denen man wochenlang im knöcheltiefen Wasser und Schlamm stand, oder auf Eis, die Schuhe mit allem Möglichen ausgestopft, da waren gefrorene Zehen an der Tagesordnung. Und eines Tages, an einem Donnerstag im Sommer 1917, es war ruhig, die Temperatur angenehm, die Gräben trocken, kam mein Vater, der in einer Versorgungstruppe bei Thann Dienst tat, herauf, sah mich Wache schieben und wollte mir einen Sack Pfirsiche bringen, hüpfte ein wenig auf den Brettern, vor Aufregung, da er mich schon lange nicht mehr gesehen hatte, auch ich war aufgeregt, bis ich im Augenwinkel bemerkte, wie ein Gewehrlauf aus dem eisernen Helm – das ist ein Einmann-Betonbunker mit Stahlhaube und Schießscharten – geschoben wurde, ich ‚Deckung Papa' schrie, den Knall hörte und sah, sah, Herr Breiter, wie die Kugel bei der einen Schläfe meines Vaters eindrang und bei der anderen wieder heraustrat. Er war sofort tot."

Mayer lehnte sich zurück im Sessel, räusperte sich und massierte sich mit Daumen und Zeigefinger die Nasenwurzel.

„Und was hat das mit dem Preis zu tun", fragte Breiter ungeduldig.

„Mit dem Preis? Mit dem Preis? Ich habe meinen Vater verloren, mein einziger Bruder starb in Verdun, ich stand nach dem Krieg vor unserer niedergekommenen Fabrik, ich habe alles wieder aufgebaut, über 150 Leute bekamen wieder Arbeit, und jetzt nimmt mir das Land, meine Heimat, für das ich zwei meiner besten Jahre, mein Vater und mein Bruder ihr Leben gegeben haben, wieder alles weg, nur weil ich Jude bin und der österreichische Wahnsinnige mal von einem Juden übers Ohr gehauen wurde. Und darüber soll ich mit Ihnen um ein halbes Kilo Gold feilschen?"

„Eben nicht", sagte Breiter kaltherzig. „Sehen Sie, Herr Mayer, ich kann nichts für Ihre Geschichte, Sie können nichts für meine. Ich kann nichts dafür, dass ich nicht im Krieg war, ich kann nichts dafür, dass Sie im Krieg waren und ich kann diese ganzen Geschichten aus dem Krieg nicht mehr hören. Immer der Krieg, der an allem schuld sein soll. Und ich darf dann die Rechnung bezahlen – nein, Herr Mayer, das habe ich schon einmal mitgemacht und das werde ich kein zweites Mal mehr mitmachen. Also anderthalb Kilo oder suchen Sie sich einen Anderen."

Mayer schlug verzweifelt die Hände über dem Kopf zusammen.

„Alles, alles, was ich in meinem Leben gemacht habe, zählt nichts mehr. Es ist nur noch bedeutsam, dass ich Jude bin. Sogar für Sie."

Breiter überlegte sich bereits, ob er ein neues Kässeli für das Geld eröffnen oder den Inhalt aller Kässelis zusammennehmen und eine Wohnung für sich und Charlotte kaufen sollte. In Großbasel, mit Sicht auf den Rhein. Aber vielleicht kennt Mayer ja noch andere Juden, die das gleiche Problem haben und dann wäre noch mehr zu holen, die Wohnung würde größer, die Einrichtung wertvoller. Es würde seine erste Einrichtung werden, er hatte ja immer in möblierten Zimmern gelebt. Was bräuchte er überhaupt? Charlotte müsste helfen. Aber das würde sicher teurer. Also bräuchte er noch mehr Geld.

„Seien Sie froh, dass ich nicht zwei Kilo verlange, auch das wären immer noch keine zehn Prozent."

Mayer seufzte. „Ein Kilo."

„Ich schlage Ihnen Folgendes vor: ein Kilo, aber Sie bringen mir mindestens drei Adressen anderer Juden, die auch Geld oder Gold in die Schweiz bringen wollen. Der Preis für die anderen wäre zehn Prozent. Bringen Sie die drei weiteren nicht, bekomme ich zwei Kilo."

„Ja, aber ich gehe ja so schnell wie möglich nach Amsterdam?"

„Ja, dann machen Sie halt so schnell wie möglich."

„Und das Gold?"

„Ich bringe es auf eine jüdische Bank."

„Nein, auf keinen Fall. Vergraben Sie es."

„Das auch noch."

„Ja. So habe ich gleich Zugriff, wenn ich in die Schweiz komme."

„Und wo?"

„Auf dem Stationenweg zur St. Anna-Kapelle in Mariastein. Kennen Sie den?"

„Nein."

„Charlotte kennt ihn. Bei der achten Station, die weinenden Frauen, glaube ich, auf einer leichten Anhöhe am Waldrand. Das achte Kreuz steht genau zwischen zwei Bäumen. Links davon ist ein kleiner Grenzstein. Es ist alles ein wenig heruntergekommen, da die Mönche weg sind. Hinter dem Kreuz beginnt der Wald und der fällt steil hinunter. Also Achtung."

„Ein Kilo und drei Adressen?"

„Ja, ja, ja! Gehen Sie einen Schritt hinter das Kreuz, dann nach links hinter den Baum und einen weiteren nach links. Dort vergraben, da hat es wahrscheinlich nicht viel Wurzelwerk, etwa einen Meter tief."

„Gut, bei den weinenden Frauen. Einen Schritt nach hinten, links zum Baum, einen weiteren Schritt, einen Meter tief – ein Kilo und drei Adressen. Wenn keine Adressen, dann zwei Kilo?"

„Ja, verdammt noch mal. Falls das Kreuz auch nicht mehr stehen sollte, vergraben Sie das Gold hinter der St. Anna-Kapelle. Eingang, drei Schritte Richtung Wald, drei Schritte nach links."

„Gut, St. Anna, drei, drei. Mmmh, Herr Mayer, darf ich Sie was fragen?"

„Wundern Sie sich über den Ort des Verstecks?"

„Ja."

„Sehen Sie, man braucht kein Jude sein, um Jude zu sein. Genügt das?"

Breiter stand wieder auf, schaute auf die Rollen im Glaskästchen, dachte über etwas nach, von dem er nicht wusste, wie man darüber nachdenkt, drehte sich wieder zu Mayer und sagte: „Vier Kilo nehme ich gleich mal mit."

„Danke. Wann kommen Sie wieder?"

„Also wenn ich immer nur vier Kilo mitnehmen soll, dann wird das schon drei Wochen dauern."

„Das passt, so kann ich alles vorbereiten."

„Gut, dann geben Sie mir jetzt die ersten zwei Barren."

„Herr Breiter, kann ich Ihnen vertrauen?"

„Sie haben ja Charlotte. Und ich denke für Charlotte mit."

Es ging alles gut. Breiter versteckte die beiden Barren in einem Kübel mit beanstandetem Polarrot, wurde an der Grenze sowohl von den deutschen wie Schweizer Zollbeamten durchgewinkt, fischte die Barren aus der Farbe, wusch sie, nahm sie mit heim, wickelte sie in ein Tuch und versteckte sie hinter seiner Unterwäsche. Danach holte er Willy ab, hieß ihn seinen besten Anzug anziehen und lud ihn zu einem feudalen Nachtessen im Hotel „Drei König" ein. Breiter gehörte ab heute dazu und Willy sollte auch dazugehören.

Breiter und Charlotte lagen auf einer Decke, beide auf ihre Ellenbogen gestützt und schauten gegen die Challhöhe. Die Sonne war am Verschwinden, irgendwo zwischen der Franche-Comté und den Rebbergen von Nuits-St.-Georges.

Breiter hatte sich im feinsten Delikatessen-Geschäft der Stadt einen exquisiten Picknickkorb zusammenstellen lassen – Champagne, Salzgebäck, Foie gras, frisches Weißbrot und kleine Schoko-Baisers.

Charlotte trug einen knöchellangen Rock aus hellbeiger Seide, eine weiße Seidenbluse mit bernsteinfarbenen Knöpfen und ein dunkelblaues Seidenfoulard. Sie war aufgekratzt, lästerte vergnügt über vorbeiziehende Wandergruppen, Väter, die ihren Kindern befahlen, Schritt zu halten, Mütter, die neidisch zum Picknickkorb schielten und augenblicklich den Gedanken gebaren, dass es ganz und gar nicht schicklich sei, Champagner in aller Öffentlichkeit und auf geweihter Erde zu trinken. Meist beschleunigte die Frau dann, schloss zu Mann und Kindern auf und berichtete, was sie gesehen habe und ob er es auch gesehen habe und er sei wohl ihrer Meinung; und dies an einem heiligen Sonntag. Worauf der Mann heftig nickte, sich wieder an die Kinder wandte und die Frau ein letztes Mal zurückschaute und demonstrativ den Kopf schüttelte.

Charlotte amüsierte sich über die Sonntagsspaziergänger, erzählte Breiter von dieser stockkatholischen Enklave, die zum tiefschwarzen Kanton Solothurn gehörte, der es aber per Volksabstimmung fertiggebracht hatte, die Mönche, die das Marienheiligtum und den Pilgerstrom betreuten, zu enteignen und fortzujagen. „Aber“, sagte Charlotte, „irgendwann werden sie sie wieder zurückholen, wenn die Pilgerei gar nichts mehr abwirft und der Unterhalt der Gebäude zu teuer wird. Wie heißt es so schön: Wo du nicht bist, Herr Jesus Christ“, hob die Hand und rieb Daumen an Zeigefinger.

Breiter lachte, fasste sie um die Hüfte, zog sie zu sich und küsste sie.

„Zeig noch mal, bevor wir sie vergraben.“

„So, Madame will Gold sehen. Madame hat doch viel mehr als das. Madame kann doch einfach auf die Bank gehen und eigenes Gold anschauen.“

„Hör mit dem Madame auf, bitte.“

„Aber Madame, das Gold ist eh im Wagen. War doch nur ein Scherz.“

„Ein schlechter. Also hör auf.“

„Beleidigt?“

„Nicht beleidigt, viel schlimmer, nicht ernst genommen. Du nimmst mich, uns, nicht ernst, wenn du so redest. Du reißt Gräben auf, wo keine sein sollten und wo von meiner Seite auch keine sind.“

„Ich reiße keine Gräben auf. Ja, ich habe dich hochgenommen, das ist alles.“ Breiter versuchte sie zu küssen, doch sie wandte den Kopf ab.

„Jacques, ich bin jetzt glücklich mit dir. Jetzt, einfach jetzt.“

„Und nachher?“

„Das kommt aus dem Jetzt. Also lass das bleiben. Wir sind gleich, obwohl du halb sitzend schläfst und ich liegend, du auf einem gestampften Küchenboden zur Welt kamst und ich auf einer bestickten Leinendecke. Begreifst du das nicht?“

„Begreifen schon …“

„Aber: Glauben nicht, das wolltest du doch sagen?“

Breiter schwieg. Es war sein sehnlichster Wunsch, mit Charlotte zusammenzubleiben, ja, wenn er nur genügend Geld hätte, er würde ein Haus für sie bauen, konnte sich sogar Kinder vorstellen, würde einen eigenen chemischen Betrieb aufbauen, spezialisiert auf vorgemischte Farben, exakt abgestimmt auf die Eigenschaften verschiedener Färbeverfahren wie Kammzugapparate, Apparate mit Kreuzspulenzylindern oder Stranggarnhängeausrichtungen. So dass Farben entstehen, die die Welt noch nie gesehen hat und auf die die Modewelt schon lange wartet. Farben, die Charlotte mit den bezauberndsten Kleidern als Erste tragen würde. An ihrem Zauber müssten sich alle messen, die Filmstars und Mannequins, die Damen der besseren Gesellschaft wie die hübschen Mädchen der Straßen. Ja, wenn die Zeit reif wäre, würde ihm de Mijouter vielleicht sogar helfen, so quasi als außerordentliche Provision, wenn Breiter genug Umsatz gemacht hätte. Dann würde er Charlotte sicher freigeben – Geschäft ist Geschäft.

Aber jetzt? Er war noch nirgends. Gut, er war viel weiter als viele Andere, aber das alles reichte noch lange nicht für Charlotte de Mijouter. Und so konnte er auch nichts glauben.

„Ich muss arbeiten, um zu glauben."

„Wie? Sag das noch einmal."

„Ich muss arbeiten, um zu glauben. Sonst geht es nicht."

„Was geht nicht?"

„Das mit uns. Wir."

Charlotte setzte sich auf, nahm eine Zigarette aus dem offen herumliegenden Etui, steckte sie an, umschlang mit beiden Armen ihre Beine. Nach einer Weile sagte sie leise: „So siehst du das also."

Breiter setzte sich auch auf, nahm ihr die Zigarette aus der Hand, gab sie ihr zurück und fragte: „Was meinst du mit so?"

„Dass du denkst, du könntest mich auslösen, wenn du genügend Geld hast, stimmt's?"

„Nun …"

„Wie Gold gegen Bares, wie eine Fabrik, die die Hand wechselt? Wie ein Stück Vieh auf dem Toggenburger Bauernmarkt, stimmt's?"

Sie sprang auf, pflanzte sich vor ihm auf und schrie ihm ins Gesicht: „Stimmt's?"

Breiter wusste nicht, was er sagen sollte, was tun, ob er lachen oder weinen, sitzen bleiben oder aufstehen, zurückschreien – und wenn, was? – oder, weil er eh einen unüberwindbaren Kloß im Hals hatte, den

Kopf schütteln oder nicken sollte. Er entschied sich für Letzteres, was zur Folge hatte, dass Charlotte sich sofort umdrehte und wutentbrannt zur Kapelle, die Jesus' Großmutter geweiht war, schritt, sich auf die bleiche, abblätternde Bank setzte, den Kopf in die Hände gestützt, den Rauch der Zigarette mit heftigen Stößen in den leichten Westwind blasend.

Breiter blieb alleine auf der Decke zurück. Was sollte er jetzt tun? Er hatte noch nie Streit mit einer Frau, die ihm etwas bedeutete, gehabt. Und streiten gehörte definitiv nicht zu Rosies Lektionen. Also erinnerte er sich an Streitereien, Szenen und halbe Opern im Grand Hotel und an Vittorios Worte: „Mach bei Frauen nie das, was sie erwarten. Mach das Abnormale."

Doch was in dieser Situation das Abnormale wäre, das wusste er auch nicht, hatte er doch nicht mal einen blassen Schimmer davon, was Charlotte jetzt erwartete. Standhaft bleiben, sich unterwerfen oder einfach Blumen?

Blumen. Vor ihm ragte ein Büschel dottergelber Pusteblumen aus dem Gras, er stand auf, knickte sie ab, worauf ihm die weiße Milch die Hand hinunterlief, büschelte sie, sah noch Wiesenmargeriten, gab sie dazu, immer Löwenzahn, Margerite, Löwenzahn, Margerite, bis er einen schönen weiß-gelben Strauß zusammen hatte, schnappte die Flasche Champagner sowie die beiden Gläser und machte sich auf seinen persönlichen Canossagang zur St. Anna-Kapelle auf.

Charlotte nahm keine Notiz von Breiters Tun. Und als er vor ihr stand, in einer Hand die Flasche und den Blumenstrauß und in der anderen die Gläser, sagte sie trocken: „So, jetzt bin ich aber mal gespannt."

„Darf ich mich hinsetzen?"

Charlotte nickte.

„Schau, ich habe nur für uns gedacht. Ich denke für zwei, jetzt. Ich suche einfach einen Weg, wie ich mit dir zusammenleben könnte. Und der geht über Arbeit."

„So. Und dass ich mein Schicksal auch selbst in die Hand nehmen könnte, kommt dir nicht in den Sinn."

„Ja siehst du einen anderen Weg?"

„Er wird sich weisen. Wir sind jetzt, einfach jetzt. Kannst du das oder willst du das nicht verstehen?"

„Mmmh …"

„Schau, es ist ja lieb von dir an uns beide zu denken, dir eine Zukunft auszumalen. Eine Zukunft, die ich mir – vielleicht – mit dir auch vorstellen könnte. Aber es ist jetzt nicht die Zeit weiterzudenken, es ist die Zeit zu genießen, hier, diese Momente, kleine Augenblicke des Glücks. Warum sind wir hier? Um das Gold eines Menschen zu vergraben, der keine Zukunft mehr in seinem Land hat. Warum Breiter, warum? Weil er Jude ist, obwohl er mit dem Judentum außer ein paar Kindheitsgewohnheiten nichts am Hut hat. Ich bin Halbjüdin. Und ob in diesem

Land der Wahnsinn auch anfängt, wissen weder du noch ich. Und darum ist das Jetzt wichtig – dieses Augenzwinkern der Freiheit. Verstanden, Soldat?“

Breiter musste lachen. „Verstanden, Frau Leutnant.“ Er nahm die Gläser, gab ihr eines, schenkte ein und stieß mit ihr an: „Auf das Augenzwinkern der Freiheit.“

„Ja, auf uns im Jetzt“, erwiderte sie.

Sie tranken jeder einen Schluck.

„Kannst du das?“

„Mmmh“, murmelte Breiter, „ich werde es wohl lernen müssen.“

„Du kannst das. Du hast schon so viel in deinem Leben gelernt. Ich wäre froh, ich könnte das von meinem behaupten.“

„Ha, da muss ich aber lachen.“

„Lach nicht. Schau, was du aus dir gemacht hast. Du kannst stolz darauf sein. Ich wurde quasi so geboren.“

Sie stellte ihr Glas auf die Bank, setzte sich rittlings auf seinen Schoß, schaute sich rasch um, öffnete unter ihrem Rock seinen Hosenschlitz, schob ihr Höschen zur Seite, grabschte nach seinem Glied und führte es ein. Dann beugte sie sich nach vorn und flüsterte ihm ins Ohr: „Damit du dich immer daran erinnerst, was du hier kapiert hast.“

„Das ist sie, die Maria im Strahlenmeer. Ist sie nicht schön?“

Breiter ging ganz nahe an die Mutter-Gottes-Statue heran, schaute ihr ins Gesicht, betrachtete ihr hölzernes Antlitz, staunte über die Ohrringe – seit wann trägt Maria Ohrringe? – und meinte: „Schaut sie nicht ein wenig spöttisch? Oder ist es die Müdigkeit, allen Ansinnen gerecht zu werden?“

„Spöttisch?“

„Ja, schau mal, ihre Augen sind nur wenig geöffnet, beim rechten hängt das Lid leicht und die Pupille blickt mehr nach rechts als die linke.“

„Vielleicht wurde das absichtlich so gemacht. So kann man ihren Blick nicht richtig fassen.“

„Ja, wahrscheinlich. Die Wege des Herrn müssen unergründlich sein.“

„Mein Vater ging gerne hierher. Er sagte immer: Sieh Charlotte, das machen die Katholiken einfach besser als alle Anderen. Sie geben den Menschen Menschen. Menschen, die einem helfen sollen in der Not, Heilige, Götter. Darum ist die katholische Kirche die erfolgreichste Firma der Weltgeschichte geworden. Logisch, wie will man auch erfolgreich sein mit einer Klagemauer oder einem Gebetsteppich. Und Mutter hat dann immer hinterher gesagt: Götzendiener sind's, Götzendiener.“

„Leben deine Eltern eigentlich immer noch im Wiesental?“

„Mein Vater starb vor neun Jahren, meine Mutter verkaufte daraufhin alles.“

„An deinen Onkel?“

„Nein."

„An de Mijouter?"

„Auch nicht. Das wollten wir nicht, auch mein Mann nicht. Nein, sie verkaufte es an einen Textilindustriellen aus Plauen. Der hatte eine Vorliebe für Textilwerke in Randgebieten, wie er immer sagte."

„Und dann?"

„Zwei Jahre später war auch sie tot. Ausgerutscht in der ersten Emaille-Badewanne des oberen Wiesentals, wie mein Vater wohl anmerken würde."

„Kamen sie nicht gut miteinander aus?"

„Doch, aber sie waren schon alt, als ich zur Welt kam. Meine Mutter hat mich erst mit zweiundvierzig bekommen, mein Vater war damals schon neunundvierzig. Irgendwie kamen sie mir immer wie Großeltern vor, bereits abgegriffen, aber sie waren zwei; zusammen, eingespielt, füreinander da. Mit viel Humor, vielleicht ein bisschen weise und bei Vater mit einem ausgeprägten Sarkasmus. Das Einzige, was auf sein Judentum schließen lassen könnte, pflegte er zu sagen."

„Warum wurde er Jude?"

„Jacques", sie verdrehte die Augen, „seine Mutter war Jüdin. Dann bist du es einfach – ein Leben lang."

„Nur die Mutter?"

„Nur die Mutter."

„Aber dann bist du ja gar keine Jüdin."

„Halb. Aber ich bin gar nichts und werde nie was sein. Religionen bringen nur Verderben, Schuldgefühle, Böse und Gute, und der Böse ist immer der Andere. Hast du die Spießbürger gesehen, die wissen genau, was gut und falsch ist. Ich weiß es nicht, ich kann es nicht wissen. Niemand kann es wissen. Was heute gut ist, kann morgen schlecht sein. Weg, weg, weg mit dem ganzen Scheiß. Hast du zwanzig Rappen?“

Breiter war erstaunt über ihren Ausbruch. Er kramte in seinen Taschen, fand ein 20-Rappen-Stück, gab es Charlotte, die es in den Opferstock neben der Maria warf.

„Ja … aber …“

„Ja aber! Komm jetzt, wir haben noch zu tun.“

Als Jakob Breiter den mürrischen Zollbeamten am Badischen Bahnhof hinter sich gelassen hatte, setzte er sich erstmal auf seinen Koffer, steckte sich eine Zigarette an und war einfach froh, unendlich froh, wieder in der Schweiz zu sein. Froh, dieses gottverlassene Land zu verlassen, das er über Jahre kreuz und quer bereist, das er von Nord nach Süd, von Ost nach West in Polarrot und Säurechromblau getaucht hatte, in dessen Gaststuben und Speiselokalen er so viele Geschäftsabschlüsse gefeiert und das ihm letztlich seine Kässelis gefüllt hatte.

Zwei Jahre hatte ihn dieses Land gedemütigt, geschlagen, misshandelt, zur Kreatur degradiert. Im Gefängnis herrschten noch gewisse Regeln des Anstands, aber im KZ, in Häftlingskleidung, gekennzeichnet mit dem grünen Kriminellen-Winkel, galten weder Gesetz noch Menschlichkeit.

Seit jener Nacht im Ziegenstall war er sich niemals mehr so verlassen vorgekommen. Niemand – außer Willy – war zur Verhandlung gekommen. Die erste Nachricht, die er in der Untersuchungshaft erhalten hatte, war die Kündigung durch die Gugy AG. Eigenhändig von de Mijouter unterschrieben. Die zweite von Willy: Die meisten Anwälte der Stadt würden seinen Fall ablehnen und einen jüdischen zu nehmen, sei wohl keine gute Idee. So hatte er einen Pflichtverteidiger, der wenigstens darauf hinwies, dass es kein Strafbestand sei, einem Juden zu helfen. Eigentlich war ja alles unter Dach und Fach, die vierundzwanzig Kilo waren in der Schweiz, aber Mayer hatte ihm die drei Adressen nicht gebracht. Also bestand er auf einem weiteren Kilo. Mayer blieb nichts Anderes übrig als zu bezahlen, da Breiter schon alles vergraben hatte und ihm mit einer Anzeige drohte.

Alles schien gut zu gehen, der deutsche Zollbeamte machte schon Anstalten ihn durchzuwinken, als er es sich im letzten Moment noch anders überlegte und ihn anwies zur Seite zu fahren.

„Sie fahren ja immer hin und her, der Herr von der Gugy. Einmal müssen wir auch Sie kontrollieren. Was haben Sie denn dabei“, fragte der Beamte freundlich.

„Farbe“, antwortete Breiter, „Farbe für die Fabriken im Wiesental, Farbe für die Reichsfahnen.“

„Für die Reichsfahnen?“

„Ja. Polarrot.“

„Darf ich mal sehen?“

„Man sieht nicht viel.“

„Egal. Ich habe noch nie die Farbe unserer Fahne gesehen.“

Breiter wurde nervös, stieg aus, öffnete die Hecktüren und nahm einen Kübel Erioanthracenreinblau, nahm einen Lappen Versuchsstoff und tröpfelte ein wenig darauf.

„Das ist aber Blau“, protestierte der Beamte.

„Ja, ein schönes Blau, finden Sie nicht? Der Kübel mit dem Rot ist ganz hinten. Aber Sie können es sich doch vorstellen, oder?“

Der Beamte schaute in den Laderaum des Wagens, der mit verschiedensten Kesseln gefüllt war, wollte sich schon zufrieden geben, bis er in der vordersten Reihe auf einem Behälter „Polarrot“ las. Breiter hatte aus Hast den Kessel mit dem letzten Goldbarren nicht, wie die anderen Male, ganz hinten im Laderaum verstaut.

„Da ist er ja“, sagte der Beamte freudig, nahm den Kübel hoch, versuchte den Deckel zu öffnen, der klemmte, folglich riss er noch mehr daran, der Deckel gab plötzlich nach, durch den kräftigen Ruck schwappte das Polarrot über den Kesselrand und vor lauter Angst, sich die Uniform zu bekleckern, ließ er den Kübel fallen und sprang gleichzeitig einen Schritt zurück. Der Kessel fiel von der Ladefläche auf die Straße, und ein rotverschmiertes Stück Metall lag auf dem Boden. Der Zollbeamte nahm Breiter den Lappen aus der Hand, hob es auf, wischte es sauber und staunte nicht schlecht, als er einen Barren glänzendes Gold mit dem Prägestempel der deutschen Reichsbank in den Händen hielt. „Ich glaube, Sie kommen jetzt gleich mal mit!“

Willy schickte ihm regelmäßig Briefe und Pakete. Von geringem Nachrichten- aber hohem Nährwert. Vor allem in Sachen Nikotin.

Von Charlotte hatte er ein einziges Mal einen Brief bekommen. Aus England. Das Einzige, was die Lagerzensur leserlich ließ, war, dass sie der Familie zuvorgekommen war, dass sie ihn liebe und ..."

„Post vom Feind. Sei froh, dass wir dir überhaupt so viel zum Lesen geben", grinste der Dachauer Postmeister.

Und irgendwann kam ein Brief von der Tochter der Witwe Hunziker. Seine Sachen seien im Kellerabteil. Sie wünsche die sofortige Leerung desselben nach seiner Rückkehr.

„Jacques, Jacques, endlich." Breiter sah hoch, erblickte Willy, schnippte die Kippe, fiel ihm in die Arme, hielt ihn ganz fest und heulte hemmungslos.

Es dauerte eine ganze Weile, bis er sich von ihm loslöste, Willy gab ihm sein Taschentuch und als sich Breiter ausgeschneuzt hatte, sagte Willy: „Komm, jetzt trinken wir erstmal ein Bier und essen etwas. Du bist eingeladen."

Es war das beste, das frischeste Bier, das würzigste Gulasch und der zarteste Kartoffelsalat, die er je in seinem Leben genossen hatte. Und als Abschluss ein Damassine; dieser edle Brand aus kleinen, süßen, blauschwarzen Pflaumen, die es nur im Jura gab.

„Was hast du?" Willy bemerkte, wie Breiter leicht zusammenzuckte, wenn jemand zu nahe hinter seinem Rücken vorbeiging.

„Nichts. Was ist mit meinen Kässelis? Ich muss mich revanchieren."

„Du musst jetzt mal gar nichts. Ich habe sie geholt. Alles noch da. Die Hunziker hat gemerkt, dass ihr Ende naht. Sie hat mich geheißen, alles Wichtige zu holen."

„Die Hunziker war schon eine Wucht."

„Ja, die Tochter ist eine Kuh."

„Hast du etwas von Charlotte gehört?"

„Nur, dass sie in England ist."

Breiter bestellte einen weiteren Damassine.

„Sie hat mir einen Brief geschickt."

„Und?"

„Dass sie in England ist. Der Rest war zensiert."

„Sie hat dich nur benutzt – ich habe immer gesagt: Lass die Finger von ihr. Das ist nicht deine Gewichtsklasse."

„Scheißdreck. Du weißt gar nichts."

„So? Warum hat sie dich dann dermaßen im Stich gelassen? Warum hat sie dir nicht geholfen? Die haben ja die besten Anwälte, da wärst du sicher früher rausgekommen."

Breiter nahm seine Hände unter den Tisch und verkrallte sie ineinander, so, dass der Schmerz ganz langsam hochkroch. Dann beugte er sich nach vorn und sprach eindringlich und leise auf Willy ein.

„Soll ich dir sagen, warum sie gleich abgehauen ist? Willst du es wirklich wissen oder willst du einfach bei deiner Wahrheit bleiben?"

„Sag."

„Weil man sie sonst in die Klapsmühle gesteckt oder einfach sonst irgendwie versorgt hätte. Im Namen Gottes und des Geschäfts, verstehst du. Charlotte ist Halbjüdin. Das wäre auf Zeit eh nicht gut gegangen, sie hätte sowieso weichen müssen. Wer mit den Nazis geschäftet, muss rein sein."

„Was? Sic ist Halbjüdin?"

„Ja. Und weißt du was, Willy, du hast recht, ihr habt recht."

„Ich sag es ja die ganze Zeit."

„Nicht wegen ihr, nein, wegen der Nazis, der Deutschen. Sie dürfen böse sein. Sie müssen böse sein. Einfach losgelassen, verstehst du."

„Auch das habe ich die ganze Zeit gesagt. Aber du wolltest ja von gar nichts etwas wissen."

„Jetzt gib mal die Milch runter. Du hast keine Ahnung davon, wenn Menschen böse sein müssen. Müssen, verdammt noch mal."

„Noch einen Damassine?"

„Nein, ich möchte nicht gleich besoffen sein. Willy, die werden Krieg machen. Die kennen nichts."

„Wie böse sind sie denn?"

Breiter nahm wieder seine Hände auf den Tisch, betrachtete das Gläschen Damassine, griff mit einem Ruck danach, stürzte den Brand ex hinunter und stellte das Glas wieder ganz behutsam auf den Tisch.

„Was macht eigentlich Rosie?"

„Rosie?"

„Rosie."

„Ah Rosie. Mein Gott, Rosie."

„Was ist mit ihr?"

„Nichts. Sie arbeitet nicht mehr."

„Aha."

„Jacques, sie ist meine Frau. Und wir erwarten ein Kind. In etwa einem halben Jahr."

„Deine Frau?" Breiter nahm seine Hände wieder unter den Tisch und strich mit ihnen auf seinen Oberschenkeln auf und ab.

„Ja, meine Frau."

„Ja und dir ist das egal?"

„Was egal?"

„Ja, dass sie vorher, mmmh, du weißt schon."

„Dass sie eine Hure war? Das willst du doch sagen, oder?"

Breiter schwieg. So lange hatten sie sich nicht mehr gesehen. Seit sie damals zu Rosie gegangen waren und er seine ersten Liebesstunden genossen hatte. Er hatte nur noch Charlotte im Kopf gehabt, arbeiten, Geld, mehr Geld, Charlotte, Liebe, Liebe machen, Geld, arbeiten, Charlotte. Willy hatte keinen Platz mehr. Keinen Platz mehr für ein Feierabendbier, für einen Schwumm im Rhein, einen Spaziergang im Allschwiler Wald oder den Besuch eines Fußballspiels auf dem Landhof.

„Sag mal Jacques, wurdest du eigentlich verpfiffen?"

„Wie kommst du darauf?"

„Es gab so Gerüchte, die Gugy hätte dich hochgehen lassen."

„Blödsinn. Es war saudumm gelaufen. Hätte ich dem Zöllner nichts von dem Rot für die Fahnen gesagt, hätte ich den Kessel ganz nach hinten gestellt, hätte der Deckel nicht geklemmt … Willy, einfach saudumm."

„Einfach Pech gehabt?"

„Ja, saudummes Pech. Und das mitten im Glück. Ein verdammt hoher Preis, Willy."

„Vielleicht hast du das Glück zu sehr gehetzt."

„Wie soll ich das Glück hetzen? Ich habe es oder ich habe es nicht. Mich hat es verlassen. Jetzt muss ich schauen, dass ich es wiederfinde. Oder dass es mich wiederfindet."

„Ich hätte mich nicht getraut."

„Ich weiß."

„Ja, Jacques, ich wäre zufrieden gewesen. Du hattest schon so viel erreicht. Du wärst noch weiter gekommen. Aber du warst zu ungeduldig, weil du vergessen hast, woher du eigentlich kommst. Das geht nicht ratzfatz."

„Du bist zufrieden, oder?"

„Ja – ich bin zufrieden mit dem, was ich hinter mir gelassen habe. Ich nehme das Glück, das mir zusteht."

„Das ist gut für dich. Das freut mich, ehrlich." Breiter legte die Hände wieder auf den Tisch.

„Nehmen wir doch noch einen Schnaps, Willy?"

„Es liegt an dir."

Breiter nickte.

Willy bestellte noch zwei Damassines.

„Was machst du jetzt? Willst du bei uns schlafen?"

„Bei dir und Rosie?"

„Ja, halt nur auf dem Sofa. Bis du etwas hast."

„Nein, lass mal. Ich gehe ins Hotel. Hast du noch Geld? Ich gebe es dir morgen zurück."

„Ist es wegen Rosie?"

„Aber nein, wo denkst du hin. Ich muss jetzt einfach mal alleine sein, nachdenken, auftanken. Einfach für mich. Ich war nicht viel für mich alleine in den letzten Jahren, weißt du."

„Kann ich verstehen, ja."

„Wollen wir gehen?"

Den nächsten Tag verbrachte er im Hotel. Schlief lange, traumlos, was ihn selbst erstaunte, ließ sich das Frühstück aufs Zimmer bringen, verweilte in der Lounge, las Zeitungen und Illustrierte, trank Kaffee und Tee und dachte darüber nach, was für ein Leben er sich für die nächste Zeit anziehen sollte.

Auto und Arbeit. In dieser Reihenfolge. Das war das Erste, was er haben musste. Auto sollte kein Problem sein, er müsste noch genügend Geld in den Kässelis haben und dann war da auch noch das Gold. Arbeit? In Basel wohl kaum. Der Arm von de Mijouter und der Gugy AG würde bis in den hintersten

Winkel der Stadt reichen. Und wenn nicht, wollte er hier bleiben? Immer wieder auf seine Vergangenheit stoßen? Erinnerungen aus Regenrinnen klauben, Charlottes Bild auf Brandmauern auftauchen sehen, de Mijouters Stimme in den Ohren und Witwe Hunzikers Wurstsalat mit Gewürztraminer in der Nase?

Er musste raus aus der Stadt. Nur wohin? Zürich, Bern, London? Zu Charlotte? Würde das Sinn machen? Oder würde sie ihm eröffnen, dass sie mit irgendeinem steinreichen englischen Lord in zwei Monaten Hochzeit feiern würde, sehr, sehr glücklich sei und es ihr sehr, sehr leid täte, was passiert sei, aber das Leben müsse eben weitergehen und jetzt auch für ihn? Nein, so wäre sie sicher nicht, aber auf ihn warten würde sie wohl auch nicht. Und darüber nachzudenken, machte eh keinen Sinn, denn aus der Schweiz kam er nicht raus, er hatte noch ein Jahr Meldepflicht.

Zürich? Die Stadt Zwinglis, Züri Gschnetzeltes, Knabenschießen, Zünfte und Sechseleuten; nein, nein, das waren ihm dann der Herrenveranstaltungen zu viele. Bern? Bundesbern? Beamte, Schlachtplatten, Meringue mit Nidle und alte Patriziergeschlechter; irgendwie dasselbe wie Basel, nur in sich geschlossener und langsamer. Genf? Französisch? Reizvoll, aber ein zu großer Zeitverlust. Also keine Großstadt.

Luzern? Regenloch. St. Gallen? Pfaffenstadt. Lugano? Gleiches Problem wie Genf. Solothurn? Schwarzkatholisch.

Solothurn? Die haben doch eine so gute Torte. Von der hatten die Witwe Hunziker und Charlotte geschwärmt. Solothurn, das wäre vielleicht eine Verkostung wert.

Am Abend holte er bei Willy seine Kässelis. Er war froh, dass Rosie nicht da war. Er war noch nicht bereit, Rosie als Willys Frau und dazu noch schwanger zu begegnen. Sie tranken zusammen ein Bier und Breiter sah zu, dass er weg war, bevor Rosie von einer konspirativen Parteiversammlung zurückkam. Basler Parlament und Regierung hatten die Kommunisten per Gesetz aus dem Staatsdienst ausgeschlossen. Auf der anderen Seite wurde eine Initiative für das Verbot nationalsozialistischer Aktivitäten vom Bundesrat blockiert. So bereitete man sich auf die Arbeit im Untergrund vor, wie Willy es ausdrückte.

Im Hotel angekommen, zählte er den Inhalt der Kässelis zusammen. In „Mama" waren noch die ganzen 900 Franken drin, die er nach ihrem Tod erhalten hatte. In „Essen" hatte er noch ein lausiges Fünf-Franken-Stück. Er hatte es für das Picknick mit Charlotte bis auf die fünf Franken geleert. „Kleider" war leer, „Steuern" auch. „Überraschungen" war von den anfänglich 75 Franken auf 30 geschmolzen (Rosie), „Träume" war voll, 1.125 Franken, und im Glas „Miete" steckte ein weißer Umschlag.

Breiter öffnete ihn, fand Banknoten und einen Kurzbrief.

Lieber Köbeli!

Nun ja, ich kann und will nichts sagen zu dem, was dir widerfahren ist. Ich kann nur ein bisschen helfen, dass du schnell wieder auf die Beine kommst, wenn du zurückgekehrt bist. Ich werde das wohl nicht mehr erleben. Meine Krankheit wird mich bis dahin vollends aufgefressen haben.

Also: Hier hast du die im Voraus bezahlte Miete zurück. Fast 200 Stutz. Das hilft wohl.

Der Goldbarren, den ich hinter deinen Socken gefunden habe, ist in einem der Socken im Keller, bei deinen anderen Sachen. Mach schnell, sonst könnte dir meine Tochter zuvorkommen. Ich kann ja dann nichts mehr machen. Außer ein Glas Gewürztraminer auf dich heben. Und das mache ich jetzt gleich.

Viel Glück, Köbeli. Habe dich sehr gern gehabt.

Lina

Breiter starrte lange auf das Papier. Dann nahm er den Hotel-Bleistift vom Schreibtisch und schrieb. „Ich dich auch, Lina. Und ein Glas werde ich heute Abend ebenso heben. Und einfach danke. Danke für alles. Köbi"

Er faltete das Papier zusammen, nahm das Geld aus dem Umschlag, steckte den Brief hinein, legte den Umschlag zurück in das Glas „Miete", schloss den Deckel und entschied, dass dieses Kässeli ab sofort für immer und ewig in diesem Zustand zu bleiben habe.

Er bestellte eine Flasche Gewürztraminer und einen Wurst-Käse-Salat aufs Zimmer und nahm sich vor, ein verspätetes Frühstück in Solothurn einzunehmen.

Die Zugfahrt dauerte. Doch im Gegensatz zu den rußigen, dreckigen und rumpelnden Dampfzügen Deutschlands hatte man bei den beinahe durchwegs elektrifizierten Bahnlinien der Schweiz das Gefühl, mit einer Schwebebahn unterwegs zu sein. Am Bahnhof angekommen, ging er über die Rötibrücke zum Baseltor. Die Aare floss ruhig und zäh vor sich hin. Breiter erinnerte das Gewässer eher an einen größeren Teich denn an einen Fluss. Der Rhein nahm sich dagegen wie ein reißender Wildbach aus.

Obwohl er am Brückenende gleich nach links in die Altstadt hätte abbiegen können, nahm er den Umweg durch das Stadttor. Die Stadt, in der er vielleicht eine Zeit lang leben wollte, musste schon durch den geschichtsträchtigen Zugang betreten werden.

Überhaupt, imponierend, die Schanzenanlage und dieses quadratische Tor, das von zwei runden Wehrtürmen, gemauert aus meterdicken, abgerundeten Quadern und versehen mit großen Schießscharten, eingeklemmt wird. Die Stadt hatte und wusste sich zu wehren.

In gerader Haltung durchschritt er das Tor und als er wieder in das Licht der wärmenden Septembersonne trat, wurde sein Blick von der mächtigen St. Ursus-Kathedrale, deren weißer Stein die Pflasterung der vorgelagerten Plätze aufhellte, angezogen. Die Treppe zum Eingang der Kirche war gemacht für große Auftritte. Der vor rund hundert Jahren hier heimisch gewordene Bischof von Basel gibt auf der zweimal elfstufigen Treppe sicherlich eine perfekte Figur ab, wenn er die Fronleichnam-Prozession anführt oder Firmlinge vor den Altar geleitet.

Breiter spazierte an der Kathedrale vorbei, vorbei am Hotel Couronne, vorbei am Fischbrunnen bis zum Roten Turm mit der astronomischen Uhr, dem geharnischten Ritter, der sich bei jedem Viertelstundenschlag auf den Brustpanzer schlägt, dem König mit der Narrenkappe, der sein Zepter jede Stunde hebt und wieder fallen lässt sowie den mit einem Leintuch bedeckten Tod, der seine Sanduhr unmittelbar davor umdreht. So wurden die Solothurner zu jeder Stunde an die pfäffisch geprägten Bilder ihrer Vergänglichkeit gemahnt.

Neben dem Roten Turm befand sich ein gleichnamiger Gasthof und Breiter kehrte ein. Der „Rote Turm“ war ein ehrwürdiger alter Gasthof mit einer langen und bewegten Vergangenheit: Juwelendiebe aus der Vatikanstadt, Revoluzzer, aber auch heiß begehrte und ebenso resolute Wirtinnen, die den Sperrstundenkontrolleuren öfters mal das Nachtwasser über den Kopf leerten, bereicherten das Personeninventar des Gasthauses.

Breiter gefiel die Gaststube im ersten Stock, die warme, kastanienbraune Täfelung an den Wänden, die Schokoladegelüste hervorrufenden Email-Werbungen an den Wänden sowie die fesche Bedienung, die sich als Tochter der Besitzerfamilie vorstellte und hoch erfreut darüber war, Breiter die geheimen Zutaten der Solothurner Torte zu erklären.

Die Torte hatte einen Deckel wie eine große Oblate – was konnte man in dieser stockkatholischen Stadt, die für sich sechsundsechzig Märtyrer der Thebäischen Legion samt ihrer Gebeine reklamiert, Anderes erwarten –, die aber anstelle des nach nichts schmeckenden ungesäuerten Teigs aus einer luftig leichten Meringue bestand. Unter der Meringue folgte eine dünne Schicht zartschmelzender Buttercrème, darunter ein leichter Biskuit, wieder Crème, und der Boden war wie der Deckel aus Meringue. Und jeder einzelnen Lage waren feinst gemahlene Haselnüsse beigemischt.

Der erste Bissen schmeckte vorzüglich. Und auch jeder weitere. Kaffee hatte Breiter schon besseren gehabt, aber das wäre neben dieser wunderbaren Torte zu viel eines geradezu überschwänglichen Empfangs in der ehemaligen Ambassadorenstadt gewesen.

Breiter bestellte noch ein zweites Stück Solothurner Kuchen, wie die richtige Bezeichnung hieß, um die Wahl seines zukünftigen Wohnorts auf kulinarischer Ebene bestätigt zu wissen. Und um wirklich ganz sicher zu sein, beschloss er, das Abendessen auch hier einzunehmen.

Nachdem er bezahlt hatte, schlenderte er durch das Städtchen, hübsch, nett – ein gut erhaltenes barockes Kleinod. Da und dort heruntergekommen, durchgehend vom Kohleruß mit einem Grauschimmer belegt, bestückt mit vielen kleinen Läden, denen da und dort noch der Geruch des 18. Jahrhunderts anhängt, speziell, wenn sich der Fleischer 1938 immer noch „Patrizier-Metzger" nennt. Es gab sie noch in dieser Stadt, die Macht der alten Geschlechter, der von Sury, von Vigier, von Roll, von Glutz, Scherer oder Grimm, und sie durchwirkte in kleinen Gesten die Stadt.

Breiter fiel da und dort ein knappes Senken des Hauptes, die Andeutung eines Knickses, die Ansprache des „Ja, Madame" oder „Nein, mein Herr" auf. Hier war das Parfum der Aristokratie noch nicht vollständig verwelkt.

Der Bauernmarkt war üppig und mit guter, frischer Ware aus dem Umland bestückt. Hier und da war badischer oder Württemberger Dialekt zu hören. Die Mägde feilschten oft lautstark um Qualität und Preise.

Breiter ging am Alten Stephan vorbei zur Aare und setzte sich auf die Uferbrüstung. Schräg am anderen Ufer war das über 600 Jahre alte Spital, das nach seiner Aufhebung vor wenigen Jahren dem Zahn der Zeit übergeben worden war.

Schade, dachte Breiter, eine wunderbare Anlage, geradezu ein Privileg, dort drin von umsorgenden Krankenschwestern gesund gepflegt zu werden.

Was wollte er tun? Wie müsste er es angehen, um hier wieder auf die Beine zu kommen? Ein Auto musste her, am besten ein Lieferwagen. So konnte er etwas einbringen und die Chancen, bessere Arbeit zu bekommen, erhöhen. Zumal, es gab hier diverse Uhrenfabriken, Feinmechanik, Waffen-, Zünder- und Patronenfirmen, ein Unternehmen, das Telefone und Radios herstellte. Soweit hatte er sich erkundigt. Eigentlich alles Betriebe, die Zukunft hatten. Also müsste auch er Zukunft in Solothurn haben.

Breiter war nach Gehen. Spazierengehen. Etwas, was er vorher von sich nicht gekannt hatte. Einfach geradeaus, immer geradeaus, ohne Mauern oder Stacheldrahtzäune, die einen zu einem Marsch im Viereck oder zur Umkehr zwangen. So ging er wieder zurück, verließ die Stadt durch ein anderes Tor und fragte ein altes Weib nach einem schönen Spaziergang. Die Alte sah ihn von oben nach unten und wieder hinauf an und sagte bestimmt: „Euch täte wohl die Verenaschlucht erbauen."

Breiter hatte keine Lust, sich in einer Schlucht zu erbauen. So ging er ums Geviert und wieder zurück in die Stadt.

Sein Gang hatte ein klein wenig an Leichtigkeit eingebüßt, die Schultern trug er eine Winzigkeit höher und die Augen wanderten gezielter hin und her.

Die Zeit in Haft war nicht spurlos an ihm vorübergegangen. Alleine der Umstand, dass er sein Glück nicht in einer der größeren Städte suchte, sondern es vorzog, in einem Provinzstädtchen das Leben auf seine Seite zu ziehen, zeugte doch von dem Willen, die Gier nach Reichtum und Sorglosigkeit vorerst zu drosseln.

Einfach nochmals anfangen. Im kleineren Rahmen, quasi als Probe für eine größere Bühne. Sicherheit gewinnen, trittfesten Boden unter die Füße bekommen, der halt alles Weitere böte. Dic Geschwindigkeit ergäbe sich von alleine.

So setzte er sich ans Aareufer, sah den trägen Wassern des Flusses zu, wie sie die Langsamkeit auskosteten, im Wissen, bald von einem mächtigeren Strom mitgerissen zu werden.

Die Gaststube war gut gefüllt. Am langen Tisch neben Breiter war für eine etwa zehnköpfige Gesellschaft gedeckt. Breiter bestellte ein Bier und ließ sich die Karte reichen. Gutbürgerliche Küche, keine Überraschungen, nur eine Fantasiebezeichnung: Ambassadorenteller. Ein verkapptes Tournedos Rossini. Statt Gänseleber Entenleber, statt schwarzem Trüffel Saisonpilze. Dazu ein käseüberbackenes Kartoffelgratin. Ein wenig schwer das Ganze, aber mit einer Flasche Nuits-St.-Georges Premier Cru wird das schon gehen.

Dem Ambassadoren-Tournedos wurde ein Allerweltssalat vorausgeschickt.

Nach und nach füllte sich der Saal und schließlich kamen auch die Herren, für die der lange Tisch gedeckt war. Es waren stattliche Herren, ein wenig gekleidet wie vor zehn, fünfzehn Jahren, Gehrock, einer trug Gamaschen, ein Stresemann war auszumachen, und zwei steife Zylinder wurden auf die Hutablage gelegt. Es waren aber auch zeitgemäß gekleidete Männer darunter, in Flanellanzügen oder mit Sakkos aus englischem Tweed. Die Tochter des Hauses nahm die Bestellungen – der Ambassadorenteller war auch an diesem Tisch hoch im Kurs – jeweils mit einem angedeuteten Knicks entgegen und auf sie folgte die Wirtin und gab eine Weinempfehlung ab.

„Nichts da, heute wird gefeiert, der Georges wird sechzig, da gibt's keinen Seeländer. Heute gibt's Nuits-St.-Georges, ist ja logisch, am sechzigsten von Georges!" Die Runde stimmte raunend zu.

Der Redner bemerkte Breiter, warf einen Blick auf die Flasche und rief quer über den Tisch: „Sie verstehen aber schon mit jungen Jahren etwas vom Wein oder kennen Sie Georges und trinken auf ihn?"

„Nein, ich kenne den ehrenwerten Herrn Georges nicht …"

Oben am Tisch stand ein Mann mit einem mächtigen Schnurrbart auf und sagte: „Georges Schwaller, es ist mir eine Ehre, Herr …"

„Breiter, Jacques Breiter."

„… Herr Breiter, wenn Sie mit einem so edlen Tropfen auf mich trinken."

Breiter erhob sich. „Die Ehre ist ganz auf meiner Seite, Herr Schwaller, Ihnen nur das Allerbeste für alles Weitere. Auf Ihr Wohl!"

„Auf Georges Wohl!", stimmte der Wortführer ein, die Herren hoben ebenfalls das Glas, blickten zuerst alle auf Georges und dann Richtung Breiter und nickten ihm zu.

„Herr Breiter, seien Sie mein Gast, setzen Sie sich doch bitte zu uns."

„Danke, aber nur unter einer Bedingung."

„Und die wäre?"

„Wenn ich meinen Nuits-St.-Georges beisteuern darf."

„Gewährt! Bethli, decke unseren Gast bitte um."

Georges wies sie an, rechts von sich aufzudecken. Die anderen Herrschaften rückten ein wenig zusammen und Breiter fand sich am Tisch von Solothurn wieder.

„Sie sind aber nicht von hier, Herr Breiter?", fragte der Wortführer.

„Das ist wohl nicht zu überhören, Herr …"

„Kuby, Werner Kuby, entschuldigen Sie."

„Nein, ist es nicht", mischte sich Georges ein. „Also, woher kommen Sie?"

„Ursprünglich aus St. Gallen, lebte eine Zeit lang in St. Moritz und nachher hauptsächlich in Basel. Die letzten zwei Jahre habe ich in Deutschland gearbeitet."

„Als was?"

„Als Handelsvertreter. Textilfarben. Zuerst Gugy, dann von den IG Farben abgeworben."

„Tüchtig, tüchtig", nickte Kuby mit dem Kopf.

„Sonst säße er auch nicht hier", lachte Georges.

„Haller, Paul Haller, entschuldigen Sie, Herr Breiter, darf ich Sie fragen, wie es ist, da oben in Deutschland."

„Unser Stadtammann", warf Kuby ein, „immer besorgt um das Wohl unserer Stadt."

„Mit Recht", sagte Breiter, zog die Schultern ein wenig hoch, schaute kurz nach links und rechts und fuhr fort, „ich glaube, da braut sich was zusammen. Ich bekam das Gefühl, als würde den Menschen dort angeordnet, böse zu sein. Zu allem, was nicht ist wie sie. Oder wie es sein müsste. So werden sie zu denken angewiesen. Wissen Sie, was ich meine?"

„Ja, ja, ich kann es mir vorstellen", antwortete Haller. „Aber viel erreicht hat er schon, der Hitler. Die Arbeitslosigkeit ist praktisch weg, der Versailler Vertrag mehr als kompensiert. Das ist schon eine Leistung."

„Ja, aber auf wessen Kosten?", fragte Georges.

„Auf Kosten des Gesindels", warf ein hochgewachsener, älterer Mann am Ende des Tisches ein, „von Aecht, Franz von Aecht."

„Welches Gesindel?" Georges war bereits entnervt.

„Verbrecher, Zigeuner, Juden – Gesindel halt. Wäre hier auch mal an der Zeit aufzuräumen, Stadtammann Haller."

„Meine Herren, genug der Politik, Georges hat Geburtstag, wir haben einen Gast, entschuldigen Sie bitte, Herr Breiter, wir wollen feiern, es gemütlich und lustig haben. Zum Wohl, meine Herren."

„Zum Wohl", raunte die Runde.

Das Essen wurde im rechten Moment aufgetragen, so dass die ersten Bissen der Entenleber zwangsläufig zu anderen Gesprächsthemen führten. Was Breiter nur allzu recht war.

Das Geburtstagskind wandte sich an ihn: „Und was führt Sie nach Solothurn?"

„Die Solothurner Torte."

„Der Kuchen?"

„Entschuldigen Sie, Sie sagen ja Kuchen."

„Und wegen diesem süßen Zeug sind Sie hergekommen?"

„Ja, und ich beabsichtige auch zu bleiben. Mir gefällt's hier."

„Wegen dem Kuchen?" Schwaller schüttelte den Kopf.

„Sagen wir es so: Ich habe verschiedene Möglichkeiten, Großstadt, Kleinstadt, mittelgroße Stadt, Deutschschweiz, Romandie, Kulinarik, Lebensqualität und so weiter durchgespielt und entschied mich, als Erstes Solothurn anzusehen. Das habe ich heute gemacht, und wie gesagt, es gefällt mir hier."

„Ist auch eine gute Wahl. Und mit diesem Tisch kennen Sie auch gleich die Männer, die hier etwas zu sagen haben. Was wollen Sie tun?"

„Wohnung finden, Arbeit finden.“

„Sie kennen Deutschland doch gut. Ich bin der Direktor der Pyramidenwerke. Wir machen Schrauben und Drehteile für alles Mögliche. Die rüsten doch auf da oben, die brauchen doch Schrauben en masse. Haben Sie da keine Verbindungen?“

„Haben Sie jüdische Aktionäre? Wichtige jüdische Mitarbeiter?“

„Nein.“

„Gut. Sonst hätten Sie es gleich vergessen können.“

„Sind die so scharf?“

„Ja. Und dies nicht erst seit gestern. Und die Bürokratie ist enorm umständlich. Ich würde Ihnen davon abraten.“

„Sie müssen es ja wissen.“

„Ja, ich weiß es. Machen Sie Geschäfte mit den Franzosen, Engländern, Amerikanern, ja sogar mit den Russen, aber vergessen Sie Hitlers Leute.“

„Gut.“

„Entschuldigen Sie, es ist sicher nicht an mir, Ihnen Ratschläge zu geben. Entschuldigung nochmals.“

„Schon gut, junger Mann. Sie waren ja da, nicht ich. Und was möchten Sie arbeiten, Herr Breiter?“

„Vertreter, Kundenbesuche, das sind meine Stärken.“

„Mich hätte vor allem Deutschland interessiert, aber warten Sie mal. Alfred, Alfred“, versuchte sich Georges Schwaller Gehör bei einem kleinen Mann mit Schnauzer, Stirnglatze und einem durch und durch freundlichen Gesicht zu verschaffen, „Alfred, ihr braucht doch gute Leute. Hier habe ich einen. Herr Breiter sucht Arbeit, Vertreter, Kundenbesuche."

Breiter nickte dem Mann zu. Der nickte freundlich zurück.

„Das ist der Direktor von Phonfam, Telefone und Radioapparate. Die bauen aus, gerade erst wurde das neue Fabrikationsgebäude fertig. Wollen Sie?"

„Ja sicher."

„Alfred, kann er sich bei dir vorstellen? Er versteht eine Menge vom Verkauf."

Der Mann, den Schwaller Alfred nannte, stand auf, ging um den Tisch herum und auf Breiter zu. Breiter stand auf, der Mann streckte ihm die Hand entgegen, Breiter nahm und schüttelte sie. „Alfred Nagel, freut mich, Herr Breiter. Wir suchen Leute mit Erfahrung. Melden Sie sich morgen nach dem Mittagessen bei uns und verlangen Sie nach mir. Aber jetzt genießen wir den Abend, nicht wahr?"

„Ja, danke, ich werde mich melden. Danke."

Nagel ging wieder an seinen Platz und Breiter setzte sich mit einem unhörbaren Seufzer auf seinen Stuhl. Das Glück schien wieder nach ihm zu suchen.

Weitere Flaschen Nuits-St.-Georges fanden den Weg an den Tisch, die Ambassadorenteller waren längst leergegessen, schmutzige Servietten lagen neben den Weingläsern, Zigarren, Pfeifen, Zigaretten waren angesteckt und Bestellungen für Kaffee, Armagnac, Cognac, Pflümli, Träsch und Chrütter aufgegeben. Fünf ältere Herren machten sich für den

Aufbruch parat, Nagel schloss sich ihnen mit dem Verweis auf die sich häufende Arbeit an, und Schwaller legte Breiter die Hand auf den Arm und hieß ihn bleiben, eine dicke Überraschung würde noch folgen. Also blieb Breiter und harrte der Überraschung, die da kommen sollte.

Kaum hatten die fünf Honoratioren die Gaststube verlassen, kamen acht junge, hübsche Frauen laut singend herein und stellten sich vor den Männern auf. Sie trugen alle eine modern geschnittene Tracht und sangen ein Lied, jede Zeile abwechselnd von einer anderen gesungen:

Es lit es Stedtli wunderhübsch,
am blaue Aarestrand,
's isch immer so gsi, 's isch immer so gsi.
Es gugget der Sant Urseturm
wyt usen übers Land,
's isch immer so gsi, 's isch immer so gsi …

Die Fräuleins schmetterten den Gassenhauer mit Inbrunst und legten zur Freude der Herrenrunde bei jedem „'s isch jo immer, immer, immer e so gsi" Kleidungsstück für Kleidungsstück ab: angefangen bei den Hauben und Flachhüten, über die Schürzen, sodann entschnürten sie langsam, Reihe für Reihe, das Mieder, bis der ganze Rock rutschte, zu Boden fiel, die jungen Damen dem Wäscheknäuel entstiegen und mit nichts anderem als lose gebundener Unterwäsche, weißen Kniestrümpfen und geklöppelten oder schwarzseidenen Halbhandschuhen bekleidet, dem einen oder anderen Herrn auf den Schoß stiegen, an den Bärten und Schnauzern zupften und sich zu Champagner und Wein einladen ließen.

„Sie sehen, Herr Breiter, mit Solothurn haben Sie keine schlechte Wahl getroffen. Hier spielt die Musik!“, wandte sich Schwaller kurz an Breiter, bevor er seine ganze Aufmerksamkeit der Tänzerin auf seinem Schoß, ihrer geschnürten Wäsche und den darin noch behüteten, prallen Brüsten schenkte.

Als er sich von Schwaller abwandte, stand eine stramme Frau vor ihm, blondes Haar, blaugraue Augen, die eine warme Lebendigkeit ausstrahlten.

„Ich bin Elsie, und wer bist du?“

„Ich bin Jacques.“

„Du bist nicht von hier.“

„Du auch nicht.“

„Lädst du mich auf ein Glas ein?“

„Ich bin Gast. Wie du.“

„Ich könnte ja aus deinem trinken.“

Breiter nahm sein Glas, klopfte auf seine Oberschenkel, Elsie setzte sich darauf, Breiter legte seinen Arm um ihre Schulter, sie lehnte sich leicht nach hinten und er flößte ihr einen Schluck Wein ein.

„Badenserin?“

„Hmm, lass mich raten … Toggenburger?“

„Das bleibt aber unser Geheimnis. Versprochen?“

„Nach einer halben Minute schon ein gemeinsames Geheimnis – versprochen!“

„Wie kamst du darauf?“

„Ich hatte mal einen Verlobten, der hat wie du gesprochen. Und du? Warum kennst du den Unterschied zwischen dem Badenser und dem Württemberger Dialekt?“

„Habe lange in Basel gelebt.“

„Und jetzt?“

„Ziehe ich hierher.“

„Warum?“

„Wegen dem Solothurner Kuchen.“

„Wegen dem Solothurner Kuchen?“

„Ja.“

„Das stimmt doch nicht. Man zieht doch nicht wegen einer Torte in eine andere Stadt.“

„Doch. Aber vielleicht auch wegen der reizenden, selbstbewussten badischen Frauen. Die gibt es in Basel nämlich nicht.“

„Blödsinn. Die gibt es da wie Sand am Meer. Also: Warum? Kannst dich da nicht mehr sehen lassen?“

Breiter legte ihr sanft seinen Finger auf den Mund und schaute ihr streng in die Augen. Sie blickte starr zurück und beendete die Sache, indem sie kurz mit der Zunge gegen seinen Finger stieß.

„Heiratest du mich?“

„Warum sollte ich?“, fragte Breiter verdutzt.

„Damit ich unsere Geheimnisse nicht ausplaudere … zum Beispiel.“

„Das ist Erpressung."

„Stimmt. Nicht gut. Alsoooo … damit wir verlobt sein könnten."

„Das können wir auch so."

„Würdest du?"

„Ich kenne dich ja gar nicht."

„Du könntest mich kennenlernen. So in etwa zwanzig Minuten."

„Warum in etwa zwanzig Minuten?"

Sie ging mit ihrem Mund ganz nahe an sein Ohr und flüsterte leise: „Weil dann die Polizei kommt und wir zwei vorher abhauen. Wo wohnst du?"

„Hier im Hotel."

„Kann ich zu dir kommen?"

„Hast du denn keine Wohnung?"

„Doch, aber ich habe noch nie in einem so vornehmen Hotel übernachtet."

„Und am Morgen?"

„Bitte."

Breiter beugte sich zu ihrem Ohr, was nicht weiter auffiel, da es in der Gaststube mittlerweile hoch zu- und herging. „Und warum weißt du, dass die Polizei kommt?"

„Weil wir das mit ihr so abgemacht haben. Damit die Herren uns nicht allzu sehr an die Wäsche können."

„Ihr seid also gar keine …"

„Nein, sind wir nicht. Wir arbeiten am Stadttheater, das hier ist ein Zubrot. Siehst du die Blonde mit den Bändern im Haar? Das ist Josie, ihr Verlobter arbeitet bei der Polizei. So geht das hier."

Breiter musste lachen. „Und bezahlt wird …"

„… wird vorher. Klar, wir sind ja nicht dumm. Komm, wir hauen jetzt ab, es ist gerade so ein richtig schönes Puff, da bemerkt uns niemand."

Als sie bereits bei der Tür waren, bemerkte sie Schwaller und rief ihnen hintennach: „Richtig so, Breiter, richtig so, Sie sind ja schon fast ein Solothurner."

Die nächsten Tage verbrachte Breiter damit, sich von der Phonfam als Vertreter für Radios und Telefonzentralen anstellen zu lassen, mit dem neuen Geschäftslieferwagen – wieder ein Opel – seine Sachen von Basel nach Solothurn zu zügeln und in Elsies kleine Zweizimmerwohnung einzuziehen.

Die ganze Nacht – die übrigens noch ein paar Tage Stadtgespräch war – hatten Breiter und Elsie miteinander geredet, gemeinsam gelacht und auch jeder für sich geweint. Und Breiter hatte zugesagt, sie zu heiraten.

Wie Breiter wollte sie nie mehr einen Fuß auf deutschen Boden setzen. Ihr Vater, ein sozialdemokratisches Mitglied des württembergischen Landtags, war nach der Machtübernahme der Nazis sofort in Schutzhaft genommen worden, zuerst im Lager Heuberg, nach dessen Schließung im Dezember 1933 in Dachau. Dort war er 1934 nach einem Verhör an seinen inneren Verletzungen verstorben. Seine Frau Magda hatte daraufhin Selbstmord verübt.

Elsie war nach ihres Vaters Verhaftung gleich in die Schweiz gereist und hatte nach Engagements gesucht. Ein paar kleine Rollen in Basel, keine in Zürich, ein im letzten Moment geplatztes Engagement in Bern und schließlich eine freie Anstellung auf Zeit beim Städtebundtheater Biel/Solothurn.

Es war hartes Künstlerbrot, das Elsie zu beißen hatte, und die Konkurrenz nahm nicht ab. Im Gegenteil: In Deutschland verschärfte sich die Situation für

Künstler zusehends, die Schweiz wurde mit erstklassigen Schauspielern, Schriftstellern, Librettisten, Tänzern und Sängern geradezu überschwemmt. Und vor und mit dem Anschluss Österreichs im März 1938 kamen auch noch österreichische Künstler, die Elsies Aussichten auf größere Rollen und einen besseren Vertrag doch arg zusetzten.

Jedenfalls kam sie nie über den Status des durchaus geschätzten, aber künstlerisch nicht übermäßig begabten Ensemblemitglieds hinaus. So wurde die latente Gefahr, von der Schweizerischen Fremdenpolizei ausgewiesen zu werden, immer größer. Es fiel ihr ein Stein vom Herzen, als Breiter ihr zusagte, sie zu heiraten.

Breiter seinerseits knüpfte das Ganze natürlich an ein paar Bedingungen: Falls er sich scheiden lassen wolle, müsse sie zustimmen, falls es zu einer Scheidung komme, dürfe sie keine finanziellen Ansprüche erheben, getrennte Kassen und keine Kinder. Breiter liebte Elsie nicht, wie er es mit Charlotte gewohnt war. Elsie weckte nicht die großen Gefühle, wie es Charlotte getan hatte, auch verführte sie nicht zu erinnerungsgeschwängerten erotischen Tagträumen, so wie Gedanken an Rosie sie in ihm auszulösen vermochten, aber er hatte Elsie sehr gerne, schätzte ihre offene und direkte Art, profitierte ausgiebig von ihrem aktiven Geschlechtsleben und erlebte sie als ungemein gesellig und beliebt in Gesellschaften. Breiter gewöhnte sich rasch an sie, war froh ein

Zuhause zu haben, in dem die Hand einer Frau spürbar war und vermisste sie ehrlich, wenn sie mal ein, zwei Tage außerhalb der Stadt engagiert war und dem gemeinsamen Bett fernblieb. Dann schlief er schlecht und eine schleichende Eifersucht trieb ihn zu nächtlichen Gängen an den Brotkasten.

Auch zuckte er nicht mehr so oft zusammen, wenn jemand nahe hinter seinem Stuhl vorbeiging, der Anblick von Uniformen schlug nicht mehr direkt in die Magengrube, er sprach jetzt öfter und schrie weniger im Schlaf, und die prügelnden und mordenden SS-Männer verzogen sich nach und nach auf die Außenposten seiner Traumlandschaften. Und ganz selten, ermattet von Elsies Reitkünsten, schlief er sogar auf dem Rücken ein.

Natürlich konnte er seine seelischen Wunden nicht ganz vor Elsie verbergen. Und so sah sich Breiter etwa in der siebenunddreißigsten Nacht ein paar Lügen der ersten Nacht ins richtige Licht rücken. Der über zweijährige Aufenthalt in Deutschland als Vertreter wurde zum Gefängnis- und KZ-Aufenthalt wegen Devisenvergehens. Trotz allem war es ein gutes Geschäft mit einem Schuss Menschlichkeit, was er Elsie gegenüber herausstrich.

Von den Bedingungen, von den Verhören, von den Misshandlungen, der Entwürdigung, der Machtlosigkeit, vom Hecheln um kleinste Privilegien bis zur Selbstaufgabe und der Angst, der Nächste zu sein, angesichts des Todes oder der Exekution eines

Anderen, erzählte er ihr nichts. Und verbat ihr auch zu fragen, verbat sich selbst die Antworten und die Erinnerungen, um das kleine Glück, diese Nische – eine Art Heimat, die er sich, die sie sich erschaffen hatten – zu schützen.

Elsie war es auch recht, das Thema auszuklammern. Sie wollte keine Einzelheiten von Gewalt und Willkür wissen, sie wollte sich nicht ausmalen können, was ihr Vater bis zu seinem Tod durchgemacht hatte. Ja, sie wollte einfach gar nichts mehr von Deutschland wissen. Sie nahm das Land einfach von der Landkarte, zeichnete ein Europa mit einem riesen weißen Fleck im Zentrum.

Breiters Verdienst reichte, um nicht schlecht zu leben. So lag ein Besuch der Landi in Zürich im Mai 1939, der zu einem erweiterten Wochenendausflug mit Hotelübernachtung wurde, wie auch eine spontane Ferienwoche in Ascona im Bereich der finanziellen Möglichkeiten Breiters. Und auch die leeren Kässelis bekamen ab und zu ein Zubrot.

Beim Besuch der Landi, als sie in einer Gondel in luftiger Höhe über den Zürichsee schwebten, wurde ihm schlagartig klar, dass die Bilder der Plakate, die Aufrufe zum Zusammenhalt, die Appelle an den unbedingten Wehrwillen, ja die ganze Ausstellung eine Vorbereitung der Schweizer Bevölkerung auf einen kommenden Krieg waren.

Und das passte ihm ganz und gar nicht, denn es bereitete ihm zwei Probleme. Erstens wollte er unter gar keinen Umständen Dienst tun, weder als Soldat noch als Hilfsdienstler. Zweitens lag das ganze Gold sehr nahe an der französischen Grenze und die würde im Falle eines Kriegsausbruches besetzt. So käme er wahrscheinlich nicht mehr unbemerkt mit Spaten und Schaufel zu den „Weinenden Frauen“.

Es galt zu handeln. Und zwar schnell. Tag für Tag verschlechterte sich die politische Großwetterlage. In den Zcitungen wurde über die möglichen Auswirkungen einer Teilmobilmachung auf die Beziehungen mit dem Deutschen Reich geschrieben. Folglich holte er an einem Samstag Ende Juni den Picknickkorb sowie den Spaten aus dem Keller und lud Elsie zu einem Ausflug zum Kloster Mariastein und zur traumhaft schön gelegenen St. Anna-Kapelle ein.

Elsies Staunen, Aufregung und Angst waren groß, als Breiter aus einem erdbebröselten Tuch vierundzwanzig Goldbarren auswickelte. Breiter war einfach froh, dass sie noch da waren, doch Elsie konnte sich kaum mehr halten. Sie war ganz außer sich, redete wild durcheinander von Haus, von Bank, von Auto, von Glück und von Liebe. Breiter steckte das Gold in den Picknickkorb, setzte sich auf die Bank vor der St. Anna-Kapelle und steckte sich eine Zigarette an.

„Elsie, setz dich zu mir und hör mir mal zu.“

„Ja, muss aber erst ausschnaufen, Jacques, Jacques, du bist reich, Jacques, wir sind reich, einfach reich, mein Gott, Jacques, ich muss erst mal ausschnaufen, wir können ein eigenes Haus, ausschnaufen, ein eigenes Auto, einatmen, wir, wir, wir, einatmen …"

Breiter rauchte, Elsie schwatzte und Elsie atmete. Irgendwann wurde es ihm zu bunt, er packte sie um die Hüfte, hob sie mit dem Rücken gegen sein Gesicht auf seinen Schoß. Allmählich kehrte Ruhe ein, ihr Atem ging in den Rhythmus seiner Stöße über, bis kein Gold, kein Haus und kein Auto mehr zählte.

Nachher drehte Breiter sie um, küsste sie allerliebst, blickte ihr tief in die Augen und bat sie abermals, ihm zuzuhören.

„Das Gold gehört nicht mir, Elsie."

Es war einer dieser Augenblicke, in denen Breiter Elsie durch und durch wahrnahm, was nicht so oft der Fall war. Sie hatte in seinen Gefühlen und Gedanken keine andauernde Gegenwart. War er mit Elsie zusammen, war sie manchmal da, manchmal nicht und war er nicht mit ihr zusammen, war sie nur ganz selten da. Im Gegensatz zu Charlotte. Charlotte war damals immer da. Und auch heute noch klang das Echo ihrer rauen Stimme täglich nach.

Um ihre Liebe mussten Elsie und Breiter in keiner Weise kämpfen. Da waren weder freundschaftliche noch familiäre Verflechtungen, die ihnen das Glück hätten streitig machen können. Auch gab es keine Bedingungen, die Heimlichkeiten erfordert hätten.

Es war so, wie es mit Charlotte nie gewesen war. Gegenüber Elsie war Charlotte die andauernde

Erregung, eine Herausforderung, von der er vor jedem Aufeinandertreffen nicht wusste, ob er ihr gewachsen sei, ob diese Geste oder jene Äußerung das schnelle Ende oder eine festigende Vertiefung auslöste, ob der Himmel des Eros winkte oder die Hölle der Auseinandersetzung drohte.

Breiter wurde hin und her geworfen, durchbrach die weiten Grenzen, die er seiner Existenz bislang gesetzt hatte Mal für Mal, ohne Chance kurz innezuhalten, um darüber nachzudenken. Das Leben hatte einfach zwei Gänge hochgeschaltet und ihm blieb keine Zeit, den Sand aus dem Getriebe zu blasen.

Das Zusammensein mit Elsie hingegen war von einer nüchternen Gegenwart geprägt, die die feine Linie zwischen Liebe und eben anderer Liebe zog.

Obwohl, in diesen seltenen Augenblicken liebte er sie, durch und durch und gestand sich dies auch ein. Aber die Augenblicke verflüchtigten sich wieder, die Begehrlichkeit reduzierte sich auf aufwallende Momente, und die Normalität war ein partnerschaftliches Nebeneinander.

„Hast du mich verstanden, Elsie, das Gold gehört nicht mir."

Elsie schaute ihn nur an, eine Weile, hielt ihn sodann unvermittelt an beiden Ohren fest, schüttelte seinen Kopf und lächelte: „Es gehört nicht dir, aber wir haben es."

Sie sprang von seinem Schoß, ging zum Gittertor der St. Anna-Kapelle, bekreuzigte sich mit einem kleinen Knicks vor der auf dem Altar stehenden Statue, kam zu Breiter zurück, packte alles ein, nahm ihn bei der Hand und führte ihn zum Auto.

„Aber wir haben es, Jacques, wir haben es."

„Ja, wie du ja selbst gesehen hast: Es war mehr als nur ein halbes Kilo. Es waren vierundzwanzig … nein, er war kein armer Schlucker, er war ein reicher Fabrikant … ja, er war Jude … er ist in Norwegen … nein, es war ein Geschäft … es ist einfach dumm gelaufen … nein, Charlotte hatte nichts damit zu tun … ich nehme an, in Amerika … ein halbes Kilo gehört mir … nein, das reicht nicht für ein Haus im Jura … wozu ein Auto, wir haben ja das von der Firma … ja, ja, irgendetwas werden wir schon machen … ich habe noch ein anderes Problem … wenn ich es gelöst habe."

So ging es zu und her in der engen Fahrerkabine des Opel Lieferwagens in dieser Samstagnacht, in der ein kräftiger Dreiviertelmond schien und nicht allzuviel von den Sternen zu sehen war. Manches laute Wort übertönte der Lärm des 1,2-Liter-Motors und der rumpelnden Außengeräusche, welche die löchrigen Schotterstraßen über den Chall und den Passwang Passagieren und Fahrzeugen aufzwangen.

Zu Hause angekommen, wartete Breiter, bis Elsie schlief und versteckte danach die dreiundzwanzig Goldbarren und den einen aus dem Socken unter der Kellertreppe.

Am anderen Morgen ging er zur St. Ursen-Kathedrale, um auf den Pfarrer zu treffen. Der verabschiedete gerade die Messebesucher unter dem Kirchenportal per Handschlag. Breiter stellte sich in die Reihe und konnte ein Gespräch mit ihm am späteren Nachmittag vereinbaren.

Die alte Probstei, die sich direkt unterhalb der Kathedrale befand, war ein stattlicher Sitz mit Innenhof und einem großen englischen Garten, der am unteren Ende von der St. Peterskapelle abgeschlossen wurde. Eine Haushälterin öffnete Breiter die Türe, über der ein stolzes Wappenschild, umrahmt von zwei gut berockten Herren mit Schriftrollen, thronte und bat ihn kurz zu warten. Zwei große Ölschinken dominierten die Empfangshalle. Auf der einen Seite hing das Porträt eines Bischofs vergangener Tage, wohl als sich die Kirche noch mit den Patrizierfamilien um die Vorherrschaft in der Stadt gestritten hatte, auf der anderen Seite eine Kreuzigungsszene, bei der außer Jesus nur noch Maria Magdalena ein wenig Licht abbekam.

„Sie habe ich noch nie nach dem Ende der Messe verabschiedet“, begrüßte der Pfarrer Breiter mit einem kräftigen Händedruck. Er roch nach Messwein, Rotwein und Kaffee-Schnaps.

„Aber Sie haben sich heute Morgen in die Reihe der Gläubigen geschmuggelt, nicht? Das macht nichts, wir haben für alle Anliegen ein Ohr, dafür sind wir da, dafür werden wir ausgehalten“, schmunzelte er und führte Breiter in einen Salon mit einem großen Kamin, einer mächtigen Bibliothek aus Walnussholz und wiederum zwei Porträts von Bischöfen, die mal strenger, mal milder die Geschicke der Gemeinde und Diözese geführt haben.

„Ich weiß, wer Sie sind, obwohl Sie noch nicht lange hier sind und noch nie am Sonntag in der Kirche waren. Sie kamen vor etwa einem halben Jahr in die Stadt, nahmen an dieser denkwürdigen Nacht teil, die das Geschwätz von Solothurn tagelang befeuerte, haben von heute auf morgen eine Teilnehmerin besagter Nacht geheiratet und verkaufen jetzt die Radioapparate vom Nagel, damit das Volk den Bundesrat zu jeder Tag- und Nachtstund hören kann. Stimmt's?"

Breiter war überrascht, wollte etwas sagen, aber der Pfarrer winkte ab.

„Sagen Sie nichts, Sie können ja nichts dafür und ob es gescheit ist, dass das Volk den Bundesrat oder auch unseren Papst jederzeit hören kann, wird die Zeit entscheiden. Nun, ich habe meine Zweifel. Also, was führt Sie zu mir, Herr Breiter, stimmt doch, so stand es zumindest im Amtsblatt, die Heiratsanzeige, mit, mit Elsie, Elsie Hauser, stimmt's? Warum sind Sie eigentlich nicht zu mir gekommen? Sind Sie reformiert? Sind Sie wohl nicht, sonst wären Sie ja jetzt nicht hier, stimmt's?"

Breiter schaute den Pfarrer von oben bis unten an. Ein kahler Kopf mit einem hageren Gesicht, leichte

Spuren des Wetters, vielleicht ein Bergler, Knollennase und eine altertümliche Brille, die Gläser dermaßen verdreckt, dass die Pupillen nur schwer auszumachen waren.

Der Pfarrer pfiff eine zerbrochene Melodie durch die Zähne und murmelte dann: „Herr, ich bin nicht würdig, dass du eingehst unter mein Dach … aber lassen wir das, wir nehmen jeden, auch Toggenburger, Sie sind doch Toggenburger, also was führt Sie zu mir?"

Dem darfst du keine Sekunde Pause geben, der schwatzt dich sonst zu, dachte Breiter und hob an: „Hochwürden …"

„Das können Sie auch gleich lassen, ich bin weder Würden noch weiß ich, ob ich Ihrer würdig bin und ein wenig höher hätte mich der Herrgott durchaus machen dürfen. Also, worum geht es?"

„Ich kann nicht zum Militär."

„Sie können nicht zum Militär?"

„Ja."

„Und warum kommen Sie damit zu mir?"

„Weil ich nicht wüsste, an wen ich mich wenden könnte mit dem ‚Warum ich nicht zum Militär kann'."

„Ist es schlimm? Kompliziert? Oder sogar skandalös?" Der Pfarrer zog an der Schnur. Irgendwo im weitläufigen Haus klingelte ein Glöcklein und ehe Breiter weiterreden konnte, stand die Haushälterin in der Tür und fragte nach den Wünschen des Herrn Pfarrer.

„Bringen Sie uns eine Flasche Roten, Erna, aber keinen Spital- und keinen Messwein – einen Burgunder oder noch besser, einen Bordeaux."

Erna knickste knapp. Breiter hatte noch nie so viele Knickse gesehen wie in dieser Stadt – nicht einmal in St. Moritz, und da waren die Blaublüter ja oft in Rudeln aufgetreten. Die Tür fiel ins Schloss.

„Kompliziert, Herr Pfarrer, kompliziert."

„Schade, ich hoffte schon auf skandalös. Also dann, erzählen Sie!"

„Sehen Sie, ein Pfarrer hat mir schon einmal geholfen, als ich noch ein Kind war, auch damals war es kompliziert, im Nachhinein vielleicht nicht mehr, aber, sagen wir zerfahren, nein festgefahren, und der Pfarrer hat mich gerettet, wirklich gerettet, sonst säße ich jetzt nicht hier. Ja vielleicht gäbe es mich auch gar nicht mehr. Wer weiß das schon."

„Zwingli wird's wohl nicht wissen, stimmt's?", lachte der Pfarrer.

Breiter musste schmunzeln. „Sicher nicht, es war selbstverständlich ein katholischer Pfarrer, und er brachte mich in die Obhut des Klosters in St. Gallen. Was letztlich mein Glück war."

„Und, wie sind sie, die St. Galler Chorstuhlfurzer? Oh, entschuldigen Sie, aber manchmal, am Heiligen Sonntag, wissen Sie, da sieht man die Menschen in der Kirche, sieht ihre Fassaden, sieht die herausgeputzten Kleider der Vermögenden in den ersten Bankreihen. Kleider, die nur sparsame Bewegungen zulassen, die den Träger dadurch bedacht und vornehm erscheinen lassen. Sieht die Menschen auf den hinteren Bänken, die in unzählig oft geflickten Sonntagsanzügen und mit Papier ausgestopften Schuhen entschlossen eine Form von Würde vermitteln. Aber das kümmert die vorderen sieben Bankreihen überhaupt nicht, im Gegensatz zu den hinteren, die nur eines im Sinn haben, nach vorne zu kommen. Wie komme ich darauf?"

„St. Gallen."

„Genau, St. Gallen. Das kümmert die Patres auch nicht, sie geben sich mit den vorderen Reihen ab und die Hinterbänkler geben sie an die Chorstühler, die einfachen Brüder, ab. Gleich zu gleich. So funktioniert das älteste Kloster Europas, so funktioniert die Kirche und so funktioniert der Vatikan, Herr Breiter, so funktioniert die Welt. Und die Hinteren kommen nicht nach vorne, weil die Vorderen dies zu verhindern wissen. Und eine Revolution können Sie sich auch gleich aus dem Kopf schlagen, Herr Breiter, das ist nichts Anderes, als einen richtig lauten Kracher in einen Hühnerstall zu schmeißen. Wenn es kracht, fliegen alle Hühner von der Stange, flattern eine Zeit lang verstört umher, aber irgendwann sitzen sie wieder alle auf der Stange, anfänglich in anderer Reihenfolge, aber auch die wird ein paar Tage später wieder die alte sein. Das Einzige, was bleibt: Alle haben ein bisschen Federn gelassen. Aber lassen wir das, ich habe Sie unterbrochen, Herr Breiter. Wo bleibt eigentlich der Wein, das ist ja nicht zum Aushalten."

Er zog an der Kordel und gleichzeitig öffnete sich die Türe und Erna stellte beiden ein dumpfes Kristallglas hin und schenkte ein.

„Danke Erna, Sie können gehen, genießen Sie noch den Sonntag."

Erna verabschiedete sich knicksend und wortlos.

„Wo waren wir stehen geblieben? Ach ja, St. Gallen, bitte verzeihen Sie. Also, die haben Sie gerettet, ja?"

„Ja."

„Gut, lassen wir die St. Galler, aber warum können Sie nicht in die Armee? Wie alt sind Sie?"

„Zweiunddreißig."

„Ja, mmmh, da kommen Sie schon noch dran, wenn der andere Sauhund da drüben so weitermacht."

„Eben. Und der wird so weitermachen. Glauben Sie es mir, Herr Pfarrer. Ich weiß es."

„Woher wollen Sie das wissen?"

„Ich war dort. Über zwei Jahre. Dort, wo sie ausprobieren, was man so alles weitermachen kann."

„Sie waren aber nicht …"

„Doch."

„Wirklich?"

„Wirklich."

„Ja, warum denn, Herrgottsack?"

„Na, sagen wir es so. Ich habe jemandem, der in anderen vorderen Bänken saß, geholfen, aber jetzt sitzt er nicht einmal mehr in der hintersten Bank."

„Tot?"

„Nein, in Holland, wenn er es geschafft hat."

Der Pfarrer griff zum Glas. Breiter tat es ihm nach. Der Pfarrer trank es in einem Zug leer und schenkte nach.

„Gut. Ich kann jetzt verstehen, warum Sie nie zum Gottesdienst kamen. Da … da, wo Sie waren, war wohl Gott nicht zur Stelle?"

„Oh, täuschen Sie sich nicht."

„Die Aufgabe ist für ihn wohl zu schwierig, wie so vieles."

„Das kann man wohl sagen. Aber er war, für mich, irgendwie mehr da. Ja, mehr da als sonst."

„Mehr da?"

„Ja."

„Trotz der kniffligen Aufgabe?"

„Ja."

„Und?"

„Also, das Schlimme ist, dass die böse sein müssen. Die werden angehalten, böse zu sein."

„Wer die?"

„Die Deutschen."

„Aber das befolgen wohl nicht alle?"

„Nein, nicht alle. Aber die, die darauf gewartet haben, dass ihnen dies einmal jemand befiehlt, die stehen in der ersten Reihe. Die bekommen Formulare und Abzeichen für das Böse. Und so werden sie böser und böser."

„Sie sind nie böse?"

„Nein, eigentlich nicht. Ich habe das – glaube ich – nicht in mir. Aber, so wie ich mich kenne – mmh, wollen wir nichts verschreien."

„Wie sind Sie denn?"

„Mmmh, gute Frage. Auf alle Fälle nicht mehr militärdiensttauglich. Das weiß ich."

„Sind Sie sich dabei sicher?"

„Es ist wegen dem Bösen, Herr Pfarrer. Das Böse teilt einem Massenunterkünfte zu, eng, verschwitzt, verkotet, bewacht, bespitzelt, keine Auswege."

Der Pfarrer lehnte sich nach vorne, machte Anstalten aufzustehen, schenkte nochmals nach, obwohl es gar nicht nötig gewesen wäre, lehnte sich wieder zurück in seinen Sessel, versank darin in eine tiefere Haltung und sagte: „Ich verstehe. Das wäre im Militärdienst ähnlich."

„Danke", antwortete Breiter und machte es sich in seinem Sessel auch bequemer.

„Darf ich Sie was fragen, Herr Breiter, so aus einer persönlichen, ja beruflichen Neugier heraus?"

„Ja, selbstverständlich."

„Wo war der Teufel?"

„Der Teufel?"

„Ja, ja, der Teufel."

„Aaahh … mmh, ich weiß … ich würde sagen …"

„Was würden Sie sagen? Sagen Sie es! Schnell, bevor es der Teufel holt."

„Also, ich würde sagen … nahe bei Gott."

„Ha, dacht ich's doch. Wo der Eine säuft, schenkt der Andere nach, das denken Sie doch."

„Ja. Ungefähr."

„Die gehen nie alleine aus, nicht, Herr Breiter, das sind uralte Zechkumpane, da kommt der Eine ohne den Anderen nicht aus?"

„Ja, nein, aber … da war viel Leid. So viel Leid."

„Ja was meinen Sie denn: Wo die auftreten, da fliegen die Fetzen. Das Fleisch ist von Gott, der Geist vom Teufel. Das meinen Sie doch, oder?"

„Wie? Mein Gott."

„Ja, richtig, Herr Breiter, möge Gott der Ihre sein, aber ein Pfarrer sollte auch denken, nicht? Sehen Sie, Sie täuschen sich, Gott ist nicht da, er ist im Himmel. Und das ist das Problem."

Der Pfarrer kam wieder nach vorn in seinem Sessel, schenkte beiden nach und hob an: „Sehen Sie, Herr Breiter, Gott hat uns aus Erde geschaffen, zuerst uns Mannen, und für die Frauen hat er dann eine unserer Rippen genommen. Also kein Dreck und Staub, sondern Fleisch und Knochen. So, und jetzt kann man sagen, da die Eva nicht einfach aus Erde, sondern aus einem bereits von Gott veredeltem Material geschaffen wurde, müsste sie demnach auch ein bisschen klüger als Adam sein, nicht wahr, Herr Breiter?"

Breiter nickte.

„Und mit der Klugheit geht bekanntlich die Neugier Hand in Hand. Eine leichte Beute also für den Teufel, der damals noch gar nicht der Teufel war, sondern so quasi ein Kompagnon von Gott. Und der Diabolus, der Durcheinanderwerfer, der Widerredner, wie er eigentlich geheißen hat, Sie wissen ja, Herr Breiter, nur zwei gegensätzliche Geister vermögen wirklich Großes zu schaffen, gut, wie dem auch sei, der Beelzebub, der interessierte sich im Gegensatz zu Gott für die Geschöpfe im Paradies. Und das Interesse ging auch ein wenig mit Mitleid einher, lebten die doch einfach dumpf und ewig glücklich in dem Paradies vor sich hin. Kein Dasein mit Zukunft für ein so ausgeklügeltes Produkt, das nach dem Ebenbild des Direktors geschaffen wurde, befand der Beelzebub. Denn da fehlte noch was, um wirklich ein Ebenbild zu sein: die Erkenntnis. Sie kennen die Geschichte ja, nicht wahr, Herr Breiter?"

„Ja, Herr Pfarrer, sonst wären wir ja nicht hier. Also zumindest der Kirche nach."

„Genau. Wo war ich stehen geblieben?"

„Bei der Erkenntnis."

„Sie sind ein guter Zuhörer. Kommen Sie doch öfter vorbei. Also …"

„Die Erkenntnis."

„Ja, genau, die Erkenntnis, Herr Breiter, nun die steckt bekanntlich in den Äpfeln. Und da der Beelzebub wusste, dass Eva die Klügere war, probierte er es an ihr aus und siehe da; sie stieg auf die schrumpelige

Frucht ein. Und Gott, als er es bemerkte, war erst mal wütend auf seinen Kompagnon, aber das durfte er natürlich nicht zeigen, schließlich war es ja sein Kompagnon. Alsdann warf er zuerst Adam und Eva raus und belegte sie mit dem Joch der Welt.

Seinen Kompagnon schmiss er wenig später raus, hatte dieser doch eigenständig und ohne Rücksprache gehandelt, und das durfte nicht sein. So, und seit dem Fall Luzifers müssen wir Menschen der Unmündigkeit folgen, um Gott zu huldigen und den Verstand gebrauchen, um den Teufel zu bändigen. Ein schier unlösbares Dilemma, finden Sie nicht, Herr Breiter?"

Breiter zog es vor, nichts zu sagen. So wie er Zwingli aus Furcht vor möglichen Debatten nicht in seinen Stammbaum aufnahm, so hielt er auch jetzt besser den Mund.

„Stellen Sie sich einmal vor, wie der Teufel sich seit Zehntausenden von Jahren fühlen muss? Verleumdet, der Propaganda ausgesetzt, tausendfach gedemütigt, an den Pranger gestellt, fortwährend beschimpft und bespuckt. Auf diese Weise wird man nicht zum Wohltäter der Menschheit. Das ist ein kurzer Weg vom Schwefelholz zum Flächenbrand. Irgendwie verständlich, finden Sie nicht, Herr Breiter, wenn man tagein, tagaus für das Böse verantwortlich gemacht wird?"

Breiter nickte einfach. Er war sich jetzt sicher, dass der Pfarrer sich für ihn einsetzen würde.

„Und das Beste ist: Gott hat ihm einfach die Menschheit mit all ihren Unzulänglichkeiten zugeschoben und sich mir nichts, dir nichts aus der Verantwortung gestohlen. Gut, er hat mal seinen Sohn geschickt, der das Gute und Barmherzige predigte. Aber auch den hat er im Stich gelassen und so seine Macht demonstriert und gefestigt. Es ging ihm letztlich nur darum."

Der Pfarrer trank einen Schluck und fuhr fort.

„Ja, und der Beelzebub?, fragen Sie sich jetzt, nicht? Nun, der arme Teufel sitzt mit der ganzen Verantwortung da und weiß sich langsam nicht mehr zu helfen, während der alte Herr die Hände reibt und mit seinem Gefolge von Lobpreisung zu Lobpreisung, von Opfergabe zu Opfergabe schreitet. Wahrlich, eine verkehrte Welt."

„Ja", seufzte Breiter und griff eigenständig zur Flasche und schenkte sich nach. Der Pfarrer, der dies sah, blickte Breiter scharf an, Breiter verstand, schenkte dem Pfarrer ebenfalls nach und lehnte sich zurück.

„Und jetzt werden Sie sich sicher fragen: Was ist denn Gott?"

„Furcht?", fragte Breiter kleinlaut zurück.

„Das Gegenteil: Hoffnung. Aber nur Hoffnung, die auf uns selbst baut und die uns selbst traut. Also keine Kirche, keine Religion, keine Astrologie oder sonst ein Hokuspokus, Herr Breiter. Einfach man selbst sein, dem eigenen Menschsein vertrauen."

„Ja, aber …"

„Es ist so. Und wenn Ihr ‚Aber' die Frage sein sollte, warum ich Pfarrer geworden bin, ich, der der

Religion nicht traut und den Teufel bemitleidet? Nun, Herr Breiter, es ist ein riesiges Privileg, sich täglich mit diesen Fragen auseinandersetzen zu dürfen. Darum, verstehen Sie?"

Breiter nickte.

„Und weil ich mit diesem Amt Hoffnung geben und wenn es sein muss, ihr manchmal auch ein wenig auf die Sprünge helfen kann."

Der Pfarrer griff zum Glas und prostete Breiter zu: „Sie müssen das Böse nicht mehr sehen, Herr Breiter, ich rede mit dem Kreiskommandanten. Sie haben sich genug gefürchtet. Sie müssen nicht nochmals eingepfercht werden, mit all diesen Fragen nach Gut und Böse und nach Gott und Teufel."

„Danke, Herr Pfarrer. Sie geben mir Hoffnung zurück."

„Ich bin ganz erschöpft. Sie können die Flasche noch leeren, wenn Sie wollen. Ich verabschiede mich jetzt", sagte er und stand auf.

Breiter stand auch auf. Der Pfarrer reichte ihm die Hand, Breiter schüttelte sie und bedankte sich. Der Pfarrer verließ das Zimmer und Breiter sank in den Sessel zurück, schenkte sich nochmals nach. Und nochmals. Und die Zuversicht, dass ihn das Glück wieder gefunden hatte, festigte sich von Schluck zu Schluck.

Am anderen Morgen begab sich Breiter in Nagels Büro, legte ihm den Schlüssel des Lieferwagens aufs

Pult und kündigte per sofort. Nein, sie müssten ihm nichts bezahlen, nein, es sei auch nicht wegen des Betriebsklimas, und ja, er wisse, wie schwierig es in diesen Zeiten sei, Arbeit zu finden, und ja, sie müssten sich keine Sorgen um ihn machen, er habe einfach genug von Lang-, Kurz- und Mittelwelle. Von Röhren und Schaltplänen, nein, nein, dies sei nicht seine Welt. Sagte er und dankte Nagel noch einmal von ganzem Herzen für das Angebot und dass er stolz sei, für die Phonfam gearbeitet zu haben, aber es gehe jetzt einfach nicht mehr.

Nagel ließ ihn unter Bedauern ziehen, schließlich verlor er von einem Tag auf den anderen einen seiner besten Vertreter, was Breiter mit einem kaum wahrnehmbaren Hüpfer an der Schwelle zum Firmengelände quittierte. Er schlug den Weg nach Hause ein, nahm zwei Goldbarren, versteckte die restlichen zweiundzwanzig Barren an einem anderen Ort im Keller, von dem Elsie nichts wusste, ging zum örtlichen Citroën-Händler und holte sich den neuesten Prospekt des Traction Avant. Das Titelbild zeigte einen vollbepackten 11er, Mann am Steuer mit Hut, auf dem Beifahrersitz wohl seine Frau und im Fonds ein befreundetes Pärchen. Darunter ein gelber Balken, in dem sich die wichtigsten Daten fanden: 5 Plätze, 4 Türen, Kofferraum. Der Citroën Traction Avant 7 kommt auf knappe 100 km/h, der 11er auf exakte 112 km/h. Der Verbrauch liegt bei rund 10 Litern Benzin auf 100 km/h. Dazu Vorderradantrieb,

Vollstahlkarosserie, Hydraulikbremsen und Zahnstangenlenkung. So viel Fortschritt auf einmal und alles zu einem vernünftigen Preis machte Breiter fiebrig. Mit weit ausholenden Schritten machte er sich zum Telefon- und Telegrafenamt auf, rief verschiedene Autohändler in Bern an, erkundigte sich und verglich die Preise, entschloss sich letztlich für einen Citroën Traction Avant 7C, Baujahr 1938, setzte sich in den Zug nach Bern, ging schnurstracks zur Nationalbank, wechselte die beiden Goldbarren gegen Bares, nahm die Tram und fuhr zum Autohändler, wo er das Objekt seiner Begierde einer gründlichen Prüfung unterzog.

Der Händler machte ihm auch noch den „11er Leicht", mehr PS und schneller, schmackhaft, rechnete ihm den Preis mit normalem Rabatt, Mitnehm- und Barzahlrabatt vor, und auch Breiter rechnete, war doch der Goldpreis zwischen Mariastein und Solothurn, zwischen Charlotte und Elsie, um tausendzweihundert Franken gestiegen, was bedeutete, dass er den 7er praktisch aus diesem Gewinn bezahlen und den 11er bei all den Rabatten mit einem Verlust von geringen neunhundert Franken kaufen konnte. Breiter schlug unter der Bedingung ein, den 11er gleich mit einer Garagennummer mitnehmen zu können, um ihn in Solothurn einzulösen und in zwei, drei Tagen das Händlerschild wieder zurückzubringen.

Der Händler schlug ein, erledigte die Formalitäten, Breiter legte den Betrag auf den Tisch, man stieß noch mit einem Glas Weißwein auf den Abschluss an, Breiter ließ sich die Schlüssel aushändigen und fuhr davon Richtung Start-Ziel-Gerade der Grand-Prix-Rennstrecke von Bern.

Vor der Holztribüne stoppte er, ließ den Motor aufheulen, legte den Gang ein, löste sanft die Kupplung, und der Vorderradantrieb zog ihn mit zügiger Beschleunigung nach Bern-Bethlehem. Breiter schaltete hoch, steuerte den Wagen sicher über die Eichholz Passerelle, vorbei an Wald, Wiesen und Kühen, von Lichtwechsel zu Lichtwechsel, über Asphalt, Schotter und Kopfsteinpflaster hinunter zur berüchtigten Eymatt-Kurve, die mit einem großen Bogen beginnt und zunehmend enger wird. Durch den tiefen Schwerpunkt des Elfers ließen sich die Kurven auch bei hoher Geschwindigkeit wie auf Schienen fahren. Nach der Eymatt versuchte sich ein Opel an ihn zu hängen. Breiter schaltete zurück, ließ ihn dadurch nahe aufrücken, gab Gas und schoss die Wohlenrampe hoch, drückte aufs Gas, sein Verfolger wurde im Rückspiegel kleiner und kleiner, dann deckte er ein Fuhrwerk beim Überholen mit mächtig viel Staub ein, blickte bei der Glasbrunnenrampe nochmals in den Rückspiegel und zu seiner spitzbübischen Freude war niemand mehr zu sehen. Jetzt noch die scharfe Forsthauskurve, sauber rausbeschleunigen und mit über hundert Sachen auf die Zielgerade. Breiter stellte sich vor, wie der Rennleiter ihn mit der schwarz-weiß karierten Fahne abwinkte, schlug mit der Faust mehrere Male auf das Steuerrad, lachte, juchzte und trug sich mit goldener Füllfeder vor Hermann Lang und Rudolf Caracciola in das ledergebundene Siegerbuch ein.

Befriedigt und stolz fuhr er seinen Traction Avant über die Landstraßen, über Wohlen, Aarberg und Lyss nach Biel, parkte vor dem Hotel Elite, bezog ein Doppelzimmer, erkundigte sich nach dem Theater, aß etwas Kleines und ging zur Freiluftaufführung am See, in der Elsie die Zofe Mary in Shakespeares „Was ihr wollt" spielte.

Elsie gefiel ihm, wie sie mit dem Narren und den anderen beiden die Intrige ausheckte, wie sie den Brief fälschte, und ihr glücklicher Gesichtsausdruck bei der Hochzeit im letzten Akt und beim Schlussapplaus senkte sich in Breiters Herz.

Nach der Aufführung ging er in das Zelt hinter der Bühne, das als Garderobe diente. Es roch nach Hautcrème, Schweiß und Nagellackentferner, einige Schauspieler waren bereits umgezogen, trugen noch die halbe Schminke im Gesicht, andere waren noch in voller Montur, herzten sich und freuten sich über die gelungene Vorstellung. Als Elsie Breiter sah, warf sie sich ihm an den Hals, liebkoste ihn und versicherte ihm, dies sei die schönste Überraschung, die er ihr heute machen konnte, nahm ihn bei der Hand und stellte ihn nicht ohne Stolz „als ihren allerliebsten Goldschatz" den anderen Ensemblemitgliedern vor.

Man trank zusammen noch eine Runde Bier und Weißwein, Elsie machte sich auf, sich abzuschminken, während Breiter vor dem Zelt zwei Zigaretten rauchte und nachher noch ein paar Steine in den See warf.

Elsie kam, hakte sich bei ihm unter und so schlenderten sie noch ein paar Schritte am Seeufer entlang.

„Und, warst du eifersüchtig, als ich geheiratet habe?“, neckte sie ihn.

„Aber sicher. So eifersüchtig, wie man auf einen von Rülps sein kann. Aber die Szene mit dem Brief und wie du ihn hingeworfen hast, mit diesem ‚lieg du da‘ – großartig. Und der Trottel Malvolio macht alles, was da drinsteht, zieht sich gelbe Strümpfe an und lässt sich vom falschen Pfarrer noch weismachen, das Gefängnis sei gar kein Gefängnis, denn es gäbe ja überall Fenster. Wirklich komisch.“

„War ich wirklich gut?“

„Ja, sehr gut, du hast mir am besten von allen gefallen.“

„Das sagst du jetzt nur so.“

„Nein, wirklich.“

„Keine Schmiere?“

„Was ist Schmiere?“

„Wenn man allzu sehr übertreibt. Überspielt, weißt du.“

„Nein. Ich habe es dir geglaubt.“

„Glaubst du mir auch sonst?“

„Ja."

„Ja?"

„Ja. Komm jetzt. Ich habe ein Zimmer im Elite genommen."

„Toll. Gehen wir ein wenig im See schwimmen. Es ist so schön und warm."

„Der See ist kalt."

„Es ist gleich Juli. Komm, sei kein Frosch."

„Da hinten bei den Bäumen?"

„Au ja, da hinten bei den Bäumen."

Als sie das Hotel verließen, schlug Elsie die Richtung zum Bahnhof ein, Breiter fasste sie am Arm und führte sie in die Gegenrichtung bis zu einem nigelnagelneuen Citroën Traction Avant, ging zur Beifahrertüre, öffnete sie und bedeutete Elsie mit einem eleganten Armschwung, einzusteigen.

Elsies Mund blieb offen.

„Deiner?"

„Fang jetzt bitte nicht mit Einatmen, Ausatmen an."

Sie drückte ihm demonstrativ ihre Tasche in die Hand, stieg so elegant sie konnte in den Wagen und setzte sich. So tief war sie noch nie in einem Automobil über der Straße gesessen.

„Da hat man ja den Hintern auf der Straße", hörte Breiter sie noch sagen, ging um den Wagen, schwang die Tasche auf den Rücksitz, ließ sich auf der Fahrerseite in die Sitzbank sinken, legte die Hände auf das

Steuerrad und sagte trocken: „Dafür hast du eine Straßenlage, ich sag dir.“

Er startete den Motor, fuhr zur Hauptstraße und bog ab Richtung Solothurn. Elsie sagte kein Wort, starrte geradeaus auf die Straße, mit einem Gesichtsausdruck, der das innere Wühlen und Wälzen nicht verbergen konnte.

Als Breiter die Hauptstraße verließ und sich aufmachte, über die Taubenlochschlucht in den Jura zu fahren, da konnte Elsie sich nicht mehr zurückhalten und fragte energisch: „Und?“

„Ja und? Gute Frage. Wir haben es doch?“

„Ja?“

„Ja.“

Elsie rückte zu ihm rüber und drückte ihm einen großen Kuss auf die Wange.

Der Weg nahm an Steilheit zu. Breiter löste sich von ihr und schaltete zurück.

„Und jetzt, du großer Überraschungsjacques, du?“

„Haus.“

„Im Jura?“

„Ja, im Jura.“

„Darf ich mal erfahren, was meinem Überraschungsjacques in letzter Zeit so alles durch das Hirn gespukt ist?“

„Ach ja, gekündigt habe ich auch.“

„Waaas?“, rief sie aus, „ja und wovon sollen wir leben? Von meinen Rollen? Vergiss es. Und wenn der Krieg kommt, ist es sowieso vorbei mit Theater.“

„Eben.“

„Eben? Eben? Spinnst du jetzt ganz?“

Jacques trat scharf auf die Bremse, Elsie schlug es beinahe in die Windschutzscheibe, er fuhr rechts auf eine Ausweichstelle, hielt an und stellte den Motor ab.

„Ja, genau, eben. Elsie, jetzt denk mal nach. Es ist doch nur noch eine Frage der Zeit, bis der Sauhund da drüben ganz groß zuschlägt. Vor drei Monaten hat er sich nach Österreich und dem Sudetenland auch noch die Resttschechoslowakei geholt. Der ist bei Weitem noch nicht fertig. Was meinst du, wie lange die dort drüben schon Uniformen fabrizieren, wie viele Maschinen umgerüstet werden und in wie vielen harmlosen Textilfabriken Munition und Anderes hergestellt wird. Und die Unsrigen wissen das. In Basel wurden die Minen in den Brücken geladen, Biel will Fliegerabwehrkanonen auf die Dächer stellen und fordert ehemalige Artilleristen und Mitrailleure auf, sich beim Kommando zu melden, und der Bundesrat debattiert, den Grenzschutz gleich mit einer Teilmobilmachung von 80.000 Mann zu verstärken. Also müssen auch wir mobil machen, damit wir nicht mobil gemacht werden.“

„Du, nicht ich. Ich Frau, falls du das noch nicht gemerkt hast.“

Breiter lächelte und schaute ihr unübersehbar ins Dekolleté. „Ich habe bereits vorgesorgt. Der St. Ursen-Pfarrer hilft. Kennst du ihn? Ein schräger Vogel.“

„Nein, nur ein paar Mal gesehen. Aber weiter. Wenn es Krieg gibt, nehmen sie uns das Auto, du hast keine Arbeit, folglich ziehen sie dich am Schluss trotzdem ein. Außer – vielleicht, du wärst Bauer oder so."

„Bauer?"

„Oder so?"

„Bauer!" Breiter packte Elsie und drückte ihr einen langen, feuchten Schmatz auf den Mund.

„Bauer, das ist es Elsie. Los geht's, jetzt kaufen wir ein Haus und drei Kühe", sagte er, startete den Motor, schwenkte mit quietschenden Reifen auf die Fahrbahn aus und raste mit dem Ausruf „jetzt zeige ich dir mal, wie Caracciola zu seinem Bauernhof fährt" durch die Taubenlochschlucht über Tavannes und Tramelan nach Saignelégier.

Elsie lachte und kreischte anfänglich, dann wurde es ihr zunehmend mulmig, sie forderte ihn noch ein paar Mal vergebens auf, langsamer zu fahren, verstummte allmählich und verschwand, kaum parkte Breiter den Wagen vor dem Hôtel de ville von Saignelégier, hinter die nächste Hecke eines Vorgartens und übergab sich. Breiter pflanzte sich derweil neben dem Automobil auf, steckte sich eine Zigarette an und genoss die bewundernden Blicke der um den Citroën herumstreichenden kleinen Lausbuben, die ihn immer wieder etwas auf Französisch fragten, was er aber nicht verstand, und so lächelte er einfach zurück.

Elsie bemerkte er erst, als sie knapp vor ihm stand, ihm vor den versammelten Jungs mit der Faust auf die Brust schlug, „Arschloch" zischte, was nun zwar die Buben dem Wortlaut nach nicht, aber dennoch ganz genau verstanden und mit übertriebenem Gelächter quittierten. Elsie verbeugte sich vor den Jungs, kehrte mit großer Geste auf dem Absatz um und ging geradewegs ins nächste Café. Breiter blieb nichts Anderes übrig, als ihr unter dem Spott der Schulbuben gottergeben zu folgen.

„Warum bist du so zornig?", fragte Breiter, als die Bedienung sich vom Tisch entfernt hatte. Ein schlechter Anfang, wie er gleich merken sollte.

„Zornig? Ich zornig? Nein, nein, ich bin nicht zornig. Vielleicht ein klitzeklein wenig indigniert, man sagt doch so, vielleicht auch ein bisschen verstört, Breiter, wenn ich bedenke, was mir soeben widerfahren ist. Mein Ehemann eröffnet – nach herrlich romantischem Mitternachtsbad im See, das muss man ihm zugutehalten, immerhin –, also mein Ehemann kommt mit einem teuren, nigelnagelneuen Wagen, eröffnet mir, dass er gekündigt habe, dass ich mein Brot fürderhin mit Kühehüten und Wintergemüsejäten verdienen solle und dann rast er dermaßen über Schotterwege, dass ich am Ende der Reise, die mich doch zu meinem Glück führen sollte, nur noch aus dem Wagen stürmen kann, um in den nächstbesten Busch zu kotzen. Nein, nein, ich bin wieder ganz heiter, Jacques … sagen wir: indigniert heiter, mein Lieber."

Die Bedienung kam, servierte die beiden Kaffees und verschaffte Breiter so ein wenig Bedenkzeit. Als sie sich vom Tisch entfernte, rührte Breiter den Zucker in der Tasse um, lehnte sich zurück, leckte den Löffel aufreizend ab und sagte mit gespielter Bewunderung in der Tonlage: „Das war ein eindrucksvoller Monolog, Elsie."

Elsie war überrascht, so dass sie zuerst lachen musste, dann wiederum erzürnte, ihm den Kaffeelöffel an den Kopf schmiss und schließlich zu weinen anfing.

Mist, dachte Breiter, warum, warum sagst du immer wieder das, wonach es dich gerade gelüstet. In Dachau hast du doch gelernt, dem zu widerstehen. Heilandsack, jetzt denk zweimal nach, was du sagst. Er setzte sich neben Elsie, versuchte sie sachte in den Arm zu nehmen, ignorierte ihr Sträuben und strich ihr schließlich sanft über ihr blondes Haar.

Als ihr Schluchzen nach und nach abklang, drückte er sie fest an sich und sagte: „Wir haben es, hast du gesagt. Irgendwann fand ich, du hast Recht. Und ich will nicht, dass wir getrennt werden, dass ich als Kanonenfutter, als Ersthindernis irgendwo am Rheinufer zwischen Basel und dem Bodensee mit einem Karabiner auf dem Schoß die Grenze zu Deutschland bewachen, in einer stinkigen Turnhalle mit hundert Anderen schlafen und mich von irgendwelchen Dummköpfen mit wippendem Gang monatelang herumkommandieren lassen muss. ‚Wir haben es', ging mir immer wieder durch den Kopf, ich entschied mich, die Dinge in die Hand zu nehmen, der Pfarrer erklärt dem Kreiskommandanten, dass ich aufgrund meiner Erfahrungen in Dachau nicht wehrdiensttauglich bin, das Auto schafft Unabhängigkeit, die wir aber im Kriegsfall verteidigen müssen und deine Idee vom Bauernhof ist genau das, was uns unentbehrlich machen könnte. Also, was noch fehlt, ist ein Haus und Kühe. Nur so können wir zusammenbleiben, Elsie."

Breiter gab ihr sein Taschentuch, Elsie wischte sich die Tränen aus ihren blaugrauen Augen, schnäuzte ihr Stupsnäschen, schluchzte noch zweimal nach und seufzte: „Aber das Gold gehört doch nicht dir."

„Richtig, bis auf einen Barren, den anderen habe ich verloren, als sie mich erwischt haben. Aber: Als ich das Gold vergraben habe, bezahlte die Nationalbank pro Kilo 3.430 Franken. Heute bekommst du 4.870 Franken dafür."

„Warum so viel mehr?"

„Weil sie den Franken 1936 abgewertet haben, also ging der Goldpreis hoch."

„Und du meinst?"

„Als ich das Gold geschmuggelt und vergraben habe, war es alles in allem etwa 82.000 Franken wert. Heute sind es knapp 117.000 Franken. Mayer hat also Anrecht auf 82.000 minus ein Barren, also etwas weniger als 79.000. Das muss ich ihm zurückgeben, also rund sechzehn Barren. Der Rest gehört irgendwie mir. Ich hab es gut verwaltet, kann man sagen. Und zudem war ich im KZ dafür, Gopferdammi."

„Also, wart mal, 35.000 gehören irgendwie uns?"

„Irgendwie ja."

„Das ist viel Geld."

„Ja."

Elsie drückte ihm einen Kuss auf die Lippen und sagte leise: „Irgendwie gut, Jacques."

Er küsste ihren Mund mit der leicht hochgezogenen Oberlippe zurück. Als er die Lippen löste, fragte sie bestimmt: „Und jetzt?"

„Haus und Kühe!"

„Und warum in dieser Gegend?"

„Weiß ich eigentlich auch nicht. Kommt mir irgendwie beschützter vor mit dem Französisch, der Höhe und rundherum geht's bergab."

Sie lächelte: „Irgendwie."

„Ja. Irgendwie."

Nachher gingen sie quer hinüber auf das Gemeindeamt, fragten nach zu verkaufenden Häusern, bekamen den Amtsanzeiger in die Hand gedrückt und den Tipp, auf den Höfen rund um Saignelégier herumzufragen.

Im Amtsanzeiger fanden sie drei Höfe, ein paar Häuser sowie drei Mietwohnungen. Günstig, wenn nicht geradezu billig im Vergleich zu Solothurn, wie sie befanden. Sie machten sich auf zum ersten Hof, der viel zu groß war, acht Hektar, dazu noch Pferdezucht, und das Geld wäre mehr als weg gewesen.

Der nächste Bauer hatte sein Land ziemlich weit entfernt vom Hof und beim dritten war Elsie der Bauer unsympathisch. Sie hatte das Gefühl, sie würden von ihm über den Tisch gezogen. Aber er gab ihnen eine Adresse in Les Chenevières.

Es war ein klassisches, jurassisches Bauernhaus: dicke Mauern, weißer Kalksteinverputz, kleine Fenster, Tür- und Fensterstürze aus unregelmäßig behauenem, beigen Sandstein, ein großer Torbogen in der Mitte sowie kastanienbraune Bretter als Fensterläden, die von einer hölzernen Stange, deren Enden in einem Lederriemen steckten, offen gehalten wurden.

Im runden Tor erschien ein Berg von einem Mann in Gummistiefeln, grüngrauer Hose aus grobem Zwillich, einer Jacke, selbe Farbe, selber Stoff, gebleicht, mit blondgrauem Lockenhaar, einem mächtigen Schnauzer, der Rest des Gesichts unrasiert und im Mund eine Boyards aus gelbem Maispapier.

Breiter war beeindruckt von der Erscheinung, ja sogar leicht verängstigt, hatte es doch im Lager auch so einen Hünen unter den Aufsehern gegeben, der immer freundlich war, sie anständig behandelte, bis er eines Tages wegen einer nicht sauber geputzten Treppe vollkommen ausrastete und den verantwortlichen Häftling halb totschlug.

Derweil war Elsie bereits auf den Mann zugegangen, der sich als Vincent vorstellte und in schweizerdeutschem Französisch mit württembergischem Einschlag etwas von Haus und Land radebrechte.

Der Bauer kaute auf seiner Boyards, schaute Elsie lange an, blickte dann zu Breiter hinüber und sagte in einem schwerfälligen Berndeutsch: „Wenn der Preis stimmt."

Breiter machte einen Schritt auf den Kerl zu, schüttelte ihm die Hand, stellte sich als Jacques Breiter vor und fragte ihn: „Ja, was wäre denn der Preis?"

„Toggenburger, nicht? Die können bauern. Aber kannst du es noch, Jacques?"

„Gelernt ist gelernt."

„Dann musst aber andere Schuhe anziehen."

„Mir gefällt Ihr Haus. Wie viele Zimmer hat es denn?", ging Elsie dazwischen.

„Weiß nicht … glaub fünf."

„Darf ich es mir mal ansehen?"

„Mmmh … wollt ihr wirklich kaufen oder seid ihr so gspinnerte Städter?"

„Wir wollen wirklich kaufen", sagte Breiter, „auch wenn wir jetzt noch nicht ganz den Eindruck breitstämmiger Bauern machen."

„Und warum wollt ihr *jetzt* kaufen?"

„Warum wollen Sie *jetzt* verkaufen?"

Der Bauer nahm die Boyards aus dem Mund, spuckte zur Seite und brummelte: „Also kommt rein."

Elsie übernahm das Gespräch mit Vincent. Breiter war es recht, mit dem Kerl wollte er so wenig wie möglich zu tun haben. Das Haus und die Zimmer hatten seit über hundert Jahren, gelinde gesagt, keine ordnende Hand mehr gesehen. Die Luft war so alt, als hausten Napoleons Truppen samt Schweinen, Ziegen, Knochenschlossern und Huren noch hier. Doch es hatte Charme, und dachte man sich das ganze Gerümpel weg, war durchaus etwas daraus zu machen. Was Elsie im Geiste bereits tat.

Am Ende des Rundgangs durch Haus und Stall bot Vincent ihnen Absinth an. Schwarzgebrannt, aus dem Val de Travers, der Beste, wie er ihnen versicherte. Breiter nahm so wenig wie möglich und stieß Elsie mehrmals unter dem Tisch an, die schien aber von der Grünen Fee angetan. Sie schlug einfach zurück. Irgendwann kamen sie dann doch auf den Preis zu sprechen: 28.000 Franken wollte Vincent für Haus, zwei Hektar Weideland und etwa ein Hektar Wald, „dort unten, am Doubs".

Breiter rechnete, zählte noch die Kässelis dazu, erkundigte sich nach dem Preis von Kühen – „oh, das käme ganz auf die Kuh, den Verkäufer und vor allem auf den Käufer an" – und machte Anstalten den Preis für den Hof herunterzuhandeln. Doch Vincent hob die Hand, sagte laut: „Achtundzwanzigtausend oder gar nicht", schlug mit der flachen Hand auf den Tisch, was einen lauten Knall, Breiters wie Elsies Erschrecken und Vincents Gelächter nach sich zog.

„Gut", sagte Breiter.

„Gut", sagte Vincent.

„Wir kommen morgen wieder, dann regeln wir alles unter uns und dann gehen wir zum Notar."

„Gut."

Breiter erhob sich, Vincent ebenfalls, Breiter streckte ihm die Hand hin und Vincent schlug schließlich kräftig ein.

Als sie am anderen Tag auf das Haus zusteuerten, sahen sie ein Riesenfeuer. Schränke, Kommoden, Tische, Stühle und anderes Mobiliar waren auf einem lichterloh brennenden Haufen auszumachen.

Vor dem Feuer tanzte Vincent mit einer Flasche Schnaps in der Hand, fluchend, brüllend und hysterisch lachend einen Veitstanz. In kurzen Abständen schmiss er mit wilden Gesten den Rest des Hausrats ins Feuer und schrie dazu „voilà, tu salaud" oder „pour toi, con".

Elsie sprang aus dem Wagen auf ihn zu, nahm ihm die Schnapsflasche aus der Hand und warf sie ins Feuer, gleich darauf explodierte sie, während Breiter aus dem Unrat einen Stuhl zog und Elsie den Riesen darauf setzte. Vincent fiel in sich zusammen, aus zwei Meter und hundertdreißig Kilogramm Mann wurde im Handumdrehen ein kleines Häufchen schluchzendes Elend, das sich an Elsie schmiegte und etwas von „Befreiung" und „loswerden" jammerte. Dann winkte er Breiter heran und als er bei ihm war, umarmte er beide innig und fest, ließ plötzlich los, stand auf, wischte sich mit dem Ärmel das tränen- und rußverschmierte Gesicht sauber und fragte Breiter: „Hast du das Geld dabei?“

Breiter nickte.

„Gut, dann gehen wir zum Notar.“

„Und das Feuer?“

Er zeigte auf Elsie: „Sie soll dableiben und aufpassen.“

„Aber …“

Elsie machte Breiter ein Zeichen, dass es gut sei, und so gingen die beiden Männer zum Notar und regelten den Haus- und Landverkauf.

Zum großen Erstaunen Breiters ging alles ruhig und sachlich über die Bühne, Vincent nickte alles ab und nach dem Besuch beim Katasteramt, wo die Grundstücke umgeschrieben wurden und Breiter sich nochmals versicherte, dass die Immobilien nicht doch noch anderweitig belastet waren, fuhren sie wieder zurück. Elsie saß immer noch brav auf einem Stuhl und bewachte den Gluthaufen.

Vincent sprang aus dem Wagen, ging wortlos an Elsie vorbei, ins Haus, man hörte ihn rufen „adieu, tu salaud“, kam mit einem Koffer und einem Rucksack aus dem Tor hinaus, ging auf Elsie zu, gab ihr einen Kuss auf die Wange, ging zu Breiter, drückte ihm einen großen Schlüsselbund in die Hand, schüttelte sie flüchtig, boxte ihm auf die Schulter, lachte laut und marschierte mit weit ausholenden Schritten seinem neuen Leben entgegen. Breiter und Elsie schauten ihm fasziniert und erleichtert hinterher, bis er beim kleinen Tannenwäldchen um die Ecke verschwand. Sie sollten ihn nie wieder sehen.

Sie brauchten noch einen Moment, um diesen Vincent zu verdauen und dann entschlossen sie sich, das Haus abzuschließen und gleich nach Solothurn zurückzufahren, sich einen letzten Ambassadorenteller zu gönnen und das weitere Vorgehen zu besprechen.

„Wo sind eigentlich die Kühe?", wunderte sich Elsie und schob den halb vollen Teller von sich weg. „Ich mag nicht mehr. Irgendwie, dieser Vincent. Hoffentlich steht das Haus nicht unter einem unglücklichen Stern."

„Auf der Weide, nehme ich jetzt mal an."

„Und wo ist die Weide?"

„Die geht bis hinter den kleinen Hügel."

„Die Kühe waren doch im Preis drin?"

„Ja, natürlich."

„Habt ihr das beim Notar auch festgehalten?"

„Ja, per Handschlag."

„Ich habe kein gutes Gefühl. Was machen wir da, Jacques? Wir sind keine Bauern. Weißt du, wie man melkt?"

„Ja, ich musste das als Kind immer machen. Solange Vater die Kuh noch nicht versoffen hatte."

„Trotzdem. Und wenn sie kalbt?"

„Es gibt Tierärzte."

„Würdest du merken, wenn eine kalbt? Also ich nicht."

„Das würden wir schon merken.“

„Die brauchen doch Kälber, damit sie Milch geben, oder?“

„Ja.“

„Das heißt, wir bräuchten auch einen Stier, oder?“

„Es gibt Besamer.“

„Die kommen und machen?“

„Genau.“

„Aber das Kalb trennt man dann von der Mutter, wegen der Milch, nicht?“

„Ja.“

„Wann?“

„Ich weiß es nicht. Machen wir das oder machen wir es nicht? Wir können die Leute fragen oder Bücher lesen. Elsie, wir haben jetzt ein Haus mit zwei Kühen, wir müssen da hoch zügeln, wir müssen das Haus herrichten, diesen Gestank rausbringen, Holz für den Winter anlegen, Leitungen kontrollieren und, und, und. Wir müssen machen, das Leben als Ziel nehmen und nicht das Ziel als Leben.“

„Dies sagst gerade du. Für dich gibt's ja nur Ziele: Geld, Auto, Haus, weg vom Militär, Kühe – zack, zack, zack. Mein Gott Breiter, warum dieses Tempo?“

„Weil ich nicht weiß, ob es mich morgen noch gibt. Elsie, ich habe mich über zwei Jahre ins Bett gelegt und mir gedankt, dass es mich noch gibt und habe mir Glück gewünscht, dass ich mich bei mir am nächsten Abend wieder bedanken kann. Ich habe keine Zeit zu verlieren. Und du übrigens auch nicht.“

„Ja, ja, ich weiß, Jacques Breiter."

„Ja, ja, Elsie Hauser. Und wir müssen an Tempo zulegen. Bald ist Krieg, glaub mir."

„Gut, wie fangen wir an?"

„Zügeln organisieren, Wände ausbessern, nachweißeln, Wasserleitungen, Kühe."

„Wer macht was?"

„Du die Kühe, ich den Rest."

„Das sieht dir wieder gleich. Aber gut, warum nicht, bringen wir den Kühen Shakespeare, Goethe und Horváth bei."

„Danke."

„Ist das alles?"

„Welche hübsche Frau bekommt schon von ihrem Ehemann zwei Kühe geschenkt?"

„Ja, ja, Jacques Breiter."

Zurück in Les Chenevières mit Kalkanstrich, Pinseln, alten Unterröcken, die als Putzlappen herhalten mussten, erledigten sich die Kühe von selbst. Pierre, ihr entfernter Nachbar, trois maisons vers Muriaux, bot sich an, die Kühe zu betreuen, gegen ein gewisses Entgelt, versteht sich, dafür kostenlose Milch, ab und zu ein Käse und im Winter auch mal einen Vacherin Mont'd'Or.

Innerhalb zweier Wochen hatten sie das Haus so weit, dass sie sich darin allmählich wohlfühlten. Elsie legte einen Gemüsegarten an, pflanzte an, was zu dieser Jahreszeit noch Aussicht auf Ernte hatte, kaufte auf dem örtlichen Markt Setzlinge für Wintergemüse und Blumen, während Jacques sich um den Holzvorrat kümmerte. Auch hier half ihm Pierre, „irgendwo da unten am Doubs", vertrocknete, umgestürzte Tannen mit dem Pferdefuhrwerk nach Les Chenevières zu bringen, wo sie Breiter unter zunehmenden Schwielen an den Innenseiten seiner Hände zu Brennholz zersägte und zerhackte. Die gemeinsame Arbeit hatte Elsie und Breiter in ihrer Partnerschaft bestärkt und sie wussten, dass sie sich aufeinander verlassen konnten. Und die lauen Juliabende vor dem Haus, an einem Feuer, eine Wurst am Haselstecken und ein Schluck Wein als Belohnung für das erbrachte Tagwerk, bestärkten Breiters Annahme, dass sich das Glück aufmachte, ihm wieder den Boden für Größeres zu bereiten.

Anfang August ordnete der Bundesrat eine Teilmobilmachung des Grenzschutzes an, was Breiter dazu bewog, schnurstracks trois maisons vers Muriaux zu gehen und den Kuhhandel mit Pierre schriftlich festzuhalten.

In den nächsten Tagen kamen die Soldaten, an den leicht zugänglichen Stellen am Doubs wurden Panzersperren und Stacheldrahtverhaue aufgestellt, die Straße nach Goumois wurde an strategisch bedeutenden Stellen mit Sperren und Wachen versehen, Zimmer für Offiziere wurden rekrutiert und die Wirtshäuser waren Abend für Abend krachend voll.

Die einheimischen braven Mädchen wie auch die von auswärts gekommenen leichten Mädchen hatten ihre Freude an den jungen Soldaten und strammen Unteroffizieren wie auch die Bauern, die Pferde verliehen, Gemüse, Fleisch, Hafer und Brennholz den Quartiermeistern zu anständig hohen Preisen verkaufen konnten.

Breiter und Elsie hielten sich bedeckt, gingen dem Militär, wann immer möglich, aus dem Weg, Breiter stellte den Wagen in den Stall, vergrub die übrig gebliebenen Goldbarren hinter dem Haus, und dem Bittgottesdienst zwei Tage nach Hitlers Überfall auf Polen blieben sie auch fern.

Im Zuge der Kriegserklärungen von Frankreich und England an Deutschland kamen noch mehr Soldaten, die aber bald unterbeschäftigt waren, da es an der französischen Grenze und aufgrund der Lage gar nichts zu tun und nicht viel zu bewachen gab. Ab und zu waren Flugzeuge zu hören, und in Basel waren laut Zeitungsberichten deutsche Flakgranaten eingeschlagen, die zwei Verkäuferinnen schwer verletzt hatten. Die Aufregung machte einer wachsamen Ruhe Platz. Der Sauhund konzentrierte sich auf den Osten.

Der Winter kam, kalt und klirrend, ein Großteil der Truppen verließ die Gegend wieder, die verbliebenen Soldaten flohen, wann immer möglich, in die Wärme ihrer Quartiere. Es machte wenig Sinn, die steil abfallenden, durch Schnee und Eis nahezu unpassierbar gewordenen Waldwege zu bewachen. Außer ein paar aus Frankreich eingewanderten Wildschweinen, Rehen und Füchsen bedrohte da niemand die Schweiz.

An einem sonnigen Dezembertag holte Breiter den Traction Avant aus dem Stall, schloss die Batterie an, hielt Elsie galant die Wagentüre auf und fuhr über Saignelégier hinunter an den Doubs nach Goumois und dort über die französische Grenze. Außer ein paar Stacheldrahtverhauen und ein paar Soldaten, die auf den Kriegszustand hinwiesen, konnte die Grenze wie zu Friedenszeiten passiert werden.

Sie fuhren durch kahle Mischwälder, vorbei an umgepflügten Feldern im Winterschlaf, an Weilern, die man, wäre den Schornsteinen kein Rauch entstiegen, für verlassen gehalten hätte, und in den Gärten hatten Rosenkohl, Lauch und Wirz noch nicht allen Schnee abgeschüttelt.

In Charmauvillers kehrten sie in einem Gasthof ein, an dessen Stammtisch ein paar Bauern des Dorfes ihrem Ballon Vin Rouge nachgingen, am hinteren Tisch spielten vier Soldaten Karten und tranken Bier, ein Pärchen aß zu Mittag und der Wirt hinter dem Tresen trocknete Gläser und unterhielt sich mit dem Stammtisch.

Die durch den Eintritt von Elsie und Breiter schlagartig eingetretene Ruhe im Gastraum verflüchtigte sich schnell wieder, ja wich sogar, als der Stammkundschaft klar wurde, dass die neuen Gäste

Schweizer waren, einer kaum verhohlenen Neugier. So nickten Elsie und Breiter zum Stammtisch hinüber, als sie sich setzten, was nun freundlich erwidert wurde.

„Hoffentlich setzt sich keiner zu uns“, flüsterte Elsie.

„Sie fressen dich mit ihren Blicken. Das wird ihnen reichen“, lächelte Breiter zurück.

Der Wirt trat an ihren Tisch, sagte, was es zu essen gab, empfahl ihnen den Hauswein, ein mittelmäßiger Côte du Rhône, wie sich herausstellte, und fügte als Apropos an, dass eine Bezahlung in Schweizer Franken einen Rabatt von zehn Prozent nach sich zöge.

Das Wildschweinragout war vorzüglich, der Rosenkohl buttrig und die Pommes Allumettes waren knusprig.

Als Breiter zwei Ballons Côte du Rhône nachbestellte, kam ein kleiner, leicht hinkender, drahtiger Typ mit braunblondem Haar herein, der den Wirt fragte, wem der Traction Avant mit dem Schweizer Kennzeichen gehöre. Der Wirt zeigte auf Breiter und Elsie, worauf der Mann an ihren Tisch kam, sich als Yves vorstellte und fragte, ob er sich für einen Moment zu ihnen setzen dürfe, das Auto interessiere ihn.

Breiter gab stolz und bereitwillig Auskunft und als Yves fragte, ob sie sich vorstellen könnten, Wein in der Schweiz zu verkaufen, schenkte ihm sogar Elsie ein Lächeln.

„Wein?“, fragte Breiter und wunderte sich über Yves’ gutes Deutsch.

„Ja, Burgunder und Bordeaux, in Flaschen oder auch Fässern.“

„Komm, Jacques, lass uns das machen“, mischte sich Elsie ein, „das wäre etwas Anderes, du kämst wieder ein wenig herum und wärst weniger griesgrämig.“

„Es braucht aber eine Konzession, meine Liebe, und die gibt es nicht einfach so.“

„Ich habe eine“, sagte Yves.

„Was? Sie haben eine Schweizer Konzession?“

„Ja.“

„Wie kommen Sie dazu?“

„Ich habe einfach eine. Reicht das?“

„Lass es jetzt, Jacques, Wein ist gut, das gefällt mir.“

„Mmmh … und Sie schlagen mir das nach zwei Minuten einfach so vor? Sie kennen mich nicht, ich kenne Sie nicht. Was soll das?“

Elsie hätte ihm am liebsten einen Tritt unter dem Tisch verpasst. Sie sah den ganzen Stall schon mit Weinfässern gefüllt. So richtig adrett.

„Sie haben natürlich Recht“, antwortete Yves, „aber sehen Sie, in diesen Tagen steht selten ein solch modernes Automobil mit Schweizer Kennzeichen vor Pauls Gaststätte. Also musste ich sofort wissen, wem das Fahrzeug gehört. Schließlich zeugt es von Geschmack und Kultur. Genau wie Wein. Und so habe ich gedacht, vielleicht ist das der Mann, den ich schon lange suche. Und wie ich Sie und Ihre entzückende Frau gesehen habe, wusste ich sofort: Yves, diese Chance musst du packen, die kommt nicht mehr so schnell. Denn dieser wohlkultivierte Herr sieht nicht danach aus, als müsste er in der Armee dienen und daher hätte er vielleicht und wenn du ihn zu überzeugen vermagst …"

„Warum haben Sie eine Konzession?", fuhr Elsie dazwischen, der das Umständliche bereits auf die Nerven ging.

„Ich habe einfach eine."

„Ja, und warum fahren Sie dann nicht einfach in die Schweiz und suchen sich jemanden, der Erfahrung mit Wein hat? Wir sind Bauern", versuchte Breiter das Gespräch einem Ende zuzuführen.

Elsie schaute ihn mit großen Augen an, versuchte ihr Lachen zu unterdrücken, was ihr schlecht gelang und schließlich prustete sie laut los.

„Ja, was ist? Auch Bauern haben Sonntagsanzüge", suchte Breiter einen Ausweg und sah dabei von Elsie zu Yves und von Yves zu Elsie und von Elsie wieder zu Yves.

Yves hob nur die Augenbrauen, dann lachte auch er und schließlich steckte ihr Lachen auch Breiter an.

„Wie viele Kühe haben Sie denn?", scherzte Yves.

„Zwei", lachte Elsie, „und dies ist kein Witz."

„Gut, wir geben zu, dass wir keine richtigen Bauern sind und Sie erklären uns, warum Sie im Besitz einer Schweizer Konzession sind!", versuchte Breiter das Gespräch wieder in ernsthaftere Bahnen zu steuern.

„Ich habe sie quasi geerbt und ich kann nicht mehr in die Schweiz, weil ich nicht mehr in die Schweiz kann."

„Soll ich zahlen, Elsie?"

„Gut, gut, eine kleine Schwindelei."

„Ja, wir müssen langsam nach Hause, Jacques, Kühe melken."

„Auf französischem Boden, hier in der Gegend."

„Wirt!"

„Gut, einen Grenzstein eines Schweizer Bauern versetzt."

„Der Ofen ist sicher auch ausgegangen, wenn wir heimkommen."

„Ich habe auf der Gemeinde gearbeitet, die Eintragungen im Katasteramt halt ein wenig genauer nachgezeichnet. Es sind alte Pläne, noch aus Napoleons Zeiten, wissen Sie."

„Auf den Straßen wird bald Glätte aufziehen."

„Die Konzession war ein Gefallen für einen anderen Bauern aus Saignelégier. Sie ist in Ordnung."

„Das hat aber jetzt etwas gebraucht, Yves …"

„Yves Ueberschlag. Eigentlich Elsässer, Folgensburg. Großvater kam nach dem 1870/71 Krieg hierher."

„Also Yves Salto oder Yves Boucle?", machte sich Breiter lustig.

„Und Sie, Madame?", wandte sich Yves an Elsie.

„Elsie Breiter. Elsie und Jacques Breiter."

Elsie reichte ihm ihre Hand, Yves deutete einen Handkuss an.

„Enchanté." Dann wandte er sich an Breiter: „Auch enchanté, Monsieur S'Elagier", und streckte ihm die Hand entgegen.

Breiter schlug ein.

„Alors Monsieur Boucle, wie stellen Sie sich das vor mit dem Bordeaux und Burgunder?"

„Wir fangen mal klein an. Sie geben den Wein Wirten und Hoteliers zum Probieren, anfänglich niedrige Preise, wenn sie ansprechen, erweitern wir das Sortiment auf teurere Flaschen. Wählen Sie Häuser aus, in denen Offiziere einquartiert sind oder verkehren."

„Elsie, was meinst du?"

„Aber ja, wir machen es. Wir haben ja nichts zu verlieren."

„Und wie schmeckt der Wein?"

„Paul, bring eine Flasche 28er Bordeaux!"

Yves, so stellte sich im Verlaufe der nächsten beiden Flaschen Château Cantemerle heraus, war fünfundvierzig Jahre alt, Kriegsveteran mit Beindurchschuss, darum pro forma in der Gemeinde angestellt und handelte mit allem, was ihm zwischen die Finger kam: Wein, Cognac, Ersatzteile, Klistiere, Autoreifen, Seidenstrümpfe, Weihnachtsschmuck und Potenzmittel. Er hatte in ganz Frankreich seine Quellen, welche er im Sommer mit seiner zweizylindrigen Motoconfort „Luxe", Jahrgang 1929, regelmäßig abklapperte. Fand er einen Abnehmer für ein

Angebot aus seinem wilden Gemischtwarenkatalog, ließ er sich die entsprechende Menge zusenden. So belieferte er die Streusiedlungen in dieser gottverlassenen Gegend am Rande eines großen Landes mit allen möglichen Dingen und die vereinzelten Gasthöfe mit ein paar besseren Flaschen. Damit sie auch verirrte Kundschaft, die Anderes als den ungenießbaren, einheimischen, goldgelben Savagnin gewohnt war, angemessen bewirten konnten.

„Elsässer bringen Glück", meinte Breiter zu Elsie, als sie nach Goumois zurückfuhren.

„Der Wein ist auf alle Fälle hervorragend. Aber bitte fahr ein wenig langsamer. Mir wird sonst schlecht."

„Beschwipst?"

„Ja, Herrgott."

„Schampedisse nimm dr Giggel üs em Schardin sunscht frisst dr dr alle Legümes."

„He?"

„Schorschettlä chumm ab däre Vasch obenabe sunscht gits a Schiffle an Tête", zog er sie auf elsässisch auf.

„Wenn du nicht bald langsamer fährst, kotze ich zuerst den Wagen voll und dann das Elsass zu."

Breiter verlangsamte merklich. „Muss ich anhalten?"

„Nein, einfach langsam. Einfach langsam."

„Gut so?"

„Ja. Wieso bringen Elsässer Glück?"

„Die Witwe Hunziker war Elsässerin. Die hat mir viel Glück gebracht."

„Charlotte war wohl keine Elsässerin."

„Nein. Deutsche, wie du."

„Charlotte und ich müssen das Elsass verteidigen, nicht, Jacques? Damit dein Glück bei dir bleibt."

„Das dürfte wohl bald so sein. Die Hunziker hat immer gesagt, dass ihr es euch wieder zurückholt."

„He, he, wir sind nicht euch. Bitte. Und zudem habe ich gesagt, Charlotte und ich werden es für dich bis aufs Blut verteidigen. Ist doch lieb von uns, nicht?"

„Was ist los. Fahre ich immer noch zu schnell?"

„Nichts, nein, nein."

„Also was ist los?"

„Zu viel getrunken, fertig."

„Das spült aber einiges nach oben."

„Vielleicht."

„Charlotte vielleicht?"

„Sicher nicht. Die allgemeine Lage, wenn du so willst."

Die letzte Kurve des steilen Abstiegs durch den Wald war geschafft und Breiter beschleunigte den Wagen sanft.

„Zu schnell für die allgemeine Lage?"

„Ja. Das mit dem Wein ist zwar lustig und ich traue dir auch zu, etwas zu verdienen. Aber wie weiter? Mit der Milch von zwei Kühen? Und wenn der Andere das Elsass holt. Jacques, Frankreich ist im Krieg mit dem Anderen. Auch wenn wir uns hier am Nachmittag besaufen."

„Ich war ja zuerst skeptisch, du nicht. Ich glaube, mit Yves haben wir noch einige Möglichkeiten."

„So, welche?"

„Ein Krieg birgt immer auch Chancen. Wir müssen den Weg dann auch in die andere Richtung öffnen."

„Schmuggel?"

„Nicht wirklich."

„Wie wirklich?"

„Die brauchen auch Dinge, die sie nicht haben, die aber wir haben. Und wenn die Deutschen da sind, sowieso."

„Du meinst, die kommen wirklich?"

„So sicher wie das Amen in der Kirche. Glaub mir."

„Aaah, dann bekommen Charlotte und ich wirklich zu tun."

„Jetzt hör endlich mal mit Charlotte auf."

„Die hat dich wirklich an den Eiern gepackt. Gib es doch zu!"

„Sei jetzt einfach ruhig."

Zu Erleichterung kam der Zoll bei Goumois. Die Franzosen kontrollierten nur kurz die Papiere, um nachher das schöne Auto zu loben. Sie waren sichtlich stolz auf das modernste Erzeugnis ihrer Autoindustrie. Die Schweizer dagegen kontrollierten scharf, Breiter musste sogar den Kofferraum öffnen. Neid war in ihren Augen zu lesen. Neid auf den Wagen, Neid auf den Schnösel, der seine Flamme ausfahren konnte, Neid auf die Rotweinfahne, die auf einen feuchtfröhlichen Nachmittag schließen ließ und Neid darauf, dass er nicht in einer kratzenden Uniform steckte.

Breiter ließ sich nichts anmerken, kämpfte aber innerlich gegen seine Wächter, gegen ihre Schläge, die es nicht geben würde, die er aber jeden Augenblick erwartete, gegen den Befehl, irgendwelche demütigenden Arbeiten unter Hohngelächter verrichten zu müssen, gegen die Angst, nachts auf den Appellplatz getrieben zu werden, um stundenlang nackt in der Kälte zu stehen.

Nimm es als Übung, nimm es als Übung, dachte er immer wieder, repetierte und repetierte den Satz in seinem Kopf, bis der Zöllner ihm die Pässe zurückgab, sich wortlos abdrehte und mit der einen Hand mit knapper Geste zur Weiterfahrt aufforderte.

„Du zitterst ja", bemerkte Elsie, als sie die erste Haarnadelkurve im Wald erreicht hatten.

„Ja, noch. Aber nicht mehr lange, Elsie, nicht mehr lange."

Elsie strich ihm über's Haar. „Und wenn die Deutschen da unten stehen?"

„Ich werde nie mehr vor ihnen zittern, das schwöre ich dir. Nie mehr!"

Der Winter wich langsam. Die eine Kuh ließen sie besteigen, so dass der Ertrag aus der Milch der anderen Kuh vollständig an Pierre ging. Im Gegensatz zu den Klistieren, Autoreifen und Potenzmitteln stießen die Bordeaux und Burgunder auf Interesse bei den Wirten. Verhalten zwar, aber immerhin.

Noch im Februar fand Breiter im nahe gelegenen Courtelary eine kleine Schokoladenfabrik, mit deren Erzeugnissen er Yves in kleinen Mengen belieferte, der sie wiederum an Soldaten und Bevölkerung mit Erfolg weiterverkaufte. So verbrachten Breiter und Elsie die erste Zeit des Krieges bestens ausgestattet mit einer schwangeren Kuh, einem Stall voll Wein und exzellenter Schokolade gegen schwankende Seelenzustände.

Anfang März erläuterte Yves Breiter eine neue Geschäftsidee.

„Du kommst ja immer über Goumois rüber?"

„Der schnellste Weg, die Zöllner und Soldaten kennen mich."

„Und via St. Ursanne?"

„Eigentlich nie."

„Und Blaufond?"

„Nie."

„Gut. So haben wir schon zwei Übergänge. Und was machst du, wenn du den Ausweis vergessen hast?"

„Ich löse eine Tagesidentitätskarte."

„Genau."

„Du willst …“

„Ja, damit lässt sich gutes Geld machen. Zweitausend Francs pro Transfer.“

„Und?“

„Halbe-halbe.“

„Juden?“

„Hauptsächlich. Kommunisten auch noch.“

„Tausend Francs?“

„Ja, wenn ich dir die Ware übergebe.“

„Gut, versuchen wir es mal. Wann?“

„Nächsten Donnerstag.“

„Ja, und gib mir noch Wein. Dann fahre ich heute über St. Ursanne und gebe dort auch mal ein paar Flaschen ab.“

Am Donnerstag löste Breiter in Goumois ohne Probleme eine Tagesidentitätskarte, fuhr nach Charmauvillers, traf sich mit Yves, übergab ihm die Karte, strich die tausend Francs ein, nahm noch sechs Kisten Wein mit und fuhr über St. Ursanne zurück, wo er die Francs gleich in der nächsten Wechselstube umtauschte.

Alles ging gut. Breiter wiegte sich in der Sicherheit seines Glücks, und so führte er Elsie, die den Tag mit dem Auswendiglernen der Johanna aus George Bernhard Shaws „Die Heilige Johanna“ verbracht hatte, abends in das beste Restaurant der jurassischen Freiberge aus.

Vier Tage später verdiente sich Breiter weitere tausend Francs, holte sich die Tageskarte am Grenzübergang bei St. Ursanne und kam über Blaufond zurück. In der darauffolgenden Woche fuhr er wieder über Goumois, und der Kunde gelangte über Blaufond in die Schweiz.

Nur, da es nicht endlos viele Grenzübergänge über den Doubs gab, würden die Zollbeamten wohl bald Verdacht schöpfen. Und so entschloss sich Yves, Tageskarten zu fälschen, und Breiter sollte die Flüchtlinge in seinem Traction Avant mitnehmen. Auch dies funktionierte reibungslos, Breiter hatte seine Panikattacken im Griff und verdiente zu seiner und Elsies Freude drei Viertel ihres finanziellen Jahresbedarfs innerhalb von zwei Wochen. Elsie fand, dies sei eine weitere Kuh wert.

Elsie bekam ihre Kuh. Leni. Bezahlt aus dem Kässeli „Träume".

Leni hatte aber auch noch Anderes im Sinn, als ihr ganzes Leben mit Kalben und Milch geben zu verbringen. Ihre Abenteuerlust war weder von Zäunen aus Stacheldraht noch aus Holzlatten zu zähmen, was zum einen und anderen ernsten Gespräch mit Pierre führte. Bevor die Angelegenheit gänzlich daraufhin steuerte, dass eines Morgens drei Kühe und ein halb fertiges Kalb an der Türfalle von Breiters Stall angebunden sein würden, kam ihm die Idee, dem Vieh ein Brett vor den Kopf zu binden. So wurde der Leni die Sicht auf die freie weite Welt auf der anderen Seite der Zäune genommen und ihr Blick stattdessen ausschließlich auf das satte Juragras eingeschränkt.

Die letzten Schneeverwehungen hatte die kräftige Frühlingssonne erbarmungslos weggebrannt, die Weiden wurden grüner und grüner, Krokusse und Maiglöckchen allenthalben, Vogelscharen kamen aus ihren südlichen Winterquartieren zurück, und die Republik Frankreich saß wie das in Todesstarre verharrende Kaninchen vor der Schlange und wartete darauf, hinuntergewürgt und in einem endlosen Verdauungsprozess zu einem achtlos ausgestoßenen Häufchen Kot verarbeitet zu werden.

Und so nahmen gegen Ende März 1940 die Weinbestellungen zu, da die Wirte der Gegend mit einem baldigen Angriff Hitlers rechneten und deshalb mit einer neuerlichen Grenzbesetzung durstiger Soldaten und Offiziere.

Am Morgen des 10. Mai 1940 lag Elsie neben Breiter erkaltet im Bett. Er schüttelte sie, versuchte sie aufzurichten, warf ihr Wasser ins Gesicht, schließlich brach er heulend über ihr zusammen und schluchzte in ihren leblosen Schoß.

Ja, sie hatte schon seit Tagen geklagt, sie fühle sich nicht wohl, er hätte sie zu einem Arztbesuch drängen müssen, der Husten war arg gewesen, das Fieber dagegen nicht besorgniserregend hoch und vorgestern und gestern waren die Grippesymptome ja abgeflaut.

Der Arzt, der Elsies Tod amtlich festhielt, meinte lakonisch, dass es öfters vorkäme, dass eine Grippe auf das Herz überspringe.

Zur Beerdigung kamen nur Yves und Pierre, der Widerwillen des Pfarrers der ihm völlig unbekannten Toten gegenüber war unüberhörbar und die Abdankung entsprechend kurz.

Breiter lud die beiden zu sich, Yves steuerte ein paar Flaschen Bordeaux, Pierre Wurst und Käse bei und auf Elsies Wesen, Liebe und eigene Schönheit wurde derart oft angestoßen, dass Breiter sternhagelvoll ins leere Bett und in einen trunkenen, traumlosen Schlaf fiel.

Am anderen Morgen wäre es ihm schnurzegal gewesen, wäre er nie mehr aufgewacht. Am Nachmittag saß er die ganze Zeit vor dem Haus auf der Bank und rauchte unablässig. Am Abend schüttete er zwei weitere Flaschen Wein in sich hinein, schlug sich beim Zubettgehen am oberen Treppenabsatz das Knie auf und beschloss, dass es so nicht weitergehen könne.

Am nächsten Tag fuhr er zu Yves. Die Grenzer waren angespannter als sonst. Da und dort ein kleiner Scherz, wann er die nächste Flasche Wein bringen würde, ob er ein wenig Schokolade dabei habe und unter Gelächter, die Kondome seien auch schon seit Stunden wieder aufgebraucht.

Er holte Yves im Gemeindeamt ab, und sie setzten sich ins Wirtshaus.

„Yves, die Deutschen werden bald da sein."
„Ach wo, wir haben die Maginot-Linie."
„Yves, glaub mir, die werden bald da sein."
„Die kommen da nicht durch."
„Die kommen über Belgien, wie das letzte Mal."
„Aber sie kamen nicht bis hierher."
„Doch. Und viel schneller als du denkst."
„Wir haben viel bessere Verteidigungsanlagen."
„Jetzt hör mir mal zu: Das ist nicht wie das letzte Mal. Hast du gesehen, wie schnell es mit Polen gegangen ist? Luftwaffe bombardiert, Panzer hinterher und dann Bodentruppen. Da ist alles in Bewegung, nichts mit eingraben."
„Was weißt denn du?"
„Yves, ich bin zwei Jahre durch Deutschland gereist und habe genug gesehen. Glaub mir. Denk lieber darüber nach, was du machen willst, wenn sie da sind."
„Ich würde einfach bleiben."
„Und?"
„Vergiss es, die kommen nicht bis hierher."
„Gut. Nehmen wir mal an, sie kämen doch. Wie weiter? Was ist mit den Geschäften?"
„Es würde wohl alles ein wenig schwieriger."
„Es würde gar nichts mehr gehen, Yves."
„Das würde ihnen ja auch nichts helfen."
„Es wäre ihnen vielleicht egal."
„Aber das sind doch nicht alles Unmenschen."
„Täusch dich nicht."

„Komm, die trinken auch, die leben auch gerne, irgendwann ist doch alles mal vorbei."

„Ja, wenn nichts mehr von ihnen übrig bleibt."

„Du bist dir ja da wirklich ganz sicher."

„Ja, Yves, ich war dort im Lager. Da war nichts Menschliches mehr. Ihr Vernichtungswille wird weit reichen. Es wird viel schlimmer als das letzte Mal."

„Du warst im Lager?"

„Ja. Aber überleg du dir jetzt lieber, was du machen willst."

„Ich würde nicht davonrennen. So bin ich nicht."

„Und dann?"

„Ich kann Deutsch. Vielleicht brauchen sie Übersetzer."

„Und das Geschäft?"

„Ja gut. Schmuggel? Vielleicht. Aber dann wohl eher von dir zu mir."

„Wie bleiben wir in Verbindung, wenn alles zu ist?"

„Kennst du Les Sommêtres bei Noirmont, Jacques?"

„Ja, ungefähr."

„Unterhalb Les Sommêtres gibt es einen Weg in den Wald und an den Doubs."

„Unpassierbar für Automobile?"

„Keine Chance."

„Und wo kommt der Weg an den Fluss?"

„Das kommt drauf an, wie du gehst. Auf alle Fälle macht der Doubs dort eine Biegung nach rechts. Also wenn er gerade geht, bist du zu weit unten, wenn er eine leichte Biegung nach links macht, zu weit oben."

„Und wohl alles steil und unwegsam?"

„Nichts für rahmengenähte Halbschuhe", lachte Yves.

„Aber wir können doch nicht immer da runterstiefeln?"

„Hmm, ja."

„Habt ihr in der Gemeinde ein Funkgerät?"

„Einen Telegrafen haben wir im Postbüro. Hab das auch schon gemacht."

„Nein, Funk."

„Weiß nicht?"

„Kannst du zwei Geräte besorgen? Reichweite etwa zehn Kilometer?"

„Reicht das denn? Zu Fuß sind's fast fünfzehn Kilometer."

„Ja, aber in der Luft sind's keine zehn. Das Signal geht ja nicht rauf und runter und macht keine Überschläge. Also kannst du zwei besorgen?"

„Ja sicher."

„Gut."

„Weißt du, wie das geht?"

„Ich habe mal Radios verkauft und musste auch ein paar Geräte ausliefern. Wir müssen uns auf einer bestimmten Frequenz finden. Das ist, glaube ich, alles. Und du?"

„Werde mich mal beim Jungen des Bürgermeisters schlaumachen. Der bedient den Telegrafen."

„Gut."

„Und dann?"

„Schau, dass du Funkgeräte mit Bedienungsanleitungen findest."

„Wohl auf Deutsch, Monsieur S'Elagier?"

„Ja, am besten von der Wehrmacht. Das wäre ein Ding."

„Und dann?"

„Wir brauchen einen Codesatz und eine Zeit."

„Juliette a cinq vaches."

„Und wann?"

„Halb neun, abends, dann essen alle, eine Viertelstunde. Bis wir uns haben."

„Gut."

„Und dann?"

„Dann werden wir sehen. Yves, wir sind doch gut genug, dass wir da durchkommen, oder?"

„Aber sicher."

„Yves, komm, wir pissen zusammen über die Felsen hinab."

Am 17. Juni 1940 standen die Panzertruppen von Guderian in Pontarlier, etwa siebzig Kilometer südwestlich von Les Chenevières, knapp zehn Kilometer Luftlinie von der Schweizer Grenze entfernt. Am 25. Juni 1940 war der Waffenstillstandsvertrag unterschrieben, Frankreich hatte faktisch kapituliert.

Yves war einfach in der Mairie von Charmauvillers sitzen geblieben und wartete auf den ersten

Wehrmachtssoldaten. Als dieser kam, ein junger Leutnant, fragte er Yves in krudem Französisch, ob er der Bürgermeister sei? Yves verneinte. Ja was er denn hier tue? Worauf Yves auf Deutsch antwortete, was denn der Herr Leutnant hier wohl tue?

Der Leutnant musste schmunzeln und antwortete, „Euch unter die Fittiche nehmen". Aber mehr wusste er auch nicht zu sagen, da er nur den Befehl hatte, Charmauvillers zu besetzen und auf weitere Order oder Ablösung zu warten. So standen sie sich in diesen Augenblicken ohne unmittelbare Zukunft ratlos gegenüber, bis der Leutnant das Befehlsloch mit den Fragen nach Kaffee und ob das Schulhaus eine genügend große Unterkunft für seine Staffel sei, füllte. Ach, und er möge den Bürgermeister herbestellen, sofort.

Yves besorgte Kaffee, öffnete das Schulhaus und suchte vergeblich nach dem Bürgermeister. Der war mit der ganzen Familie abgehauen. In den Süden, wie es hieß.

Als er zurückkam und davon berichtete, setzte der Leutnant Yves gleich als provisorischen Bürgermeister ein und wies ihn an, ab sofort mit „Heil Hitler" zu grüßen und sich zu verabschieden. Was sie jetzt gleich mal üben wollen. So endete Yves' erste Begegnung mit den Ausläufern der neuen Macht mit dem Üben des Hitlergrußes.

Obwohl Breiter der französischen Armee nicht viel zutraute, war er vom horrenden Tempo des deutschen Feldzugs überrascht. Seit dem Überfall auf die Niederlande und Belgien waren es keine sechs Wochen, die die Wehrmacht benötigte, um ihre Panzer fünf Kilometer Luftlinie von Breiters Haustüre entfernt zu parkieren.

Noch wenige Tage zuvor hatten sich in Goumois an den Hauswänden klafterhohe Haufen mit Karabinern getürmt, eilig herbeigeschaffte Weidekörbe und Wäschezainen waren mit Stab- und Eierhandgranaten gefüllt worden, dazwischen standen Maschinengewehre mit Patronengurten und vereinzelte leichte Artilleriekanonen herum. Am Ufer des Doubs, auf den Mauern zum Fluss, mitten auf der Straße und auf der Treppe zur Épicerie, Mercerie Vve L. Brischoux': überall französische und polnische Soldaten, sitzend, stehend, liegend, einzeln und in Gruppen zusammenstehend, rauchend, weinend, schweigend oder ohne Unterlass redend. Jedem dieser Männer war das Entsetzen über das Geschehen der letzten Tage, der Schrecken über den sang- und klanglosen Zusammenbruch der eigenen Linien, die Scham über die eigene Ohnmacht und die Tatsache, widerstandslos davongelaufen zu sein, aber auch die Erleichterung darüber, überlebt zu haben, ins Gesicht geschrieben.

Breiter stellte in diesen Tagen seinen Traction Avant im hinteren Teil des Stalles ab, ging mit seinen drei Kühen auf die Weide, legte sich ins Gras, schlief immer mal wieder ein, träumte von Elsie, dachte mindestens einmal täglich an Charlotte, ließ sich einen Bart wachsen. Ein Bart, fand Breiter, passt zu dieser Hochebene, wo lose Grüppchen und größere und kleinere Waldflecken aus Tannen und Fichten im sattgrünen, handhohen Gras standen und die Horizontlinie wiederholt durchbrachen. Dahinter ging es schroff hinab, die Fichten und Tannen schmiegten sich näher aneinander, nahmen ein paar Laubbäume in ihre Reihen auf, gerade so, als gäben diese ihnen Halt, um nicht von der Tiefe ein für allemal eingesogen zu werden.

Abends ging er zu Pierre, käste, trank mit ihm den einen oder anderen Absinth und ließ so die Zeit verstreichen, die, außer Kühe zu melken und die Milch mit Pierre zu Käse zu verarbeiten, momentan keine Aufgaben für ihn bereithielt.

Im Juli wurden Teile der Armee demobilisiert. Mehr und mehr Schweizer Soldaten verließen die Gegend, und es setzte allmählich wieder eine erträgliche Normalität ein.

Im August kalbte die Kuh und Pierre konnte Breiter nur mit viel Mühe davon abbringen, das Kalb Elsie zu nennen. Nach einigen Diskussionen konnte Breiter den Namen „Charel“ durchsetzen.

Gegen Ende des Monats nahm er sich vor, Verbindung mit Yves aufzunehmen. Breiter packte die eine Kiste mit einem schweren UKW-Sender c 20 W.S.c mit Mikrofon und einem etwas leichteren UKW-

Empfänger C mit Kopfhörer aus. In beiden Kisten fand Breiter eine ausführliche Bedienungsanleitung für den Einbau der Geräte in den ‚Panzerkampfwagen II, Ausf. A–C'.

Da war alles genau beschrieben, z.B.:

1. Funkanlage.
a) Der Funker bedient den Funkgerätesatz Fu 8 (30 Wsa + MwEe) bei Einsatz des Fahrzeuges als Sd Kfz 267 oder den Funkgerätesatz Fu (WS d + Ukw E d 1) bei Einsatz des Fahrzeuges als SD Kfz 268. Er hat seinen Platz vorn rechts vom Fahrer.
b) Der Funker bedient auch den Funkgerätesatz Fu 5 (10 Wsc + Ukw Ee). Dieser Funkgerätesatz ist im Turm am Platz des Ladeschützen untergebracht. Der Funker ist daher gleichzeitig Ladeschütze.

Breiter blätterte das Handbuch durch. Alles, alles war beschrieben. Vom Einsatz der Antenne, wo sie verstaut wird, wenn nicht gefunkt wird, über den Schleifringüberträger und Turmanschluss, über die Stromversorgung, die durch den Umformer aus der Fahrzeugbatterie erfolge, bis er auf Blatt 16 schließlich auf folgende Bemerkung stieß:

Einzelheiten zur Bedienung der Geräte sind den zuständigen Druckvorschriften zu entnehmen.
D 949/2 Der 10 Watt Sender A
D 988/2 Der Ultrakurzwellenempfänger A

D 983/1 Der 20 Watt Sender C
D 984/2 Der Ultrakurzwellenempfänger C

„Ja und wo sind diese Druckvorschriften, gopferdammi", rief er, während er wütend die Kisten auf den Kopf stellte und die am Boden verstreute Holzwolle durchwühlte.

Entnervt setzte er sich auf den Stuhl. „Für das, Yves, für diese unvollständige Lieferung, habe ich nicht noch einen weiteren Goldbarren gewechselt und ein Vermögen ausgegeben."

Er ging vor das Hauses, machte ein Feuer und dachte nach. Welcher Raum seines Hauses war einem Panzer am ähnlichsten? Und – eigentlich war das gar nicht so risikolos, was er, was sie da tun wollten. Wie ist das eigentlich mit dem Funk? Kann da jeder mithören? Die Deutschen mit den gleichen Geräten sicher. Die hören eh alles. Denken sie dann, sein Dachstock – ja, der Dachstock ist der richtige Ort – sei dann einer ihrer Panzer? Was macht einer ihrer Panzer so ganz allein in der Schweiz? Verirrt? Gefangen? Muss man den befreien? Aber merken die Deutschen überhaupt, dass es ein Gerät von ihnen ist? Und die Schweizer? Denken sie, es sei ein deutscher Panzer? Stünden sie dann gleich mit Artillerie und Kavallerie vor seinem Haus? Und wenn er nicht mehr funken würde, würden die Deutschen dann denken, die Schweizer hätten ihren Panzer zerstört und zur Rache die Schweiz besetzen? Also, den Krieg so schwerwiegend beeinflussen, das wollte er dann doch nicht.

So beschloss er, sich zuerst einmal ein wenig über das Funken und die damit zusammenhängenden Gefahren zu informieren. Unterdessen könnte er ja den Dachstock zur Panzerfunkstation umbauen. So mit Röhren, durch die man die Antenne ausfahren und wieder einziehen kann. Und ein bisschen abdichten, war es doch recht zugig in dem Dachstock. Und einen Radioapparat könnte er sich auch anschaffen. Vielleicht nicht schlecht, wenn er sich ein wenig auf dem Laufenden über die Geschehnisse außerhalb der Schweizer Grenzen hielt und so rechtzeitig mitbekam, wann die Zeit da sei, um die Geschäfte wieder aufzunehmen.

Auf der anderen Seite des Doubs, in der Mairie von Charmauvillers beobachtete der provisorische Bürgermeister Yves Ueberschlag die kurz nach seiner Ernennung aufkommende Hektik in Form von zusätzlichen Soldaten, dem Aufstellen von Mörsern und ein paar Artilleriegeschützen sowie dem Besuch eines Majors auf der Mairie.

Von „Verärgerung des Führers über die Schweiz“, „elf abgeschossenen Fliegern“, „Zusammenzug großer Panzerverbände an der Grenze“ sowie „Druck aufbauen“ war die Rede.

Hitlers Zorn über die abgeschossenen Flugzeuge wurde von der Schweiz mit wirtschaftlichen und politischen Zugeständnissen besänftigt, was sich auch auf den aufgebauten Druck in Charmauvillers auswirkte. Ein paar Mörser, Kanonen und Soldaten wurden abgezogen.

Als dann Anfang August das deutsch-schweizerische Wirtschaftsabkommen unterzeichnet wurde, das die Schweiz zwang, Deutschland einen Clearingkredit von 124 Millionen Franken zu gewähren, ein Geleitscheinsystem für die Exporte einzuführen, die Lieferung von 5.600 Tonnen Aluminium zuzusichern sowie zu dem Versprechen, Waffen zukünftig ausschließlich an das Dritte Reich zu verkaufen, nahm der Druck sogar soweit ab, dass der Leutnant mit seiner Staffel das Dorf räumte und das Schicksal von Charmauvillers und dessen knapp dreihundert Einwohnern in Yves' Hände legte.

Um welches Yves sich auch kümmerte, indem er sich im Wirtshaus ausgiebig über die allgemeine Stimmung erkundigte. Die allgemeine Meinung war, dass man zuerst einmal abwarten müsse, das Weideland pflegen, mehr Kartoffeln und Gemüse anbauen, die Kühe melken und den Käse in zwei Qualitäten einteilen sollte: die bessere für den eigenen Bedarf, die schlechtere für die Boches.

Nachdem dies alles entschieden war und weitere Zeit ereignislos vorüberstrich, entschloss er sich, mit Breiter Kontakt aufzunehmen. Yves installierte die Funkanlage in einer Scheune, in der es einen in den Felsen gehauenen Gemüse- und Obstkeller gab.

Im Gegensatz zu Breiter hatte Yves noch die Möglichkeit gehabt, sich ein paar Kenntnisse in Sachen Telegraf anzueignen. Der Sohn des Bürgermeisters war ein fanatischer Telegrafist und hatte immer wieder die Wichtigkeit seiner Tätigkeit und wie entscheidend die prompte und fehlerfreie Weitergabe von Nachrichten gerade am Rande der Republik sei, betont. Was er unterstrich, indem er bereits vor der Besetzung von Paris seiner Familie, die sich Hals über Kopf in den Süden abgesetzt hatte, gefolgt war.

Das Anschließen an eine Autobatterie sowie die Inbetriebnahme von Sender und Empfänger machte Yves keine Mühe. Dafür brauchte er keine Instruktionen. Allerdings waren die Kenntnisse über Telegrafen bei Funkgeräten nur beschränkt nützlich. Folglich probierte er die ganze Bandbreite an Frequenzen aus, hörte verschlüsselte deutsche und Schweizerische Funksprüche, lauschte, was die Schweizer Luftwaffe sich so alles zu sagen hatte und bekam mit, wie französische Stimmen aus London verklausulierte Sätze in den Äther stießen. Aber all dies kam eher selten vor, denn die meiste Zeit war nur ein Rauschen zu vernehmen, und schon gar nicht der Satz, auf den er sehnsüchtig wartete: „Juliette a cinq vaches."

Unterdessen hatte Breiter seinen Dachstock zur Kabine eines Panzers umgebaut. Im letzten Moment war ihm beim Anschließen der Geräte klar geworden, dass Sender wie Empfänger für eine 12-Volt-Spannung gebaut waren. Folglich konnte er die mühsam in den Dachstock verlegte 110-Volt-Leitung gar nicht benützen, außer – außer er fände einen Transformer.

So rasierte er sich, schnitt mit stumpfer Schere die Haare nach, tauschte seine Stallkleider gegen einen Anzug und machte sich per Bahn nach Solothurn auf.

Nachdem er in der Altstadt einen Frisör aufgesucht hatte, meldete er sich für einen Besuch bei Nagel bei der Phonfam an, was diesen freute. So verkaufte er Breiter auch zwei Transformer – für spezielle Stalllampen, welche die Kühe zu kriegswirtschaftlich wichtigen Mehrleistungen antreiben sollten, wie dieser ausführte – zum Fabrikpreis. Dazu erstand er einen Radioapparat (Kurz-, Lang- und Mittelwelle). Ebenfalls zum Fabrikpreis. Und er verwickelte Nagel in ein Gespräch über das Funken, das dank Nagels Begeisterung für den Funk ergiebiger war, als jede deutsche Betriebsanleitung für Panzerfunker.

Zu Hause wechselte er den Anzug wieder gegen Stallkleidung, versorgte die Kühe, ging schlafen, rasierte sich nicht mehr und bastelte am anderen Tag die ganze Anlage mit aus- und einfahrbarer Antenne zusammen. Am Abend funktionierte alles und Breiter horchte in die Welt hinein, die wie zehn Kilometer gegenüber hauptsächlich aus Rauschen bestand.

Es wurde ein strenger Winter, der Schnee lag monatelang, das Brennholz wurde Schweizweit knapp. Breiter hatte allerdings genug, dank Pierre und seinem Insistieren, den ganzen September für den Holzschlag zu nutzen.

Am 23. Januar 1941 vernahm er mit Freude, dass britische Truppen die libysche Stadt Tobruk eingenommen und 25.000 Italiener gefangen genommen hatten. Aber „Juliette a cinq vaches“ vernahm er nicht, obwohl er jede mögliche Frequenz absuchte.

Im Gegensatz zu Breiter war es Yves einfach zu kalt und unwirtlich, um die Scheune aufzusuchen. Zudem wollte er keine Spuren im Schnee hinterlassen, und außerdem musste er sparsam mit seinem Vorrat an Autobatterien umgehen.

Am 26. März 1941 verkündete der deutsche Sender, Rommel habe die libysche Stadt El Agheila erobert. Und im Funk vernahm Breiter auf einer Frequenz, dass eine Juliette fünf Kühe habe. Er wurde hellwach, stellte die Empfangsfrequenz auf seinem Sender gleich und sprach ins Mikrofon: „Juliette a cinq vaches.“

Einen Augenblick wie eine Ewigkeit dauerte es, bis Yves realisierte, dass da drüben, hinter dem steil abfallenden, von markanten Kalkfelsbändern durchzogenen Talhang Juliettes Kühe auf einen Melker stießen.

„Juliette a cinq vaches“, sprach Yves nochmals ins Mikrofon und wartete gespannt.

„Salut Monsieur Boucle“, krächzte es zurück.

Yves musste schmunzeln. „Salut Monsieur S’Elagier.“

„Eine Woche?“

„Luft?“

„Luft.“

„Eine Woche.“

„Salut Monsieur Boucle.“

„Salut Monsieur S’Elagier.“

Breiter fühlte sich schlagartig nicht mehr so allein. Ohne Absprache redeten sie kurz und für andere unverständlich. Sie waren sich beide des Risikos bewusst. Das tat gut.

Erregt und aufgekratzt ging er in den Stall, redete mit den Kühen, hob Lenis Brett und kraulte ihren breiten Nasenrücken, schwärmte Charel von den satten Wiesen, die auf sie warteten, vor, versprach ihr, sie nie zu schlachten, verhieß allen bald, den Stier zu holen und gab jeder noch eine Extraportion Heu.

Am anderen Tag – es war feucht und der Nebel schlich vom Doubs her durch die Bäume der abschüssigen Hänge hinauf – packte er seinen Rucksack und machte sich auf, zum Fluss hinunterzusteigen.

Es war steil, es war rutschig, es war gefährlich. Er verirrte sich, kam aus dem Wald, sah das Kraftwerk

La Goule, sah Soldaten auf beiden Seiten des Flusses, verzog sich wieder in den Wald, schlug sich weiter Richtung Osten, fand einen Tiertrampelpfad, folgte diesem, bis er über einem unpassierbaren Felsvorsprung jäh endete.

Alles wieder zurück, nochmals von vorne anfangen, diesmal gleich nach dem Felsband, auf dem die Spiegelbergruine stand, hinunterstechen. Da gab es auch einen Weg, schmal, aber von Menschen begangen. Scheinbar war er nicht der Einzige, der besagte Stelle am Fluss aufsuchen wollte.

Als er am Doubs ankam, musste er nur noch nach Westen gehen und da war die Biegung. Auf der Schweizer Seite war sogar eine kleine Fläche aus Schwemmland und Gras.

Er setzte sich auf einen mächtigen, von den Wassern der Zeit abgerundeten Stein, aß ein Stück Brot mit eigenem Käse und studierte das Gelände. Gut ausgesucht, Yves, dachte er. Überall dichter Wald, in seinem Rücken nach wenigen Metern eine Felswand, auf der gegenüberliegenden französischen Seite ein schmaler Uferstreifen, aber sonst Wald und Steilheit. Patrouillen haben es hier schwer.

Für den Rückweg brauchte er knappe zwei Stunden. Er war erschöpft, zerkratzt, Dornen steckten noch in Jacke und Hose, aber er war zufrieden. Der Saumpfad zum Geld schien gefunden.

„Juliette a cinq vaches."
„Juliette a cinq vaches."
„Zwei Pakete à 1.500."
„Zwei Pakete à 1.500."
„Morgen nach rechts."
„Morgen nach rechts."
„Die Vögel schlafen gleich."
„Die Vögel schlafen gleich."
„Salut Monsieur S'Elagier."
„Salut Monsieur Boucle."

Es waren zwei junge Burschen, die ihm übergeben wurden. Zum Glück war ihm noch die Idee gekommen, ein Seil mitzunehmen, was sich als hilfreich erwies, führte der Doubs doch anständig Wasser.

Als Erstes ließ er sich auszahlen, dann führte er sie den Berg hinauf und zu sich nach Hause. Alles ging glatt: Keine Patrouillen, niemandem begegnet, die Burschen waren gut zu Fuß, den Aufstieg hatten sie ohne Mühe in der Dunkelheit gefunden. Breiter war mit sich und den dreitausend französischen Francs zufrieden.

Die jungen Männer waren kommunistische Juden, die die anhaltenden Proteste gegen die Deutschen in den Niederlanden mitorganisiert hatten. Nach Verhängung des Kriegsrechts war die Lage für die beiden lebensbedrohend geworden. So waren sie über eine Kette von Mittelsmännern über Belgien, Paris, Belfort bis nach Charmauvillers gekommen, wo sie von Yves bis zur Übergabe versteckt wurden.

Yves ließ über sie ausrichten, dass jetzt ab und zu Pakete kämen und dass er jeweils am Freitag auf BBC die einstündige Sendung „Radio Londres" hören sollte.

Am anderen Morgen reisten die beiden weiter, mit Schweizer Visum und belgischen Pässen, nach Biel, das über eine gut funktionierende jüdische Gemeinde und eine von Rabbi Lauer und seiner Frau geführte Flüchtlingshilfe verfügte.

Am Abend lud Breiter Pierre zu einem guten Nachtessen mit einem rechten Schluck Wein in das beste Restaurant von Le Noirmont ein.

Yves dagegen versteckte das Geld im Felsenkeller seiner Scheune. Dabei kam ihm die Idee, diesen weiter auszubauen, mit einem zweiten Eingang im Wald zu versehen und so einzurichten, dass auch mehrere Menschen darin übernachten konnten.

Die Nachricht des deutschen Überfalls auf die Sowjetunion am 22. Juni 1941 überraschte auch Yves. Sie wurden ihm langsam unheimlich, die Deutschen. Breiters Prophezeiungen hallten in seinen Ohren nach und so beschloss er erstmals, sich zu ducken und abzuwarten.

Im Dezember wurde er nach dem Bezirkshauptort Maîche beordert, um Anweisungen des deutschen Zivilkommandanten entgegenzunehmen. Eigentlich rechnete er mit einer Erhöhung der landwirtschaftlichen Abgaben (Milch, Käse, Fleisch, Holz), die auch die Bauern von Charmauvillers als Beitrag zur deutschen Kriegswirtschaft zu leisten hatten, aber er bekam die Order, allfällige Juden und Halbjuden seiner Gemeinde in ein eigens dafür geschaffenes Formular einzutragen.

So ging er am Abend ins Wirtshaus, fragte die Anwesenden, ob jemand Jude sei oder in der Gemeinde wohnende Juden kenne, was allgemein verneint wurde, machte sich am folgenden Tag mit dem leeren Formular wieder nach Maîche auf und gab das leere Blatt ab.

Der junge Deutsche betrachtete das Formular ausgiebig und fragte schließlich, ob er sicher sei.

Yves bejahte eindringlich, und der Deutsche ließ ihn mit der Bemerkung „er hoffe es" wieder zurückkehren.

Kurz vor Weihnachten bekam er die telegrafische Order, Juden sei es nur noch erlaubt, sich mit einem gelben Stern gekennzeichnet in der Öffentlichkeit zu bewegen. Worauf Yves zurücktelegrafierte, er habe keine Juden, siehe Formular vom 6. Dezember 1941.

Der Winter war noch härter als der vorhergehende. Die Deutschen beschlagnahmten überall Brennholz, stellten das Unterschlagen von Brennmaterial unter Strafe, und selbst der Pfarrer konnte sie nur mit Müh und Not davon abbringen, die Kirchenbänke als brennbare Stoffe zu deklarieren.

Durch Schnee und Glätte waren die Straßen schlecht befahrbar, und so sah man außer den Wachablösungen für die am Grenzübergang von Goumois diensttuenden Soldaten den ganzen Winter über fast keine deutschen Wehrmänner.

Yves nutzte die Zeit und baute seinen Keller unter dem Schein von Karbidlampen aus. Es war wahrscheinlich der wärmste Platz in ganz Charmauvillers.

Auf der anderen Seite des Doubs wurden Heizferien ausgerufen, und die Lehrer organisierten Skilager. Die Schulkinder wurden zusammengezogen und in die Berge zum Skifahren geschickt. Das sparte nicht nur Brennmaterial, sondern diente längerfristig auch der Landesverteidigung. Darum wurden die Skilager von General Guisan, dem höchsten Schweizer Militär, persönlich gefördert, denn Skifahren ertüchtige den Körper, schule Geschick und Gleichgewicht und sei somit eine wichtige Grundlage zur Verteidigung der Heimat.

Breiter versorgte derweil seine Kühe, kaufte für sich und Pierre auf dem Schwarzmarkt Kohle und Briketts, hörte immer mal wieder den Funk ab, in dem sich aber nichts tat und lauschte Freitag für Freitag, wie von Yves geheißen, Radio Londres.

„Ici Londres! Les Français parlent aux Français …“ war nach dumpfen Paukenschlägen, sinnigerweise den Eingangstakten von Beethovens 5. Symphonie, zu hören. Danach folgten Berichte über das

Kriegsgeschehen, Musik, Sketche, oft pathetische Appelle an den Stolz und die Widerstandskraft der Franzosen sowie die messages personnels: „Louis a trois cochons“, „Grand-Mère mange nos bonbons“, „Jacques a une cigarette pour deux“ oder „Elle restera sur le dos“.

Warum er dies hören sollte, war ihm unklar, schließlich war er kein Franzose und sein Wehrwille war von Nazideutschland bereits ein für allemal gebrochen. Und zudem empfand er die ruhig und sachlich vorgetragene Weltchronik von Jean Rudolf von Salis um einiges glaubwürdiger als die Durchhalteparolen eines selbsternannten französischen Generals im Exil.

Breiter kümmerte sich lieber um seine Kühe, entschloss sich im April dazu, sich ein paar Hühner zuzulegen, dazu ein paar Kaninchen, wurde melancholisch, wenn er an Elsie dachte, wusste seine Erinnerungen an und die Gefühle für Charlotte nicht einzuordnen, fragte sich, ob er mit der Serviertochter in Noirmont etwas anfangen sollte, verwarf den Gedanken wieder und beschloss, einfach den Frühling abzuwarten.

Im Frühling 1942 erfuhr Yves auf unsanfte Weise, dass es nicht nur eine Wehrmacht, sondern auch eine SS und eine Gestapo gab. Zwei Gestapo-Männer überraschten ihn auf der Mairie und gingen vor seinen Augen das Personenregister durch, schrieben jeden Namen auf, hinter dem nicht katholisch oder reformiert stand, danach musste er sie zu jedem dieser Einwohner begleiten, und die jeweiligen Personen wurden ausführlich nach ihrer Konfession und ihrem Stammbaum befragt. Das ging den ganzen Tag so, und am Abend verabschiedeten sie sich mit der Warnung, dass er, falls sich in seiner Gemeinde doch noch ein Jude fände, gleich mit auf die Reise geschickt werden würde.

Yves steckte der Schrecken noch für zwei weitere Tage in den Knochen. So sehr, dass er sich am dritten Tag aufmachte, die Funkausrüstung in den Felsenkeller zu verfrachten und ihn zur Scheune hin zuzumauern.

Zwei Tage später griffen die Deutschen zwei Flüchtlinge auf, die sie unter Gejohle und Schlägen mit Haselruten die Straße nach Damprichard hinauftrieben.

Den nach diesem Vorfall aufkommenden Gerüchten entsprechend seien es Juden gewesen, die zu einer Sammelstelle gebracht und von da aus in den Osten deportiert wurden. Überhaupt würden in ganz Frankreich immer mehr Juden verhaftet und deportiert.

Der Druck an der Grenze stieg. Die Bewachung wurde auf beiden Seiten verstärkt. Flüchtlinge wurden vermehrt aufgegriffen. Zeit für Yves, wieder Kontakt mit seinen Mittelsmännern im Hinterland aufzunehmen. Zeit für Yves, wieder in Verbindung mit Breiter zu treten.

„Juliette a cinq vaches."
„Juliette a cinq vaches."
„Es gibt immer mehr."
„Es gibt immer mehr."
„Morgen nach rechts."
„Morgen nach rechts."
„Die Vögel schlafen gleich."
„Die Vögel schlafen gleich."
„Salut Monsieur S'Elagier."
„Salut Monsieur Boucle."

„Sie verhaften überall Juden, treiben sie zusammen und fahren sie in Viehwaggons weg. In den Osten, nach Polen wahrscheinlich."

„Woher weißt du das, Yves?"

Sie hatten sich in eine Mulde im Wald zurückgezogen. Breiter hatte Brot und Wurst mitgebracht, Yves entkorkte eine Flasche Burgunder.

„Der Widerstand beginnt sich langsam zu organisieren, Jacques."

„Und das Geschäft?"

„Das Geschäft hilft, den Widerstand zu finanzieren."

„Bist du im Widerstand?"

„Gute Frage. Ich glaube, irgendwie, ja, ich bin schon hineingeglitten, ja."

„So."

„Ja."

„Und?"

„Verdammt noch mal, es ist meine Pflicht. Schau dir doch mal an, was die machen."

„Mir musst du nichts sagen."

„Also?"

„Was also?"

„Machst du weiterhin mit?"

„Ja, wenn es gut zu verdienen gibt."

„Das gibt es sicher. Aber die Sache?"

„Die Sache?"

„Ja, die Sache. Die Deutschen rausschmeißen, besiegen, das alles zu beenden?"

„Ja. Aber Yves, schau, ich bin jetzt ganz ehrlich zu dir: Mir geht es um mich. Wenn dies der Sache dient, gut. Wenn nicht, auch gut."

„Wärst du bereit, für die Sache …"

„… Abstriche beim Geld zu machen?"

„Ja."

„Wie viel?"

„Zehn, zwanzig Prozent."

„Zehn. Aber nur bei höheren Preisen."

„Die werden steigen. Es kommen mehr, und es wird gefährlicher."

„Gut."

Yves zog zwei Flaschen Bordeaux aus seiner Jacke: „Für dich."

„Oh, danke. Ich habe auch etwas." Breiter zog ein Paar Socken aus seinem Rucksack. „Aber erst drüben anziehen."

Yves musste lachen. „Gute Idee."

Yves stand auf, steckte die Socken in die Taschen, knüpfte seine nassen Schuhe an den Bändern zusammen, warf sie über seine Schultern und machte sich auf, den Fluss zu überqueren.

„Salut Monsieur S'Elagier."

„Salut Monsieur Boucle."

Breiter wartete noch, bis Yves im Wald verschwunden war, nahm den steilen Aufstieg unter die Füße und freute sich auf eine Flasche Bordeaux.

„Juliette a cinq vaches."

„Juliette a cinq vaches."

„Fünf Pakete à 1.800."

„Fünf Pakete à 1.800."

„Die Vögel schlafen gleich."

„Die Vögel schlafen gleich."

„Salut Monsieur S'Elagier."

„Salut Monsieur Boucle."

„Juliette a cinq vaches."

„Juliette a cinq vaches."

„Zwei Pakete à 2.250."

„Zwei Pakete à 2.250."

„Die Vögel schlafen gleich."

„Die Vögel schlafen gleich."

„Salut Monsieur S'Elagier."

„Salut Monsieur Boucle."

„Juliette a cinq vaches."
„Juliette a cinq vaches."
„Vier Pakete à 1.500."
„1.500?"
„1.500 gut."
„Ja dann."
„Die Vögel schlafen gleich."
„Die Vögel schlafen gleich."
„Salut Monsieur S'Elagier."
„Salut Monsieur Boucle."

Breiter war erfreut über die steigenden Preise und die enorm gewachsene Nachfrage. Und noch erfreuter zeigte er sich, als die letzten vier Kunden in Schweizer Franken bezahlten. Das war neben dem Britischen Pfund wohl die letzte verlässliche Währung im kriegsversehrten Kontinentaleuropa.

Es gab wenig Möglichkeiten, die neu erworbenen Mittel lustvoll auszugeben oder vernünftig anzulegen. An den Börsen war der Handel stark eingeschränkt, ja sie wurden von Zeit zu Zeit sogar ganz geschlossen.

So beschloss er, alles in Schweizer Franken zu wechseln, stieg am gleichen Abend in den Keller und stellte sich mit einem Bündel Scheinen vor seine Kässelis.

In „Mama" waren immer noch die 900 Franken. In „Miete" der Brief der Witwe Hunziker. Er widerstand der Versuchung, ihn nochmals zu lesen. Auf dem Boden von „Essen“ lag der vereinsamte Fünfliber. Das Überbleibsel aus der Zeit mit Charlotte.

Er öffnete den Deckel, entnahm die Münze, roch daran, hoffte Charlottes raue Stimme zu hören, ihren Duft zu riechen, die Erinnerung an die hölzernen Knöpfe ihres Hemdhöschens zwischen Zähnen und Lippen zu spüren oder zu sehen, wie sie beim Lachen den Kopf zurückwarf. Aber das Geldstück blieb kalt, muffelte bestenfalls ein bisschen. Er legte den Fünfliber sorgfältig zurück und verschloss den Deckel wieder.

„Kleider“ hatte er leer in Erinnerung. Aber jetzt fand er 327,50 darin. Wahrscheinlich hatte er diese nach dem Kauf des Autos als Restgeld hineingetan. Aber warum zu „Kleider“?

Er hielt sich nicht länger mit der Frage auf, betrachtete „Steuern“, leer wie immer, und das war auch gut so, in „Träume“ waren 237 Franken, das Überbleibsel nach dem Kauf von „Leni“.

Hatte er noch Träume oder sollte er das Kässeli in „Kühe“ umtaufen? Ein Traum wäre vielleicht, Charlotte wiederzusehen. „Ist es auch ein Wunsch?“, fragte er sich. „Es ist ein Traum. Ein Wunsch wäre eine weitere Kuh zum Beispiel.“

In „Überraschungen“ waren noch die dreißig Franken, die von Rosie übrig geblieben sind. Wie es ihr und Willy wohl ging? Hatten sie bereits weitere Kinder? Nachwuchs für die Partei? Sollte er sie ihnen als Unterstützung schicken? Aufstocken auf zweihundert? Eine halbe Jahresmiete? Willy würde sie aus falschem Stolz verschmähen und postwendend zurücksenden.

Da blieb noch das leere „Wünsche“, das Kässeli, das ihm Vittorio noch zusätzlich gemacht hatte. „Sicher, Bub, komm hierher, wenn die Kasse für Wünsche voll ist“, hörte er ihn sagen. Ob er wohl noch lebte? Irgendwo in den Hügeln um Turin. Mit Flaschen großer, alter Bordeaux, die Bezeichnungen wie „Dolcetto“ oder „Barbera“ trugen. Er nahm sich vor, sollte der Krieg einmal vorbei sein, ihn zu suchen und zu besuchen. Und fände er auch nur sein Grab.

So stand er vor seinen Kässelis und wusste eigentlich nicht, in was er das Geld investieren sollte. Ein neues aufmachen? Es „Nachkrieg“ nennen, „Zukunft“? Oder wie bereits erwogen „Kühe“? Nein, nein, er hatte ja nicht die Absicht, ein jurassischer Rinderbaron zu werden. Entnervt von der eigenen Unentschlossenheit stopfte er den größeren Teil der Noten in „Träume“ und den Rest in „Wünsche“.

Die Tatsache, dass die Schweizer Regierung angesichts der unablässig steigenden Flüchtlingszahlen immer ernsthafter in Betracht zog, die Grenzen ganz zu schließen, ließ die Masse der Fluchtwilligen auf der französischen Seite des Flusses nicht etwa abschwellen.

Sie ließen sich auch nicht durch die endgültige Grenzschließung im Spätsommer 1942 mit massiv verstärkten Patrouillen davon abbringen, ihr Leben in die Schweiz zu retten. Auch nicht durch die Verschärfung Schweizseits, dass, wer innerhalb eines Kordons von etwa zwölf Kilometern als Flüchtling aufgegriffen, direkt wieder an die Grenze gestellt wurde. Und ließ derjenige sich wiederholt erwischen, wurde er gleich den Deutschen übergeben, die ihn in den nächsten Zug nach Auschwitz setzten.

„Yves a une cigarette pour Jacques."

Jacques horchte auf.

„Nous disons: Yves a une cigarette pour Jacques."

Breiter hatte Lust auf Musik gehabt. Bei der Sendersuche blieb er an einem französischen Chanson, das ihm gefiel, hängen. Er war dabei, einen Riss in einer Kuhglocke zu reparieren. Vertieft in seine Arbeit nahm er „Yves" und „Jacques" wahr, hörte nochmals hin und war sich sicher: Sie waren gemeint.

Dass Yves Beziehungen zur Résistance hatte, wusste er ja, aber dass sie bis nach London reichen würden, dies hätte er ihm dann doch nicht zugetraut, diesem drahtigen, flinken Hinkebein. Nun gut, es musste ja eine wichtige Lieferung sein, wenn sie von London aus annonciert wurde.

Es nieselte leicht, Nebelschwaden hingen im Flusstal. Der Abstieg war glitschig und durch die dicht stehenden Bäume war da und dort flussaufwärts ein Aufblitzen von Lampen zu sehen. Scheinbar hatten die Schweizer Grenzsoldaten bei La Goule die Festbeleuchtung angezündet. Also keine Gefahr.

Als er aus dem Schutz des Waldes hinaus auf die Schwemminsel trat, hörte er flussabwärts, wahrscheinlich beim Stauwehr von Le Theusseret, zwei Schüsse. Das Echo der Schüsse peitschte durch das enge Tal, so dass er sich instinktiv duckte. Als es wieder ruhig war, er sich aufrichtete, trat Yves mit einem Mann in einem Regenmantel aus dem Wald und winkte kurz. Breiter warf das an einem Stein befestigte Seil über den Fluss, Yves band es dem Mann um den Rumpf und schickte ihn los.

Zweimal fiel er hin. Trottel, dachte Breiter, spannte das Seil und half ihm so, wieder auf die Beine zu kommen. Tropfnass und mit einem Köfferchen in der rechten Hand erschien er bei Breiter.

Breiter bugsierte ihn sofort in den Wald hinein und bedeutete ihm mit dem Finger vor dem Mund, keinen Mucks zu machen. Der Mann zitterte wie Espenlaub. Ob vor Furcht oder Kälte war Breiter egal. Hauptsache er war gut bei Fuß.

Breiter rieb Daumen an Mittelfinger vor dem Gesicht des Mannes, dieser verstand und übergab ihm nasse Schweizer Hunderternoten. Breiter zählte kurz nach und gab ihm dann das Zeichen zum Aufbruch.

Der Flüchtling fiel beim Aufstieg noch mehrere Male hin, in den steilsten Passagen musste ihn Breiter mehrmals stützen, derart erschöpft war der Mann.

In Breiters Haus angekommen, gab er ihm Milch, Brot und Käse, was der Mann geradezu verschlang, dann wies er ihm das Strohlager hinten im Stall neben dem Traction Avant zu, gab ihm noch zwei Wolldecken und löschte das Licht.

Am anderen Morgen, nachdem Breiter die Kühe gemolken und auf die Weiden getrieben hatte, ging er zurück in den Stall und betrachtete den schlafenden Mann. Er lag auf der Seite, das Gesicht abgewandt, die Beine halb angezogen, und die Wolldecken hielt er wohl mit den verborgenen Händen unter dem Hals fest. Er trug einen grauen Bart.

Eine feine Nickelbrille lag auf dem Köfferchen, neben dem die nassen Schuhe standen. Die Socken hatte er über die Scheinwerferhalterung des Traction Avant gehängt. Es war kein armseliger Anblick. Ein Stück Menschenwürde war noch da. Vielleicht wurde sie durch die sorgfältig hingelegte Brille auf dem Koffer signalisiert. Oder die Socken bei den Lampen? Breiter zuckte mit den Schultern und ließ ihn schlafen. Doch irgendetwas kam ihm bekannt vor. Er wusste nur nicht, was.

Breiter stach ein paar Rüben aus, als der Flüchtling aus dem Stall trat, zu Breiter kam, sich bei ihm für die geglückte Flucht bedankte sowie für die Umstände entschuldigte, die er ihm mache, und fragte, wo er sich erleichtern und wo er sich rasieren könne. Breiter zeigte ihm das Latrinenhäuschen hinter dem Stall und wies ihn an, sich im Keller zu rasieren. Er mache unterdessen einen Kaffee.

„Sie haben Kaffee? Echten Kaffee?", fragte der Mann erstaunt.

„Ja."

„Oh, habe ich ein Glück. Danke."

„Machen Sie jetzt, dann ist er noch heiß."

„Ja, ja."

Breiter deckte Teller und Messer auf, stellte Brot, Butter, Käse und Brombeermarmelade – noch von Elsie, 1940 – hin und wusste schlagartig, wen er vor sich hatte, als Isaak Mayer, frisch rasiert, durch den Türrahmen schritt und sich über Kaffee, Brot, Butter, Marmelade und Käse hermachte.

„Isaak Mayer, meine Goldgrube. Was mache ich jetzt“, schoss es ihm durch den Kopf. „Ganz ruhig, Jacques, wie immer, denken. Also: Welche Vorteile könnten sich aus der Situation ergeben?“

Er goss sich ebenfalls eine Tasse Kaffee ein und setzte sich ans obere Ende des Tisches, schlug die Beine übereinander, strich sich durch seinen mächtigen Bart und beobachtete Mayer, wie er nur mit viel Mühe seine Gier zügeln konnte.

„Wer hat das eingefädelt?“, fragte Breiter Mayer unvermittelt.

„Was eingefädelt?“

„Dass Sie nach über tausend Kilometern Flucht genau bei mir landen, Heilandsack?“

„Ist das wichtig?“, fragte Mayer zurück, ohne Breiter anzuschauen.

„Sie suchten mich. Sie wollten zu mir. Also wer hat das organisiert?“

„Ist das denn wirklich so wichtig?“

„Für mich: ja!“

„Sehen Sie, ich bin Ihnen einfach sehr dankbar, dass Sie mir das Leben gerettet haben. Ich habe dafür auch eine erkleckliche Summe bezahlt. Und ich will Ihnen auch nicht länger zur Last fallen. Also, Sie geben mir das Gold, und ich gehe wieder.“

„Gut. So haben Sie sich das gedacht.“

„Es wäre das Beste für uns beide."

„Sie wissen, wo das Gold ist?"

„In Mariastein, nehme ich an. Wie vereinbart."

„Ja, wie vereinbart. Aber Sie wissen auch, wie nah der Kreuzweg an der Grenze liegt?"

„Ja, die Grenze ist gleich dahinter, gegen die Ruine Landskron zu."

„Genau. Da herrscht zurzeit ein Gewimmel an Soldaten, die mit entsichertem Gewehr die Schweiz vor dem Ansturm von Flüchtlingen schützen. Und da, denken Sie, fährt der Breiter jetzt hin, gräbt das Gold aus, übergibt es Ihnen und bedankt sich artig für den Auftrag?"

„Ich würde Ihnen für das Risiko einen weiteren Goldbarren bezahlen."

„So, so."

„Entschuldigung, das war dumm von mir."

„Das kann man so sagen."

„Ja, dann gehe ich nach Biel zu Rabbi Lauer und seiner Frau."

„Wenn Sie es nicht bis nach Biel schaffen, werden Sie umgehend wieder an die Grenze zurückgebracht. Wir befinden uns im Zwölf-Kilometer-Kordon, da gibt es keine Anhörungen, nur ein einziges Verfahren: Zurückweisung."

„Aber Sie könnten mich nach Biel bringen."

„Und dann? Wissen Sie, was Ihr Rabbi Lauer dann mit Ihnen machen wird? Wissen Sie das?"

Mayer schüttelte den Kopf.

„Er wird Sie mitsamt dem Gold auf den nächsten Polizeiposten bringen und die werden Sie, wie alle anderen illegalen jüdischen Flüchtlinge, in ein Internierungslager stecken. Und das muss Ihr Rabbi Lauer tun, denn sonst hätte er bei den Behörden verspielt und es wäre aus mit seiner Hilfe für die Juden."

Mayer schwieg.

„Sie bleiben jetzt erst mal hier und werden ein wenig arbeiten. In der Zwischenzeit sehen wir, wie sich die Lage entwickelt."

„Warum sollte ich das tun?"

„Weil Sie keine andere Wahl haben, wenn Sie diese Zeit lebend mitsamt Goldbarren in der Hand überstehen wollen."

„Und wenn ich das nicht will? Mariastein ist nicht so weit."

„Fluchthilfe ist nicht strafbar. Und für den Verrat von Illegalen wird eine Belohnung bezahlt."

„Warum? Warum nur?"

„Wer hat das eingefädelt, dass Sie hier sind?"

Mayer schwieg.

„Wer hat das eingefädelt?", insistierte Breiter laut.

„Jacques a une cigarette pour deux", sagte Mayer zögerlich.

Breiter bebte die Magengrube. Er stand auf, ging zu Mayer, legte ihm die Hand auf die Schulter, drückte ein wenig zu und sagte leise, aber mit so viel Festigkeit in der Stimme, wie es seine Gefühle zuließen: „Darum."

In seiner Erregung ging Breiter schnurstracks zu seinen Kühen, nahm Leni am Brett, zog sie zu einem ziemlich erodierten Findling, setzte sich auf diesen und redete auf sie ein. Dass da sicher Charlotte dahinterstecke, das mit der einen Zigarette für zwei, das könne nur sie sein, dass es das Hinterletzte von ihr sei, ihm jetzt diesen Mayer zu schicken, für den er doch im KZ gesessen hatte, also falls sie dahinterstecke, und auch Yves, der sicher davon wusste, denn wie sonst führe der Weg von hier über Charmauvillers in die Radiostudios von BBC London, wenn nicht über die andere Seite des Doubs? Und den Yves, den nehme er deswegen auch noch dran, da könne sie, Leni, sicher sein, der könne sich auf etwas gefasst machen, überhaupt, das sei ein ganzes Komplott gegen ihn, der Willy hätte schon recht gehabt, er solle sich nicht auf diese reiche Dame einlassen, er solle lieber kleinere Brötchen backen, da sei oft mehr Glück drin, Heilandsack, in was bin ich da eigentlich reingeraten?

Leni hob anfänglich noch den Kopf und versuchte unter dem Brett hindurch Breiter anzusehen, aber dies wurde ihr bald zu mühsam, so wandte sie sich wieder dem frischen Gras zu.

Ja, es ist Krieg und ich lebe auf der besseren Seite der Grenze. Aber ich war ihretwegen in diesem Scheiß-KZ, in der Hölle, ich habe den wahren Grund des Krieges noch vor dem Krieg kennengelernt, war dort, wo sich Menschlichkeit und Kaltherzigkeit täglich die Tür in die Hand geben, wo Abscheu das Programm und Willkür dessen Ausführung ist, wo der Tod seinen Zählreim an ungeputzten Schuhen oder versteckten Zigaretten ausprobiert. Haben die vergessen, wo ich ihretwegen war? Was ich für sie durchgemacht habe?

Breiter bemerkte, dass die Kuh ihm nicht mehr die nötige Aufmerksamkeit schenkte, rutschte vom Findling herunter, ging auf Leni zu, hob ihren Kopf, was diese benutzte, um mit ihrer rauen Zunge seinen Unterarm abzuschlecken, tätschelte ihren Kopf und eröffnete ihr, dass er ja niemanden habe, mit dem er darüber sprechen könne. Mit Yves sei es momentan zu gefährlich und Pierre wolle er nicht einweihen. So bliebe halt nur sie und er verspreche ihr, eines Tages nehme er ihr das Brett weg.

Sie leckte ihm nochmals die Hand und trottete davon.

Breiter ging zurück, um Mayer wegen Charlotte zu stellen. Als er die Küche betrat, war das ganze Geschirr der letzten Tage abgewaschen, die Stühle standen auf dem Tisch und der Boden war feucht aufgewaschen. Mayer lehnte in der gegenüberliegenden Tür am Rahmen.

„Bitte nicht drauftreten, noch feucht", sagte Mayer halb beschwichtigend, halb um Anerkennung heischend.

„Danke."

„Bitte. Ich versuche mich nützlich zu machen."

„Charlotte?"

„Ja, sie lässt Sie umarmen."

„Wie?"

„Sie ist in London. Arbeitet für die Briten. Da sie perfekt Deutsch, Französisch und Englisch kann, kam sie bereits früh in den Nachrichtendienst. So wurde sie die Scharnierstelle zwischen der Abhörstelle, den Briten und den Franzosen. Dadurch muss sie auch Zugang zu Radio Londres und der Exilleitung der Résistance bekommen haben."

„Woher wissen Sie das alles?"

„Ich habe über den holländischen Widerstand mit ihr Kontakt aufnehmen können."

„Und Yves?"

„Yves ist ein ziemlich hohes Tier in der Résistance. In dieser Region laufen alle Aktionen über ihn. Aber mehr weiß ich auch nicht." Mayer nahm die Stühle vom Tisch.

„Kaffee? Ein Glas Wasser?"

Breiter setzte sich.

„Der Kaffee befindet sich hinter der linken Tür", wies Breiter auf den Geschirrschrank.

„Falls Sie es sich zwischenzeitlich nicht anders überlegt haben, würde ich gerne bleiben und Ihnen helfen. Vier Hände schaffen mehr als zwei."

Breiter klopfte mit den Fingern auf den Tisch.

„Sie müssen ja nicht gleich entscheiden …"

Breiter haute mit der Faust auf die Tischplatte und brüllte Mayer an: „Wissen Sie eigentlich, wo ich

Ihretwegen und wegen Charlotte war? Wissen Sie das eigentlich?"

Mayer blickte auf den Boden und sagte: „Ja, im Gefängnis."

„Setzen Sie sich hin und schauen Sie mir in die Augen, Sie, Sie halbe Portion."

Mayer tat wie ihm befohlen.

„Ich war dort, wo Sie bald wären, wenn Sie jetzt nicht hier wären, Herr Mayer: im Konzentrationslager, KZ, wie die es nennen. Es war fürchterlich, es war grauenhaft. Wir wurden täglich gedemütigt, getreten, verprügelt, zu Untertieren degradiert, und die Schwachen schufteten sich zu Tode. Es ist die Böshölle, die Hasshölle, die Tothölle, Mayer. – Wenn die das zu Ende geführt haben, was sie zu meiner Zeit angefangen haben, wird keiner, keiner, der dort ist, das überleben."

Breiter zitterte. Er wollte nie mehr zittern. Und schon gar nicht vor so einer halben Handvoll Mann wie dieser Mayer einer war.

„Es tut mir leid", sagte Mayer leise und wollte seine Hand auf Breiters Arm legen, dieser zog aber zurück. Mayer stand auf, holte den Kaffee aus dem Schrank und setzte Wasser auf.

Stille trat ein, die einzig durch das aufkochende Wasser gestört wurde.

„Ich musste den Judenstern tragen", begann Mayer leise und goss Wasser in den mit Kaffee gefüllten Filter.

„Am Anfang habe ich gedacht, die Deutschen könnten uns in den Niederlanden nicht gleich behandeln wie in Deutschland. Die Holländer haben sich auch kurz nach der Besetzung für uns gewehrt, was meine Hoffnungen nährte. Aber innerhalb eines Jahres hatten die Nazis alle ihre Gesetze durchgedrückt. ‚Judensau, putz meine Stiefel', herrschte mich ein SS-Unteroffizier mitten auf der Straße an. Da ich kein Schuhputzzeug dabeihatte, befahl er mir, mein Hemd auszuziehen und die Stiefel damit zu putzen. Sie waren voller Hundekot, in den er zuvor getreten war. Von da weg begann ich meine Flucht zu planen. Charlotte gab mir über den Widerstand die Fluchtroute vor."

Mayer stellte die Tasse dampfenden Kaffees vor Breiter hin und fuhr fort.

„In ganz Europa werden die Juden gesammelt und in den Osten deportiert. Ich glaube, die bringen da alle systematisch um."

Breiter nippte vorsichtig an dem brennend heißen Kaffee, stellte die Tasse hin und sagte tonlos: „Ja, das glaube ich auch … nein, ich bin mir sogar sicher. Leider."

Mayer setzte sich wieder an den Tisch.

„Wären Sie bereit etwas zu tun?"

Breiter schwieg, trank nochmals einen Schluck, schaute Mayer lange in die Augen und sagte: „Als Erstes werden wir jetzt eine vernünftige Toilette mit einer anständigen Sickergrube bauen. Und wenn wir fertig sind und der Krieg immer noch andauert, werden wir den Keller ausbauen und wenn dann immer noch geschossen wird, werden wir uns dem Stall und der Scheune widmen. Das werden wir jetzt tun."

Am selben Abend setzte sich Breiter vor das Funkgerät.

„Juliette a cinq vaches."

„Juliette a cinq vaches."

„Juliette a cinq vaches."

„Juliette a cinq vaches."

„Juliette a cinq vaches."

Nach dem fünften Mal schaltete Breiter den Empfänger ab.

Breiter ließ Mayer eine zwei mal zwei Meter breite und drei Meter tiefe Grube ausheben. Der Untergrund war teilweise felsig, so dass es nur langsam vor sich ging. Nach dem ersten Tag hatte Mayer Blasen an den Händen. Breiter ließ ihn den Stall vollständig ausmisten und putzen. Dann schickte er ihn wieder in die Grube. Eine weitere Woche mit Schaufel und Spitzhacke und Mayer war fertig mit dem Aushub. Danach musste er die Steine mit dem Hammer zu grobem Kies für den Boden verarbeiten, den Graben für die Rohre ausheben, diese zum ehemaligen Ziegenstall im hinteren Teil des Hauses führen, ein Loch in die Grundmauern bohren, die Toilettenschüssel an die Rohre anschließen und letztlich die Spülung installieren. Was insgesamt zwei Wochen dauerte und bei Mayer zu Händen führte, die auch zum Arbeiten benutzt werden konnten. Breiter überließ ihm großzügig das Privileg des ersten Geschäfts.

Zwischenzeitlich hatte er für Mayer ein Zimmer im Obergeschoss eingerichtet, in welches er ihn nach der Fertigstellung der Toilette hatte einziehen lassen. Dazu wurde auch eine Flasche Château Cantemerle kredenzt.

Der September war erstaunlich warm und trocken. Mayer war in Breiters Augen langsam wirklich zu gebrauchen. Der Keller ging voran, gemeinsam trugen sie den Verputz auf, wobei Mayer den Hilfsarbeiter spielte, das Sand-, Kalk- und Zementgemisch draußen anmachte, hineintrug, wo Breiter mit immer eleganter werdendem Kellenschwung den Putz auftrug und die Wände anschließend sauber abrieb.

„Ich habe mit Leni geredet", sagte Breiter, als ihm Mayer Putz auf die Traufel schöpfte.

„Wer ist Leni?"

„Die Kuh mit dem Brett vor dem Kopf."

„Und?"

„Ich nehme wieder Kontakt mit Yves auf."

„Oh! Danke."

„Nichts zu danken."

„Juliette a cinq vaches."
„Juliette a cinq vaches."
„Salut Monsieur Boucle."
„Salut Monsieur S'Elagier."
Pause.
Yves fuhr fort: „Oui?"
„Oui."
„Die Vögel singen falsch."

Das war unvorhergesehen, Breiter musste nachdenken. Yves wiederholte: „Die Vögel singen falsch."

Ja, klar: „Die Vögel singen falsch."
„Salut Monsieur S'Elagier."
„Salut Monsieur Boucle."

Breiter machte sich um drei Uhr morgens auf. Die Grenzsoldaten der Schweizer Armee patrouillierten auf dem Plateau der Franches-Montagnes, vornehmlich da, wo Forstwege in die Tiefen des Waldes und an die Ufer des Doubs führten. Breiter folgte den Pfaden der Tiere, was zu einer Begegnung mit einem Dachs führte, der Breiter mit eindringlichem Fauchen klarmachte, dass er hier über die Wegrechte verfügte.

Am Doubs angekommen, zog Breiter die Schuhe aus, krempelte die Hosen hoch und watete leise durch den wegen des lang anhaltenden warmen Wetters wenig Wasser führenden Fluss. Auf der anderen Seite angekommen, suchte er sofort Schutz im Wald. Er war in Feindesland. Ein leichtes Zittern erfasste seinen Körper. Elsie meldete sich aus der Erinnerung, einatmen, ausatmen, einatmen, ausatmen. Er küsste sie dafür, das Zittern legte sich.

Es raschelte im Unterholz, Schritte waren zu hören. Er griff nach einem festen Ast, umklammerte ihn. Wäre es eine deutsche Patrouille, er würde sofort zuschlagen und über den Fluss rennen, sich notfalls erschießen, sich aber sicher nicht lebend erwischen lassen. Er würde so oder so nicht lebend zurückkehren.

Zu seiner Erleichterung war es Yves, der, ohne ihn zu bemerken, etwa fünf Meter entfernt vorbeiging. Breiter schnalzte leise mit der Zunge, Yves bemerkte es, kam auf ihn zu, umarmte ihn und setzte sich neben ihn.

„Über alles nachgedacht?“, fragte Yves, indem er mit seiner Schulter gegen Breiters Schulter stieß.

„Ja.“

„Hat aber gedauert.“

„Ich musste auch meine Welt wieder zurechtrücken.“

„Und?“

„Leni hat mir zwar geholfen. Aber wie du weißt, Kühe denken so lange wie sie kauen.“

„Oui, oui, les vaches.“

„Das kannst du laut sagen.“

Sie lächelten einen Moment, dann schwiegen sie eine Weile.

„Ist er brauchbar?“, nahm Yves das Gespräch wieder auf.

„Er wird immer brauchbarer und brauchbarer.“

„Und? Machen wir weiter?“, fragte Yves schließlich.

„Ja, aber nur gegen Bezahlung.“

„Kein Problem.“

„Gut. Wir müssen planen, solange das Wetter noch hält und der Fluss wenig Wasser führt.“

„Nimmst du ihn mit?“

„Nein. So brauchbar ist er wohl noch nicht.“

Yves musste lachen. „Ja, ist besser so. Wollte es nur wissen.“

„Und? Prüfung bestanden, mon Général?“

„Ja, ja. Hier noch als Belohnung.“ Yves zog eine Flasche Château Figeac aus dem Mantel und übergab sie Breiter.

„Danke. Das Mindeste, nach all dem“, schmunzelte Breiter und stieß seine Schulter gegen die von Yves.

„Alors“, stand Yves auf, „Salut Monsieur S’Elagier.“

„Salut Monsieur Boucle.“

„Ah, Monsieur S’Elagier, Radio Londres.“

„Oui, oui, Monsieur Salto.“

Auf dem Rückweg begegnete Breiter wiederum dem Dachs, der ihn aber bereits als Zugehörigen der nächtlichen Gemeinschaft im Wald unterhalb der Arete des Sommêtres betrachtete und ohne Notiz zu nehmen an ihm vorbeischnüffelte.

Als er nach Hause kam, hatte Mayer bereits zum Frühstück aufgedeckt und eine Tasse heißer Kaffee stand an seinem Platz.

Mayer nahm sich auch eine Tasse und setzte sich dazu.

„Wir müssen uns beeilen. Das Wetter ist ungewöhnlich warm und Yves hat einige Kunden."

„Juden?"

„Herr Mayer, es ist mir eigentlich egal, ob Juden, Katholiken, Zigeuner, Deutsche, Franzosen oder Inder. Geschäft ist Geschäft."

Mayer schaute in seine Tasse und blieb still.

„Ja, blicken Sie nur in Ihre Tasse. Aber haben Sie sich mal überlegt, was das hieße, wenn wir es kostenlos machen würden? Wie viele dann kämen? Und wohin mit all denen?"

„Sie reden ja bereits wie Ihre Regierung."

„Aber es ist doch wahr. Zudem wären wir gar nicht genug Passeure, um alle hinüberzubringen."

„Aber so kommen ja nur die Reichen in Sicherheit. Die Armen können sich dies eh nicht leisten."

„War das nicht immer so? Ich auf alle Fälle kann mich an nichts Anderes erinnern."

„Aber muss es so sein?"

„Der Krieg wird nichts verändern. Und überhaupt: Was wollen Sie denn, Mayer, Sie haben doch auch davon profitiert. Denken Sie wirklich, Sie wären da ohne das nötige Kleingeld und die richtigen Beziehungen lebend herausgekommen? Also Ende der Diskussion. Gehen wir in den Keller arbeiten, damit die armen Hunde wenigstens ein anständiges Nachtlager haben."

Breiters Kassen füllten sich. Während der letzten Septembertage und im anhaltend milden Oktober brachten Breiter und Yves insgesamt achtundreißig Flüchtlinge in die Schweiz. Meist Juden, zweimal je eine vierköpfige Familie, die wie die anderen gleich nach Biel weiterzogen. Zwei französische Widerstandskämpfer, für die der Boden in Frankreich zu heiß geworden war, zogen nach Genf weiter.

Mit dem ersten Schnee rasierte sich Breiter, packte fünfzigtausend Schweizer Franken in seine Manteltaschen, bestieg den Zug nach Biel, eröffnete bei zwei verschiedenen Banken mit je zwölfeinhalbtausend Franken ein Konto, bestieg den Zug nach Solothurn und zahlte die restlichen fünfundzwanzigtausend auf sein bestehendes Sparbuch ein.

Danach aß er im „Roten Turm" einen Ambassadorenteller, übernachtete dort und kehrte am anderen Morgen wieder zurück nach Les Chenevières.

Er hatte eingekauft: Für Mayer einen warmen Pullover, winterfeste Hosen und ein paar neue

Schuhe. Für das Abendessen Schweinebraten, Nudeln, Gemüse und zum Nachtisch eine Solothurner Torte. Dazu die Flasche Figeac. Breiter fand, es sei das richtige Mahl, um in den langen Winter zu gehen. Auch die Nachrichten aus dem fernen Russland, wo der deutsche Vormarsch bei Stalingrad gestoppt wurde, waren ermutigend. Endlich trat denen jemand entschlossen gegenüber. Auf Willy und dessen Partei war eben Verlass.

Und aus lauter Euphorie bot Breiter Mayer auch noch das Du an.

„Danke – Isaak“, war seine Antwort.

Während der nächsten Tage brachten sie den Umbau des Kellers zu Ende und bauten eine Mauer um die Toilettenschüssel, so dass sich daraus ein wirklich stilles Örtchen ergab und nicht eine frei stehende Klosettschüssel mit Sicht auf die Küchentüre.

Am Freitag hörten sie Radio Londres. Laut dessen Angaben hätten die sowjetischen Truppen die 6. deutsche Armee in Stalingrad eingekesselt. Das wäre doch schon mal was. In Nordafrika hatte Montgomery das zwischenzeitlich an die Deutschen verlorene Tobruk zurückerobert. Der Krieg schien sich zu wenden. Und dann kamen die ‚Messages personnels‘ und die wirklich ganz persönliche Nachricht „Juliette embrasse Jacques“ wurde von Millionen Franzosen über die an geheimen Orten versteckten Radioempfänger mitgehört.

„Das war wohl an mich gerichtet", sagte Breiter trocken.

„Ich glaube, sie ist sehr stolz auf dich, Jacques."

„Ich mache meine Arbeit und verdiene am Elend anderer Leute viel Geld. Ich bin mir nicht sicher, ob man darauf so stolz sein kann."

„Aber du rettest Leben."

„Für Geld."

„Ja für Geld. Aber es sind Leben. Und noch was: Ich habe noch nie einen so freien Mann wie dich gesehen. Wärst du nicht so, wäre das alles nicht möglich."

„Dafür braucht man eben Geld."

„Nicht nur. Man muss auch ablegen können."

„Was ablegen?"

„Sich der Schichten der Vergangenheit, der über Generationen weitergegebenen Zwänge entledigen, welche die Eltern einem übergestülpt haben, die sie selbst von ihren Eltern übergestülpt bekommen haben, und die wiederum von ihren Eltern. Dieses unsägliche Gemisch aus Religion, Moral und Pflicht, diese Mixtur aus ‚das tut man nicht und dies tut man nicht' und ‚was die Nachbarn darüber denken könnten' und ‚Gott sieht alles', die einen umklammert, die all die Ängste in einem füttert, nicht zu genügen, nie zu genügen, etwas falsch zu machen, gegen unsichtbare Regeln zu verstoßen, keinem Genuss frönen dürfen und was weiß ich noch alles. Oder eben alles, was unfrei macht. Das alles merke ich bei dir nicht."

„Vielleicht hatte ich einfach das Glück, dass meine Eltern vor lauter Armut, Streit und Gewalt gar nie dazu kamen, mir das alles aufzupfropfen. Und dass ich von ihnen wegkam. Und auch nach der Klosterschule nur noch wegwollte. Geglaubt habe ich ihnen sowieso nichts. Im Gegenteil, damals war Gott für mich wie ein böser Vater, der tagaus, tagein nach einem Grund suchte, mich zu verprügeln. Ich wollte immer woandershin, immer nach oben. Ich dachte nicht nach, sondern machte einfach. Schlimmer konnte es ja nicht mehr kommen."

„Ich glaube, das liebt sie an dir."

„Ha, aber Madame ist auch nicht ohne."

„Eben."

„Sie hat sich die Freiheit auch genommen."

„Aber nicht so zwanglos wie du."

„Sie hatte auch Geld."

„Ja. Darum hat sie Freiheit auch nicht so oft mit Geld verwechselt wie du."

„Es ist aber so."

„Siehst du."

Breiter musste lachen.

„Und du?"

„Ich, ach weißt du, wir Juden haben die zehn Gebote und dann kommt noch die Wenigkeit von sechshundertdreizehn Gesetzen dazu. Draufgeschlagen auf die üblichen Ermahnungen von Mutter, Vater. Die Ratschläge der weitverzweigten, sich zu jedem Fest einfindenden Verwandtschaft sowie die

Weisheiten und Schiedssprüche der Rabbiner. Dem allen zum Trotz habe ich doch schon einige Häutungen hinter mir. Denke ich."

Breiter stand auf, klopfte Mayer auf die Schultern, sagte: „Ja, es begann mit Schwielen an den Händen." Und machte sich daran, nach unten zu gehen und sich ein letztes Glas zu genehmigen.

Der Winter 42/43 war weniger streng als die vorangegangenen, die Schulkinder kamen nicht in den Genuss von Heizferien, dafür wurden wieder vielerorts Skilager durchgeführt. Ganz nach dem Geschmack General Guisans.

Charlotte flirtete von Zeit zu Zeit mit Breiter; „Jacques est très doux", „Charlotte aime les grosses carottes" oder „Jacques est une liqueur douce".

Bei „La vache de Jacques saute par dessus la lune" konnte er sich allerdings nur schwerlich vorstellen, dass sie wusste, dass er eine Kuh mit einem Brett vor dem Kopf besaß.

Als am 3. Februar 1943 sogar von offizieller deutscher Seite die Niederlage von Stalingrad eingestanden wurde, tanzten Breiter und Mayer spontan einen Kasatschok.

Nach den Schneeglöckchen, den blassvioletten Krokussen kamen die ersten, noch von Elsie gepflanzten, tiefgelben Osterglocken und mit ihnen die Einkesselung und Kapitulation des deutschen Afrikakorps in Tunesien.

Die Mauer um das stille Örtchen wurde so großzügig gebaut, dass Mayer auf die Idee kam, eine Dusche einzubauen. Breiter fand es anfänglich nicht nötig, aber Mayer nahm die Sache in die Hand, was Breiter dazu zwang, mitzuziehen und letztlich herrschte große Freude über das neue Duschzimmer. Mayer überließ diesmal Breiter die erste Dusche.

Der Frühling rang noch ein wenig mit dem Winter um die Vorherrschaft, so dass es erst Mitte April wärmer wurde und wieder ernsthaft an das Geschäft gedacht werden konnte.

Trotz der sich bessernden Kriegslage hielten die Schweizer Behörden an den dichten Grenzen sowie an der konsequenten Rückweisung von Flüchtlingen fest.

Auf diese Weise blieben Nachfrage und Preise stabil, und Breiter konnte sich Mitte Juni rasieren und sein Geld auf die verschiedenen Konten verteilen. Er wäre gerne wieder einmal mit seinem Traction Avant unterwegs gewesen, hätte gerne die Beschleunigung der Maschine gefühlt, die Fliehkräfte in den engen Kurven der Taubenlochschlucht und die Aufforderungen Elsies in den Ohren, das Tempo endlich zu drosseln. Aber das Fahrverbot bestand immer noch, Benzin war Mangelware.

Am 11. Juli 1943 landeten die Alliierten in Sizilien und allgemein wurde mit einer sofortigen Invasion in Frankreich gerechnet. Sei es im Süden oder an der Westküste. Aber ein „L'heure des combats viendra“ war von Radio Londres nicht zu hören. Dafür „Charlotte aime des vaches“.

Gut, dachte Breiter und kaufte noch zwei Jungkühe dazu. Andere Männer schenken ihren Angebeteten Juwelen und Blumen, ein Mann wie Breiter Kühe.

Der Trampelpfad zum Doubs war mittlerweile ein statthafter Weg und wurde immer öfter auch von Militärpatrouillen benutzt, so dass es für Breiter mit seinen Flüchtlingen im Schlepptau zweimal brenzlig wurde und sie sich gerade noch verstecken konnten.

Auf der anderen Seite des Doubs wurde die Résistance stärker, Anschläge auf die Eisenbahnlinie Delle-Belfort-Paris häuften sich, und die Deutschen wurden zunehmend misstrauischer. Anfang August erblickte Yves den ersten Peilwagen, der bei Charmauvillers auf und ab fuhr und nach Funksignalen suchte. Zwei Tage später kamen zwei SS-Hauptmänner, die sich von Yves die Forstwege, die zum Doubs führten, zeigen ließen. Eine Woche später wurde die Grenzsicherung verstärkt und weiter gegen den Fluss verlegt.

Jetzt zeigte sich auch, warum: Deutschland besetzte im September ganz Frankreich, also auch die bislang von Italien verwaltete Zone, und die Hetzjagd auf Juden wurde erbarmungslos verstärkt. Und Yves erhielt Anfrage um Anfrage für Grenzübersetzungen. Er musste sich mit Breiter treffen.

„Salut Monsieur S'Elagier."
„Salut Monsieur Boucle."
„Es ist enger geworden."
„Ja, auch auf meiner Seite."
„Sie setzen Peilwagen ein. Sie suchen nach meinem Funkgerät. Ich muss jetzt still sein."
„Radio Londres?"
„Ja, Charlotte."
„Cigarettes als Code für Flüchtlinge?"
„Ja, und dann jeweils am anderen Tag. Gut so?"
„Ja. Kennst du eine bessere Stelle als die hier?", wollte Breiter wissen.
„Es gibt noch eine, etwa zweihundert Meter weiter flussaufwärts. Auf deiner Seite ist es unterhalb von Felswänden."
„Und bei dir?"
„Ein Umweg, aber es geht."
„Keine Gruppen mehr."
„Ja, hast recht. Auch keine Familien mehr. Zu gefährlich."
„Die Preise?"
„Wir belassen sie, wie sie sind. Einverstanden?"
„Ja, aber es ist …", zögerte Breiter.
„Wir belassen sie, wie sie sind."
„Also gut."
„Alors, salut Monsieur S'Elagier."
„Hey, pass auf dich auf, mon Général."
„Ja, du auch, besonders auf die Kühe."
„Salut Monsieur Boucle."

September und Oktober schleppten sie insgesamt sechsundfünfzig Personen, meist Männer, über den Fluss in die sichere Schweiz. Nur zwei Männern gelang die Weiterflucht bis nach Biel nicht, und sie wurden umgehend wieder an die Grenze gestellt und den Deutschen übergeben.

Sie wurden im Gendarmeriekeller verhört. Yves bekam Wind davon, gab einen letzten Funkspruch an seine Mitkämpfer durch, zerstörte die Funkanlage und setzte sich in den Wald ab. Eine halbe Stunde später wurde die Mairie von fünf SS-Männern gestürmt, ergebnislos, worauf sie die Scheune durchsuchten, ebenfalls ergebnislos. Aus Wut ließen sie sie in Flammen aufgehen.

Danach fuhr ein Mannschaftswagen mit Soldaten vor, die den Wald unterhalb von Charmauvillers zu durchsuchen begannen. Auch die Dorfbewohner wurden zur Mithilfe an der Suchaktion gezwungen. Sie suchten alle unterhalb von Charmauvillers, während Yves aus einem sicheren Baumversteck oberhalb des Dorfes alles beobachten konnte.

Mit Einbruch der Dunkelheit wurden Taschenlampen verteilt und Scheinwerfer aufgestellt. Kurz nach Mitternacht wurde die Suche als aussichtslos eingestellt. Die Dorfbevölkerung musste vor der Mairie antreten und wurde nochmals nach Yves befragt. Die Antwort war Schweigen. Irgendwann wusste sich der SS-Kommandant nicht mehr zu helfen, befahl willkürlich zwei Männer aus der Gruppe zu sich und erschoss sie. Die Leichen blieben zur Abschreckung noch eine Woche liegen. Erst dann durften sie beerdigt werden.

Gegen drei Uhr morgens verließ Yves sein Versteck und nahm den Abstieg ans Flussufer, setzte über und versteckte sich in einem Felsloch, das er, so gut es ging, tarnte. Einmal war ein Suchtrupp auf der anderen Seite zu sehen, und Yves überlegte sich, sich ihnen zu zeigen, um damit die Bewohner zu schützen. Er verwarf den Gedanken, da er damit wohl andere in Schwierigkeiten bringen könnte.

Zwei Tage später kam Breiter und begrüßte ihn mit „Salut demi-cigarette."

Am 5. November zog der Winter mit eisiger Kälte und viel Schnee ein. Für ein paar Tage waren sie sogar von der Hauptstraße abgeschnitten. Die drei Männer verbrachten die Tage mit Kartenspielen, Stallausmisten, Feuermachen, Essen und Trinken. Als die Straße freigeräumt war, die Eisenbahn wieder fuhr, rasierte sich Breiter, notierte die Schuh- und Kleidergrößen von Yves, setzte sich in den Dampfzug nach Glovelier, von dort nach Delémont und weiter nach Biel und zahlte beträchtliche Summen auf seine Konten ein – „ja, alles aus dem Kuhhandel, man sollte es nicht für möglich halten, mein Freund" –, fuhr weiter nach Solothurn, zahlte auch dort ein, aß den obligaten Ambassadorenteller, ging anderntags einkaufen, besorgte auf Anweisung von Mayer ein Schach- und ein Backgammon-Spiel, kehrte wieder zurück, verschenkte Schuhe und Kleider und bereitete ein Festmahl.

Am anderen Morgen eröffnete Breiter den beiden, dass jetzt der Stall ausgebaut werden müsse, da er noch einige Kühe und weiteres Land zukaufen werde.

Yves' Enthusiasmus für den Stallbau erlahmte rasch. Er saß tagelang am Radio und am Funk. Schließlich gelang es ihm, Kontakt mit Mitgliedern der Résistance aufzunehmen. Und so kam er auf die Idee, Breiters Panzer-Dachstock zu einem veritablen Kommandoraum auszubauen.

Breiter wie Mayer fanden Gefallen am Gedanken, von Les Chenevières aus Sabotageakte gegen die Deutschen zu planen und durchführen zu lassen.

Breiter fuhr nach Biel, kaufte Wanderkarten der Franche-Comté und des östlichen Burgunds, einen Kompass, Maßstäbe, Lineale, Bleistifte, Spitzer, Radiergummis und Stecknadeln.

Die nächsten Tage verbrachten sie damit, den Raum mit den Karten auszukleiden, auf Anweisung Yves' Stecknadeln an Eisenbahnknotenpunkten, Langsamfahrstellen, Tunnels und Fabriken anzubringen. Danach berechnete Yves die pro Objekt benötigte Sprengkraft, Mayer die jeweils optimale Mannschaftsstärke für die Aktion und Breiter zeichnete An- und Wegfahrwege sowie allfällige Fluchtwege auf. So überzogen sie die Region nördlich des Doubs mit einer Reihe von Sabotageakten, die ihrer Meinung nach zwar nicht kriegsentscheidend sein, aber die Deutschen und deren Nachschublinien empfindlich treffen würden.

Als das Werk nach bestem Gutdünken fertiggestellt war, zog Yves sie ins Vertrauen, dass diese Aktionen am Tag der Invasion, die bald stattfinden werde, ausgeführt werden sollten. Worauf alles nochmals überarbeitet wurde, da für so zahlreiche und zeitgleiche Aktionen viel zu wenig Männer zur Verfügung standen.

Nachdem alle Anschläge geplant waren, Yves im nahen Wald einen Weihnachtsbaum gefällt hatte,

Mayer Breiter das Schachspiel beibrachte, ohne je geschlagen zu werden, Breiter sich bei Pierre nach Land und Kühen erkundigte und Charlotte zu Neujahr ein „Charlotte embrasse Jacques“ über den Äther schickte, starteten die Russen den Angriff auf den deutschen Belagerungsring rund um St. Petersburg.

Schnee, Kälte und Eis hielten nach einem relativ milden Januar erneut Einzug in den Freibergen, und die drei Männer waren wiederum auf sich und die fünf Kühe zurückgeworfen. Und das bis Anfang April. Sò lange dauerte es, bis die Frühlingssonne die Wiesen wieder wachsen ließ.

Yves wurde ungeduldig, launisch, ging die Pläne wieder und wieder durch, horchte andauernd in den Funk hinein und wählte sich durch Kurz-, Mittel- und Langwellen, derweil Breiter und Mayer Kartoffeln und Rüben pflanzten.

Am 20. April 1944 befand Yves, dies sei der richtige Tag, um vergiftete Geschenke zu verteilen, schrieb in unverständlichen Zeichen die ganzen Sabotageakte, die dazugehörigen Koordinaten, Sprengkraft- und Mannschaftsstärken sowie die An- und Abfahrtswege auf essbarem Reispapier auf, packte seine Sachen und machte sich gegen Mitternacht auf den Weg in den Kampf. Breiter führte ihn noch zum Doubs. Es war alles ruhig. Bevor Yves übersetzte, umarmten sie sich nochmals und Breiter gab ihm ein paar Socken mit.

„Salut Monsieur S'Elagier."
„Salut Monsieur Boucle."
„Ich habe für ihn ein Schma Jisrael gebetet", sagte Mayer, als Breiter wieder zur Tür hereinkam.
„Ich auch. Ein Ave Maria."

„Messieurs, faites vos jeux", meldete Radio Londres am 5. Juni 1944.

Breiter stürzte die Treppe hinunter in den Stall, wo Mayer gerade ein Fenster mit Karton abdichtete und rief „es geht los, es geht los", riss Mayer von der Leiter herunter und tanzte mit ihm im Kreis.

„Heute Nacht wird das Eisenbahnkreuz bei Lure gesprengt, Mayer, wir haben das geplant, heute Nacht greifen wir in den Krieg ein, hauen dem Sauhund den Ranzen voll", schrie Breiter und führte sich und Mayer zu einer Pirouette.

Dann stürmte er aus dem Stall, duschte, rasierte sich den Bart ab, warf sich in den Anzug, hieß Mayer es ihm gleich zu tun und lud ihn zum Essen in Le Noirmont ein. Es war das erste Mal, dass Mayer sah, in welcher Umgebung er seit gut anderthalb Jahren eigentlich lebte.

Auf dem Heimweg schlossen sie Wetten ab, wie lange der Krieg noch dauern würde. Mayer veranschlagte die verbleibende Zeit auf drei Monate, worauf Breiter nur den Kopf schüttelte.

„Wunschdenken, mein Lieber, das dauert noch mindestens ein Jahr. Der Preuße ist zäh."

„Aber er ist langsam müde."

„Ein Preuß ist nie müde, zack, zack und dreinschlagen. Und nochmals. Und nochmals. Bis die Fäuste schmerzen. Und dann nochmals und das Ganze wieder von vorn."

„Aber auch bei denen ist irgendwann Schluss. Wir Juden können so viel einstecken, so viel können die gar nicht austeilen."

„Ihr Juden?"

„Ja, wir Juden."

„Ich dachte, du hättest damit nichts am Hut?"

„Wenn man über zehn Jahre auf das reduziert wird, fährt es einem in die Knochen und bleibt stecken."

„Es wurde dir eingedemütigt, nicht?"

„Ja, mehrmals."

„Und eingeprügelt?"

„Ja."

„Ja?"

„Ja, öfters."

„Mir zweieinhalb Jahre am Stück."

„Den Juden?"

„Nein, rausgeprügelt. Rausgedemütigt. Den Menschen, der ich einmal war."

„Aber heute Nacht haben wir zurückgeschlagen."

„Ja, ein wenig. Wenn wir uns nicht mit der Sprengkraft verrechnet haben."

„Und Morgen schlagen wir wieder zurück. Mit den Amis und den Briten."

„Falls es klappt."

„Es wird, es muss klappen. Es muss zu Ende gehen. Irgendwann müssen die Guten gewinnen.“

„Und was machst du, wenn die Guten gewonnen haben.“

„Ich gehe zum Kreuzweg, hole mein Gold, gehe mit dir prächtig feiern und schiffe mich nach Palästina ein. Wie gesagt, der Jude steckt mir jetzt in den Knochen.“

„Mir steckt die Kälte in den Knochen. Komm, lass uns schneller gehen.“

Die Befreiung von Paris am 29. August 1944 hatte, außer einem üppigen Abendessen, auf das Leben von Breiter und Mayer keinen weiteren Einfluss. Die Deutschen waren immer noch auf der anderen Seite des Doubs, bewachten die Grenze, versuchten Flüchtlinge zu ergreifen, sie zu deportieren oder gleich dem KZ Natzweiler-Struthof zuzuführen.

Auf Schweizer Seite wurde weiterhin alles unternommen, die unbefleckte Neutralität zu wahren. Mit der erneuten Mobilisierung der Schweizer Armee vom 15. Juni 1944 wurde Mayer jede Möglichkeit genommen, seine Goldbarren auszugraben, stand doch nun neben dem Stationswegkreuz „Weinende Frauen“ links und rechts je ein zu allem entschlossener Soldat mit entsichertem Karabiner.

Breiter trieb den Landkauf voran. Das Geschäft mit den Flüchtlingen war vorbei. Zumal die Behörden seit dem 12. Juli die Weisung hatten, auch Juden und Zwangsarbeiter als Flüchtlinge aufzunehmen. Was zwar nicht immer der Fall, aber für Breiter ein klares Zeichen war, seine Scherflein ins Trockene zu bringen. Er wollte so rasch wie möglich sein Geld unverrückbar anlegen, bevor der Krieg vorbei war. Er machte der Familie, die zehn Minuten Fußweg weiter südlich einen stattlichen Hof mit achtzehn Hektar Weideland besaß, ein derart unverschämtes Angebot, dass sie nicht ablehnen konnten.

In Breiters Augen war es ein Schnäppchen, da das Land an seines grenzte, da er so ein zusammenhängendes Grundstück besaß und da er so sein Geld fest angelegt hatte, falls Mayer irgendwelche Forderungen stellen würde.

Breiter sah angesichts des horrenden Tempos des alliierten Vorstoßes mit Bangen dem Tag der Entscheidung entgegen, Mayer hingegen war bitter enttäuscht als die französisch-amerikanischen Truppen Mitte September in Montbéliard stehen blieben. Von dort wären es keine sechzig Kilometer bis zur Schweizer Grenze bei Mariastein gewesen.

Zur gleichen Zeit wurde in der Schweiz die Verdunkelung aufgehoben, und Breiter war auch die Befürchtungen los, sein neu erworbener Gutssitz könnte irrtümlicherweise bombardiert werden. Und als mit der Eroberung von Aachen Ende Oktober der Winter mit Vehemenz über die Freiberge hereinstürzte, war für Breiter die Goldfrage fürs Erste auf Eis gelegt.

Mit klammen Fingern saßen Breiter und Mayer im November vor dem Radioapparat und hörten die letzte Sendung von Radio Londres. Aber sie warteten vergebens auf eine finale Botschaft von Charlotte. Die „Messages personnels“ brauchte man nicht mehr.

Das Kriegsende wurde auf den Frühling verschoben, nochmals kurz gefährdet durch die deutsche Ardennenoffensive.

Als dann aber die Rote Armee in Berlin stand, Goebbels sich und seine vielköpfige Familie vergiftete, Hitler Eva Braun zur Frau und an der Hand nahm, um sich nicht alleine eine Kugel in den Kopf schießen zu müssen, Keitel die bedingungslose Kapitulation unterschrieb, überquerte Breiter mit großen Schritten seine Weiden und befreite Leni von ihrem Brett vor dem Kopf.

Nur Mayer war noch ein Gefangener seines Goldes und der Schweizer Armee. Die Demobilisierung und Aufhebung der Grenzbesetzung ließ auf sich warten. Schließlich wurde im Pazifik noch geschossen.

Am 20. August 1945, endlich, demobilisierte auch die Schweizer Armee, der Aktivdienst wurde aufgehoben und General Guisan unter dreiundzwanzig Salutschüssen – für jeden Kanton einen – ehrenvoll entlassen.

Am Mittwochabend, dem 22. August, bestand Mayer darauf, am anderen Morgen nach Mariastein zu fahren und das Gold zu holen.

„Das Gold ist hier“, sagte Breiter mit fester Stimme.

„Was?“

„Das Gold ist hier.“

Mayer benötigte einen Moment, bis er sich im Klaren war, was Breiter da sagte.

„Seit wann?“

„Schon immer.“

Mayer hob mit einem Ruck den Tisch an. Wein, Gläser, die Pfanne mit dem Eintopf, Teller und Besteck landeten auf Breiters Schoß, knallten auf den Boden und was Glas oder Keramik war, zersplitterte in tausend Stücke. Mayer ging auf Breiter los, schlug ihn gegen den Kopf, traf die Nase, Breiter fiel vom Stuhl in die Pfütze aus Eintopf, Wein und Scherben, Mayer setzte nach, trat nach, Breiter griff nach irgendetwas, bekam das Stuhlbein zu fassen und schlug mit dem Stuhl Richtung Mayer. Er erwischte ihn mit der Lehne an Stirn und Nase, Mayer taumelte, Breiter zog ihm die Füße weg, Mayer fiel, schlug dabei mit der Schulter auf der Herdkante auf und kam neben Breiter zu liegen.

„Ich war im KZ“, schrie Breiter Mayer an, „das hat seinen Preis.“

Mayer richtete sich unter höllischen Schmerzen auf und lehnte sich an den Restwärme ausstrahlenden Herd.

„Aber warum muss ich dafür bezahlen?", keuchte Mayer und versuchte sich mit dem Ärmel das Blut von den Lippen und unter der Nase abzuwischen.

Breiter setzte sich ebenfalls auf, so dass sie Seite an Seite, Kopf an Kopf saßen.

„Weil ich deinetwegen dort war", zischte Breiter.

„Ha, ich habe dich ja mit aller Macht gezwungen."

„Weißt du, was das Schlimmste war, willst du das wissen? Jeder war mein Vater, jeder, der mich erniedrigte, mir den Fuß in den Nacken setzte, mich entwürdigte und prügelte, war mein Vater, der nach Schnaps stinkend über mir saß und nochmals zuschlug."

„Aber das ist nicht mein Problem, nicht meine Geschichte. ‚Ich kann nichts für deine Geschichte, du kannst nichts für meine.' Deine Worte, erinnerst du dich? Erinnerst du dich?", wurde Mayer lauter und lauter.

„Aber du hast deine Geschichte zu meiner gemacht, und ich mach meine zu deiner", gellte Breiter.

„Nein, nein, nein, es war deine Entscheidung, es war deine Gier, deine Flucht, deine Einbildung."

Breiter drehte sich um, zog sich am Herd hoch, stützte sich ab, stieg über Mayer zum Schüttstein, nahm ein Handtuch, nässte es und wusch sich das Gesicht ab. Die Nase schmerzte.

„Du hast mir die Nase gebrochen", brummte er.

„Du mir auch“, kontrollierte Mayer seine Nase.

„Leck mich am Arsch“, raunzte Breiter, warf ihm das blutige Handtuch hin, wankte aus der Küche, setzte sich draußen auf die Bank und wünschte, Elsie wäre noch hier. Mit Elsie wäre das alles nicht passiert, bildete er sich ein.

„Arschloch“, knurrte Mayer, schmiss das Handtuch auf den Boden, rappelte sich hoch, wusste nicht wohin und entschloss sich letztlich zu duschen. In seiner Dusche.

Als Mayer am nächsten Morgen in die Küche kam, waren alle Spuren der nächtlichen Schlägerei beseitigt, auf dem Küchentisch stand eine dampfende Tasse Kaffee und daneben lagen zwei Stapel blitzblank geputzter, glänzender Goldbarren. Mayer strich mit dem Zeigefinger darüber, nahm einen in die Hand, prüfte sein Gewicht und sah dann, dass es zu wenig waren. Er zählte nach: fünfzehn. Er zählte zur Sicherheit nochmals nach. Fünfzehn, kein Zweifel, neun fehlten. Wut kochte in ihm hoch. Er stürmte zum Haus hinaus, fand Breiter mit verpflasterter Nase auf der Bank und pflanzte sich vor ihm auf: „Was soll das? Da fehlen neun.“

Breiter tätschelte ganz ruhig den Platz neben sich auf der Bank. „Setz dich, ich erkläre es dir.“

„Ich bleib stehen.“

„Gut, wie du willst – Kursgewinn.“

„Kursgewinn?“

„Ja, Kursgewinn."

Breiter kramte einen Zettel hervor: „Als ich das Gold von dir bekam, war der Kurs pro Kilo 3.430,– Franken. Du hast mir 24 Kilobarren gegeben. Einer davon war mein Lohn. Also 23 mal 3.430,– macht 78.890,– Franken. In der Zeit, in der ich für dich, für dich, im KZ war, wurde der Schweizer Franken abgewertet. Als ich rauskam, war das Kilo Gold 4.870,– Franken wert. Also 23 mal 4.870,– macht 112.010,–.

Jetzt gebe ich dir fünfzehn Kilobarren – macht 73.050,– Franken – zurück. Ursprünglich hatte ich sechzehn Barren, also 77.920,– Franken, für dich aufbewahrt. Aber wir mussten die Funkgeräte kaufen. Ohne die hättest du schließlich nicht überlebt. Und die übrigen tausend Franken können wir ja für Kleider, Kost und Logis der letzten drei Jahre anrechnen."

Mayer war sprachlos. Er wollte antworten, überlegte es sich, drehte auf dem Absatz um, nahm die Goldbarren vom Küchentisch, ging in sein Zimmer, packte die Barren und ein paar Habseligkeiten in sein Köfferchen, den Rest ließ er liegen, ging wieder hinunter zu Breiter, verabschiedete sich von ihm mit einem leisen und steifen „Adieu", nahm die Straße nach Saignelégier, bestieg dort den Zug, fuhr bis Marseille, schiffte sich nach Palästina ein, unterstützte den jüdischen Unabhängigkeitskrieg und baute nach dessen Ende zügig ein Textilunternehmen auf. Schließlich gab es in Ägypten eine der hochwertigsten Baumwollsorten.

Nachdem Mayer nicht mehr zu sehen war, stiefelte Breiter über seinen Grund und Boden zu seinen Kühen, tätschelte jede, setzte sich auf den von Wind und Wetter abgewetzten Findling und wartete, bis Leni kam. Leni kam nicht.

Nach einer Weile schüttelte er den Kopf und sagte zu sich selbst: „Herrgott, wer steht eigentlich bei wem in der Schuld?“

Ende Februar 1949 kam ein Telegramm aus Tel Aviv:

Besuch mich ++stopp++ Schiffspassage gebucht ++stopp++ 21. März 1949, 16.00 Uhr nach Tel Aviv ++stopp++ es wartet noch jemand ++stopp++ Jacques a une cigarette pour deux ++stopp++ Isaak Mayer

ENDE

»Realistisch und vielschichtig. Phantastisch!«

Thomas Wörtche

* Cover- und Preisänderungen vorbehalten

Sabina Altermatt

Bergwasser

Kriminalroman

Piper Taschenbuch, 224 Seiten
€ 8,99 [D], € 9,30 [A], sFr 13,90*
ISBN 978-3-492-30353-8

Die Ingenieurin Julia Jansen soll in den Schweizer Alpen Reparaturarbeiten an einer Tunnelbohrmaschine vornehmen. Als einzige Frau muss sie sich dabei nicht nur in einem von Männern dominierten Umfeld behaupten, sondern wird zudem zur Zielscheibe mysteriöser Gefahren, die im Berg lauern: Bei Julias Ankunft hat das Projekt bereits einen Maschinenführer das Leben gekostet. Und was zunächst aussieht wie ein Unfall, ist erst der Anfang: Der Berg scheint sich gegen seine Angreifer zu wehren …

Leseproben, E-Books und mehr unter **www.piper.de**

Eine authentische Familien-saga aus Graubünden.

*Cover- und Preisänderungen vorbehalten

Marcella Maier

Das grüne Seidentuch

Eine Schweizer Familiensaga

Piper Taschenbuch, 240 Seiten
Mit 26 Abbildungen
€ 9,99 [D], € 10,30 [A], sFr 14,90*
ISBN 978-3-492-25131-0

Anfang des 19. Jahrhunderts, im Schweizer Bergell: Die jung verwitwete Alma führt mit der kleinen Lisabetta ein hartes Leben. Als junge Frau will Lisabetta ein solches Leben nicht führen, weshalb sie ins Engadin geht, das zu jener Zeit vom Tourismus entdeckt wird. Doch auch sie wird nach wenigen glücklichen Jahren ihre Familie allein versorgen müssen … In dieser authentischen und ergreifenden Familiensaga erzählt Marcella Maier das Leben ihrer eigenen Vorfahren über vier Generationen.

PIPER

Leseproben, E-Books und mehr unter **www.piper.de**

ISBN 978-3-99200-020-3